COLLECTION FOLIO

Nikos Kavvadias

Le quart

Traduit du grec
par Michel Saunier

Préface d'Olivier Rolin

Denoël

Titre original :

ΒΑΡΔΙΑ

Nikos Kavvadias est né en Mandchourie en 1910, il rentre en Grèce encore enfant. Après de brèves études, il devient marin, télégraphiste plus exactement, et commence à écrire des poèmes. Très populaire en Grèce, il est devenu un classique ; ses nombreux poèmes mis en musique alimentent le répertoire populaire et gouailleur du rébétiko. Nikos Kavvadias est mort en 1975. *Le quart* est son unique roman.

Cargos

> *Iron thoughts sail out at evening on iron ships.*
>
> MALCOLM LOWRY

Le lieu : la passerelle d'un vieux cargo. Mirador sur l'immensité. Le jour, les 360 degrés de l'horizon, « le vase sans défaut de la mer » (Saint-John Perse), seule expérience sensible que nous puissions avoir (à moins d'être astronaute) de la rotondité de la Terre. Parfois au loin une côte basse qu'annoncent des odeurs, des oiseaux, des amoncellements de nuages (« comme des choux-fleurs en train de bouillir, peints par Michel-Ange », selon la parfaite description qu'en donne Malcolm Lowry dans *La Traversée du Panama*). La nuit, l'horizon a disparu, on est dans le noir cosmique, le cargo devenu vaisseau spatial. Devant, vaguement émergeant de l'ombre, un panneau de cale, l'arbre mécanique d'un mât de charge, l'ogive de la proue, des phosphorescences d'écume dans la poix. Parfois les feux d'un autre bateau. Débordant de chaque côté de la passerelle, les ailerons, sortes de balcons d'où se découvrent les bouillons crémeux du sillage. De l'habitacle du compas émane une faible lueur. Le tangage fait faire de la balançoire aux étoiles, quand il y en a. Des profondeurs de la coque, des tubes acoustiques portent la voix déformée des hommes de la machine. Divinités infernales, noires de charbon, luisantes de sueur. Le chadburn, ou transmetteur d'ordres, convoie vers les enfers les ordres des ouraniens de la passerelle. « Avant », « Lente », « Demi », « Toute », « Stop », etc. Il y a toute une mythologie, avec un Olympe et un Tartare, qui se déploie entre la machine et la passerelle. L'enfermement, la chaleur, le charbon, rattachent la machine aux veines de la terre, tandis que la passerelle a partie liée avec l'eau, le vent, le ciel, les astres. La machine, titanesque, c'est le corps, le muscle, l'exécution ; vouée au regard et à la parole, à la décision, la passerelle est apollinienne.

La littérature a immortalisé certaines passerelles. Des machines, moins. Il y a tout de même celles du *Vaisseau des morts* de Bernard Traven. Et puis, dans *Ultramarine*, « diaprées du pourpre et de l'or des brasiers », celles de l'*Œdipus Tyrannus*, le cargo sur lequel le jeune bourgeois

Dana Hilliot, en qui on peut reconnaître un double de Lowry, fait le rude apprentissage de la vie de marin (et, au-delà, de la vie tout court). L'*Œdipus Tyrannus* reparaît dans *Au-dessous du volcan*, où il fait de la figuration ; c'est la machine d'un autre bateau, le *Samaritan*, qui y joue un rôle crucial, puisque le Consul est supposé y avoir laissé brûler vifs, pendant la Première Guerre mondiale, les officiers d'un sous-marin allemand. La passerelle, dans *Ultramarine*, on ne la voit pas, à peine l'entend-on de loin en loin, voix tombées du ciel. La majeure partie de l'action de *Typhon*, en revanche, se déroule sur celle du *Nan-Shan*. Le capitaine MacWhirr, qui y vit presque, s'y faisant monter ses repas et dormant dans la chambre de veille, y écrit à sa femme des lettres qui contiennent invariablement cette phrase : « Il a fait très beau temps pendant ce voyage » ; c'est pourtant depuis la passerelle qu'il verra s'avancer dans la nuit la crête blanche d'une vague, « à une telle hauteur qu'il n'en pouvait croire ses yeux » (cette vague gigantesque est pour moi un des personnages mémorables de l'histoire de la littérature). Côté machine, voilà ce que ça donne : « Un grincement impérieux et abrupt éclata soudain ; les trois paires d'yeux se levèrent sur le cadran du transmetteur d'ordres, au moment où l'aiguille sauta de "Toute" à "Stop", comme si elle eût été poussée par un démon. » La passerelle du *Nan-Shan* est sans doute la plus célèbre de toute la littérature, mais on se souvient aussi de celle du *Patna*, sur laquelle celui qui n'est pas encore Lord Jim s'enivre du spectacle de la nuit lumineuse sur la mer d'Oman, quelques instants avant la catastrophe où il va perdre son honneur : « Son regard, balayant la ligne d'horizon, contemplait avidement l'inaccessible, mais ne voyait pas l'ombre de l'événement proche. » Cul-terreuses, provinciales, faubouriennes ou salonnardes, toujours terriennes, volontiers sociales, les lettres françaises, on s'en doute, fréquentent moins les passerelles que les anglaises. Il y a tout de même, notable exception, celle du *Redoutable*, depuis laquelle Aldo et Fabrizio, les deux jeunes officiers du *Rivage des Syrtes*, au terme d'une incursion nocturne dans les eaux du Farghestan, voient se dresser au-dessus de la ville ennemie le mur scintillant du volcan Tängri : et c'est quelque chose comme le destin, croit-on comprendre, qu'ils aperçoivent là.

Je raconte tout cela pour que vous ne soyez pas trop dépaysés, terriens. C'est, en quelque sorte, une didascalie. Quand vous lisez : « Le camp des Grecs, devant Troie », ou bien « À Mycènes, devant le palais d'Agamemnon », vous avez une idée, même vague, des lieux où va se dérouler l'action des *Troyennes*, ou celle d'*Électre*, n'est-ce pas ? Les récits du *Quart*, il faut bien que vous voyiez le lieu où ils s'échangent, la scène sur laquelle ils résonnent. Au début du livre, on passe le détroit de Malacca. Comme l'*Œdipus Tyrannus* et le *Nan-Shan*, le *Pythéas* fait route vers un port de la côte de Chine. Il doit y débarquer des armes pour les nationalistes, qui n'ont pas encore été complètement chassés du continent. La passerelle du *Pythéas*, certes, est moins dramatique que celles que décrit l'auteur de *Typhon*, moins pompeuse que celle que peint, à l'antique, Julien Gracq. Gérasimos dit Méma, le capitaine, est moins taciturne que MacWhirr, ses hommes moins phraseurs, plus plébéiens que ceux de l'Amirauté des Syrtes. Éclairs, chaleur, sueur. Lenteur. Trépidations de la machine. On fume, on boit du café, quelquefois il y a un cafard dans la tasse, quelquefois on boit de la gnôle. On s'engueule. On est en caleçon, on se gratte les couilles (j'imagine). On est entre hommes. Tous de Céphalonie (on trouve des gars de Céphalonie partout dans le monde, même derrière le comptoir d'une gargote des îles Aléoutiennes). Gérasimos dit Méma, donc, Polychronis, le timonier, Vanghélis, le bosco, Pandélis, le premier lieutenant, Diamandis, le pilotin, Nico, le radio. Le temps passe lentement. On raconte des histoires. Comment on a survécu, débarqué à Anvers, en plumant des caves, avec un type d'Ithaque. Comment on a passé en contrebande de l'or dans un cornet de fèves, du haschich, de la cocaïne ou des paquets de Camel dans une jambe de bois, à Marseille. Comment on s'est cuité dans tous les ports des sept mers, à Beyrouth, Saigon, Aden, Singapour, Colombo, Valparaiso, Yokohama… Comment on y a attrapé la vérole. Diamandis, le pilotin, surveille son chancre. Il est inquiet. Les adultes en ont vu d'autres. Sur la côte de Mandchourie règnent la peste et la guerre civile. On parle surtout des femmes. Évidemment.

Autant dire tout de suite que c'est assez… enfin, méditerranéen. Il y a les mères, les putes, et les autres. « C'est des autres que j'ai peur », déclare le radio, « des honnêtes femmes, qui ne couchent pas pour de l'argent. De celles qui sont instruites. Et que l'on épouse. » Celles-là, il n'est pas rare qu'en rentrant le marin les découvre fort affairées avec un voisin, et cela fait des embarras, bien sûr. Il ne faut pas s'étonner si le jour de leur mort, on crache sur leur cadavre : « Voilà pour toi, salope. » « Les femmes veulent être vendues », telle est l'abrupte conviction du radio : « Elles ont ça dans le sang. » On est assez loin, on le voit, de l'amour courtois. Langue et sentiments crus : « Pauvre con, espèce d'emplâtre, honnête homme ! Elle était vierge. Tu ne pouvais pas la calfater avant de me l'envoyer, non ? » demande à Nico une maquerelle de Beyrouth, à propos justement de cette jeune fille qui voulait être vendue, et qui avait d'ailleurs bien raison puisqu'elle fera une carrière éblouissante et cosmopolite, allant des bras d'un pacha de Damas à ceux d'un chef de tribu de l'Hadramaout en passant par Osaka et Buenos Aires (on pense à la Margaret de la chanson de Mac Orlan : « C'est rue de la Crique que j'ai fait mes classes/Au Havre dans un "star" tenu par Chloé/C'est à Tampico qu'au fond d'une impasse/J'ai trouvé un sens à ma destinée »). La fille de la maquerelle, quant à elle, deviendra bonne sœur. Logiquement. À l'heure actuelle, les propos tenus sur la passerelle du *Pythéas* pourraient valoir pas mal d'inculpations. À l'heure actuelle, Dieu soit loué, le monde est beaucoup plus propre, les écrivains ne rapportent plus de propos sexistes, que d'ailleurs les marins ne tiennent plus (ils sont beaucoup moins nombreux, ils n'ont guère de langue commune dans laquelle échanger leurs souvenirs, leurs tristesses, leurs peurs, leurs fantasmes, et ils ont à peine le temps de débarquer), et les navires ne chauffent plus au charbon. Il ne faut pas dire d'ailleurs que toutes les femmes, dans *Le quart*, sont mal traitées : les putes, elles, « sont toutes saintes et bénies ». Et les mères, alors ! Allons, il n'y a que les mères et les putains pour aimer les marins, ces deux idéaux féminins se rassemblant dans la belle figure d'Amira, une jeune fille de Port-Soudan. Après l'amour, Nico lui donne une pièce, un *half-crown.* « Elle l'a porté à son front et l'a posé sur ses cheveux, exactement comme font à Céphalonie les mères des marins, quand leurs enfants leur donnent le premier argent qu'ils ont gagné sur mer. »

Le quart m'est cher pour des tas de raisons, dont certaines assez personnelles, comme celle-ci : je fais partie du club relativement fermé des visiteurs de Port-Soudan ; eh bien, cette histoire m'a appris une chose que j'ignorais lorsque j'y suis passé, à savoir qu'il existe, sur ce rivage brûlant de la mer Rouge, une peuplade de Noirs grands et secs, qui déchargent les navires et portent des noms grecs, Idoménée, Agamemnon, Protésilas, Philippe, Criton. J'ai rencontré un vieux Soudanais qui parlait grec, mais il s'appelait Ramadan, pas Héraclite, et était cuistot à l'hôtel Acropole, à Khartoum. Peut-être tout de même, me dis-je à présent, avait-il rencontré Kavvadias en escale ? Mais c'est une autre raison encore, d'autres souvenirs qui m'attachent au *Quart.* Nikos Kavvadias était radio sur les bateaux. Le Nico du *Pythéas,* on peut raisonnablement penser que c'est lui. Le radio est celui qui relie le navire au reste du monde. Celui qui capte la parole du monde, confuse, crépitante de parasites, celui qui transmet au monde les demandes d'aide, les appels au secours. Métier poétique, métier de mots. J'ai connu il y a bien longtemps un ancien radio de la marine marchande grecque. Il avait combattu dans la Résistance, dans la guerre civile. Il avait été torturé par les Allemands, puis par les monarchistes. Il en était resté aveugle. Mais un radio n'a pas besoin de voir. À la suite de circonstances que je ne chercherai pas à résumer, il avait débarqué à Marseille, en 1947, au début de la seconde guerre civile. Quand je l'ai rencontré, dans les années soixante-dix, il tenait distraitement un restaurant près du Vieux Port. Le cuistot était un réfugié rouge espagnol, le perroquet chantait *L'Internationale*. Toutes les nuits, Giorgos écoutait, sur un énorme poste, les nouvelles venues de cette Chine lointaine où décharge le *Pythéas*, et qui promettait d'être « rouge pour l'éternité ». Il croyait toujours à la Révolution. C'était un homme si magnifique que je me suis inspiré de lui pour créer un personnage, dans deux livres différents, à vingt ans de distance. Quand *Tigre en papier* a paru, une lectrice m'a écrit qu'elle l'avait reconnu dans le personnage de Démétrios. « On allait chez lui quand les finances le permettaient, sinon on payait “plus tard”, disait-il. Georges était sans doute le seul restaurateur du port à avoir toujours refusé de céder au racket. Et son restaurant était toujours debout ! » Cette lectrice, ayant quitté Marseille, avait perdu sa trace. Moi aussi. Le restaurant n’existe plus. Elle avait le souvenir d’avoir « croisé la route d’un personnage de mythologie ou de roman ». Moi aussi. Mon livre avait servi à ça, au moins : à faire que sa mémoire ne soit pas complètement perdue, trente ans après que je l’avais croisé.

Résistant comme lui, communiste comme lui, radio comme lui, il est presque impossible que Giorgos n’ait pas rencontré Kavvadias. Et puis il y avait entre eux, encore, Marseille, la grecque, la ville de ce Pythéas dont le cargo du *Quart* porte le nom. « Cette douce lumière, cette grâce de Marseille. » Nombre de récits se déroulent à Marseille, où Nico a une poule, Gaby, « jolie fille mais pute jusqu’au bout des ongles ». Malheureusement, à l’époque, je n’avais jamais entendu parler de Kavvadias. C’était une époque où on lisait peu. Plus tard, en 1982, ce sont les livres qui m’ont mené jusqu’à un autre radio. Il était en retraite et habitait Châteauneuf-du-Faou, dans les Montagnes Noires, en Bretagne. Il m’avait reçu fort aimablement, vers le soir, peut-être même m’avait-il offert du champagne.

En 1947, il servait sur le *Brest*, le cargo sur lequel Lowry avait embarqué, avec sa femme Margie, de Vancouver au Havre. Trente-cinq ans après, il se souvenait très bien de Malcolm : « Il avait une bonne tête d'Anglais. Costaud, rouquin. Des mains deux fois grosses comme les miennes. En général, le matin et au début de l'après-midi, ça allait encore. Mais quand venait le soir, il était sous pression. Elle aussi, d'ailleurs. Il lui filait des trempes, il faut bien le dire. Elle l'appelait "my lion". » Un soir, au milieu de l'Atlantique, Malcolm disparaît. « Le commandant l'a fait chercher partout. Il craignait qu'il ne se soit fichu à l'eau. On a fini par le retrouver à demi inconscient, à demi gelé, sur le guindeau. Le lendemain, il avait l'air réjoui, à son aise. À sa place, j'aurais eu une gueule de bois pendant quarante-huit heures. » C'est ce voyage (apocalyptique, naturellement) que raconte *La Traversée du Panama*. J'ai encore la photo du radio dans sa station : bonne tête, un peu ronde, les cheveux crêpelés, semble-t-il, en vareuse, un galon sur la manche. Sur la paroi, des cadrans semi-circulaires d'ampèremètres, des commutateurs, et le cadran rond d'une horloge sur lequel sont portés les deux secteurs correspondant aux trois minutes par demi-heure où, sur toutes les mers du monde, on doit s'abstenir d'émettre pour ne pas risquer de couvrir d'éventuels appels de détresse.

« Le souvenir n'a de valeur que quand on sait que l'on repartira pour un nouveau voyage. Le pire des reniements, le plus grand désespoir est de jeter l'ancre dans son pays et de vivre de souvenirs » : telle est l'une des âpres, aventureuses morales du *Quart*. Telle est aussi sa mélancolie. Nul repos, nul refuge à attendre, nulle paisible retraite à savourer dans les demeures de la mémoire. « Heureux qui comme Ulysse... » : rien de plus étranger à l'esprit de Kavvadias que cette sagesse d'enfant prodigue de retour dans la famille. C'est plutôt dans le « Quand tu aimes il faut partir » cendrarsien qu'il se reconnaîtrait : « Ne te niche pas entre deux seins/Respire marche pars va-t'en. » Sa vie au long cours est à l'image de cette inquiétude essentielle : commencée en 1910 sur les bords du fleuve Oussouri, en Mandchourie russe où son père était fournisseur des armées tsaristes (et on peut rêver qu'il a été en relations d'affaires avec le marchand Rogovine et son jeune commis Frédéric Sauser, futur Blaise Cendrars), elle se poursuit, après le retour en Grèce et jusqu'à sa mort en 1975, sur les routes de la mer, en Méditerranée d'abord, puis vers l'Extrême-Orient et l'Australie. Stratis Tsirkas, l'auteur de *Cités à la dérive*, qui devint son ami à Alexandrie, nous le décrit anxieux en permanence du coup de sirène de l'appareillage. La fin du *Quart*, livre commencé dans le port de Melbourne et achevé sur la mer Tyrrhénienne, est une scène de départ magnifique, fellinienne. Deux femmes en robe du soir larguent les amarres du cargo. C'est la nuit, c'est la Chine, c'est la guerre. « Quand elles eurent fini, elles agitèrent leur mouchoir en signe d'adieu. »

OLIVIER ROLIN

À Panaïs Yannoulatos

FERDINAND : *Is she dead?*
BOSOLA : *She is what you would have her.*
Fix your eye here.
FERDINAND : *Constantly.*
BOSOLA : *Do you not weep?*
Others sins only speak; murder shrieks out.
The element of water moistens the earth.
But blood flies upward and bedews the heavens.
FERDINAND : *Cover her face; mine eyes dazzle; she died young.*

From *The Duchess of Amalfi,* WEBSTER

FERDINAND : Elle est morte?
BOSOLA : Elle est ce que vous souhaitiez qu'elle soit.
Fixez ici votre regard.
FERDINAND : Fermement.
BOSOLA : Ne pleurez-vous pas?
Les autres péchés ne font que parler; le meurtre hurle.
L'élément de l'eau imprègne la terre
Mais le sang jaillit, et inonde les cieux.
FERDINAND : Couvrez son visage; mes yeux sont éblouis;
elle est morte à la fleur de l'âge.

WEBSTER, *La Duchesse d'Amalfi*

PREMIÈRE PARTIE

— Qui est-ce ?

Une main souleva de l'extérieur le crochet de la porte, entrouvrit et s'immobilisa sans le lâcher.

— C'est moi, capitaine Gérasimos, le pilotin. Je voudrais te parler. Tu es couché ?

— Qu'est-ce qu'il y a, nom d'un chien ? On vient de passer quatre heures ensemble là-haut, c'est maintenant que tu te réveilles ? Entre et remets le crochet.

Le capitaine du *Pythéas* était assis sur un fauteuil tournant vissé au plancher. Il ne portait que son caleçon, et croisait les jambes. Il se frictionnait la cheville avec la paume de la main. Son corps luisait de sueur. Quarante ans, brun, de grands yeux.

— Eh bien, j'écoute. Quelque chose qui ne va pas, là-haut ?

Diamandis, le pilotin de pont, restait planté devant lui, comme ahuri. Grand et beau garçon, blond. Il s'essuya le front du revers de la main. Il ne savait par où commencer. Il balbutia :

— Ben voilà, capitaine Gérasimos… je sais pas… m'est poussé quelque chose…

— Où ça vaurien ?

— En bas… c'est comme un bouton, c'est petit, ça fait pas mal… mais je sais qu'on…

— Con toi-même.

Il tambourina avec deux doigts sur le rebord de la table et resta un moment sans parler.

— Va appeler le radio. S'il dort, réveille-le.

— Et pour ça, qu'est-ce qu'on va faire ?

— Obéis quand on te parle, vermine.

L'officier resta seul. Il s'épongea le cou avec un mouchoir kaki. La cabine avait deux mètres sur trois. Hublots au-dessus de la couchette, bureau, canapé, une étagère avec quelques livres. Contre la cloison, vissée sur une console, était suspendue une lampe à pétrole en cuivre. Le ventilateur tournait, torréfiant le vide.

Il se leva, éteignit l'ampoule électrique vacillante. Par les hublots entra la clarté douteuse d'une aube des longitudes orientales.

Il arracha une feuille à un vieux calendrier de Brown, vida le cendrier dessus, y enveloppa les mégots. Il les jeta par le hublot. Il avait mal calculé son geste ; le paquet heurta la tôle et les mégots se répandirent.

— Empoté de merde, grogna-t-il.

Il se baissa pour ramasser les mégots. Avant qu'il eût achevé, le crochet s'était de nouveau soulevé.

Le radio entra le premier. Petit, au-dessous de la moyenne, le cheveu clairsemé. Il portait un pantalon kaki, retenu à la taille par un seul bouton ; les autres manquaient. Une de ses oreilles pendait et était plus grande que l'autre.

— Bonjour. Qu'est-ce qui se passe ?

— Oh, presque rien. Cet oiseau qui s'est fait refiler un souvenir. Jettes-y un coup d'œil, tu t'y connais.

Diamandis se tenait à l'écart, la tête inclinée. Il faisait penser à un Donatello.

Le radio s'assit sur un petit tabouret de toile.

— Baisse ton froc.

— Mais…

Il semblait perdu.

— Non, sans blague. On est pas devant les dames, hein. Bon approche. Capitaine Gérasimos, branche la baladeuse et apporte-la pour qu'elle lui éclaire les jambes. Allume toutes les lumières. Parfait. Quand es-tu allé pour la dernière fois avec une femme ?

— À Alger, quand nous avons charbonné. Ça va faire un mois, et…

— Quand t'es-tu aperçu de ça ?

— Avant-hier soir, dès qu'on a quitté Sabang.

— Qu'est-ce que tu y as mis ?

— De l'iode.

— Enlève tout : tricot, pantalon, caleçon.

— Tout ?

— À poil.

Dans la lumière tremblotante de l'ampoule électrique minable, le corps du garçon apparut, très pâle au-dessous de la taille.

— Quel âge as-tu ? lui demanda le radio en regardant son dos, sa poitrine, sa taille, ses jambes.

— Dix-sept ans… Je vais tout juste les avoir.

— Longue vie… Dis-moi, Diamandis, c'était une femme arabe ?

— Oui.

— Belle ?

— Très belle.

— En maison ?

— Non. Je montais par les ruelles vers la Casbah. Rue de la Mer-Rouge, j'allais acheter un bracelet pour ma sœur. Elle m'a crié : « Esma… Taalé. » Je suis entré. On a fait ça en vitesse, on s'est même pas couchés. Tu crois que c'est grave ?

— Allez, va dormir. Ne le tripote pas du tout. Mets-y simplement de l'eau salée avec un coton que tu laisseras dessus. Le soir, de la camomille chaude. Et lave-toi bien les mains. Gérasimos, quand arrivons-nous à Schan-T'ou ?

— Au mieux dans six jours.

— Et dis-moi, Diamandis, tu as mal ?

— Non, une lancée de temps en temps.

— La tête ?

— Non… Ah si, hier midi après le déjeuner. Comme une lourdeur dans les tempes. Qu'est-ce que ça peut être ?

— T'inquiète pas. Va dormir. Mais fais comme je t'ai dit. Et dès qu'on touche un port, tu files chez le médecin. Des choses qui arrivent…

Diamandis partit sans dire bonsoir. Ses sandales résonnèrent sur la tôle du pont, puis le bruit disparut. Le capitaine et le radio restèrent un instant sans parler. Puis le premier prit la baladeuse, la déposa sur le bureau et l'éteignit.

— Le bougre, l'enfant de putain ! Tu te rends compte ! Il allait dans les ruelles chercher un bracelet. Comment il a fait pour me filer sous le nez, le salaud, je n'ai pas encore compris. On s'était tués au travail ce jour-là. Et je n'ai même pas eu l'idée de le rechercher.

— Tu as de l'alcool à 90 ? demanda le radio.

— Oui.

— Verse-m'en sur les mains. Merci.

Il se dirigea vers la porte.

— Pars pas comme ça. Tu veux boire quelque chose ? Un kirsch ?

— Non, je ne bois plus.

— Whisky, brandy ?

— Non, rien.

— Tu as complètement arrêté, alors ? Pas commode.

— Ça fait trois ans.

Le regard du radio tomba sur un flacon posé sur l'étagère de verre, au-dessus du lavabo. Il prit un verre et le remplit à près de la moitié.

— Passe-moi l'iode, dit-il doucement.

L'autre la lui donna sans un mot. Dix, vingt gouttes… l'eau se colora. Il but d'un trait, toussa un peu. Puis il murmura :

— Tu te rappelles, Gérasimos ?

— Oui…

— Si tu as oublié, je vais te le rappeler. Ça fait dix-huit ans, pas un de moins. Sur cette île du golfe. On avait faussé compagnie à notre commandant, en lui filant sous le nez, tout juste comme Diamandis que tu viens d'injurier. On était complètement ronds. On a déniché le village où étaient les femmes noires. Tu as lu en bâillant un écriteau : *Supplying of intoxicants to natives is strictly forbidden*[1]. On avait chacun deux bouteilles de whisky bon marché cachées sur nous. Puis moi j'ai lu l'autre inscription : *Beware of native women. All rotten here.* Là-dessus

1. À l'exception des noms de navires, les mots en italique dans le corps du texte sont en caractères latins dans l'original. *(N.d.T.)*

voilà les Anglaises de l'Armée du Salut qui nous abordent. La vieille chèvre aux dents gâtées et la fille aux yeux verts.

« — Où allez-vous ? a demandé la vieille en colère.

« — Chez les femmes.

« — C'est une honte. Retournez sur votre bateau.

« — Ça peut se faire, a dit l'un de nous, je ne me rappelle plus lequel. Ça peut se faire… si vous êtes d'accord pour venir avec nous.

« Et tu as fait un geste avec le troisième doigt de la main. Alors la vieille nous a craché dessus à travers ses dents gâtées.

« — *Hell damn you both… Dirty dogs.*

« Il m'a semblé que la jeune souriait. Et on est allés chez les femmes noires. Tous les deux dans la cabane en bambous. Elles étaient nues, avec des chiffons multicolores dans les cheveux. Et cette odeur… Nos mains dansaient sur leur corps. Elles avaient de petits seins, comme en caoutchouc, qui avaient l'air de loucher. On les a échangées au second coup. J'ai pris la tienne. Vingt jours plus tard, en Biscaye, le mal était à son comble. Et puis nous nous sommes séparés.

Le capitaine Gérasimos l'interrompit d'un geste de la main, prit un paquet de cigarettes anglaises et lui en offrit.

Le radio allait frotter l'allumette, mais s'arrêta

brusquement. Le capitaine s'était approché de lui.

— Donne-moi la main, la droite. Ouvre-la.

L'autre ouvrit la main, regardant sans comprendre.

— Ah... Ça alors ! Tu vas te rappeler de ces choses. Des enfantillages.

Une mince ligne blanche partait du pouce et allait jusqu'au poignet.

— Je voudrais que ce ne soit jamais arrivé.

— Quelle drôle d'idée, de bon matin ? Je ne m'en souvenais même pas.

— Moi je m'en souviens. Ça m'a tourmenté bien souvent la nuit, pendant le quart... C'était à Huelva. Cette bohémienne immonde, pieds nus, les jambes couvertes de poussière, dont la sueur empestait le moût. Elle t'avait préféré. Je n'ai pas encore réussi à comprendre pourquoi j'ai tiré le canif que tu m'avais aiguisé toi-même trois heures plus tôt sur la pierre de la machine, et pourquoi tu as empoigné la lame. Je te retrouve ce soir. Depuis que tu as embarqué à Port-Saïd nous avons dû nous dire bonjour deux fois. Quand je t'ai vu subitement sur l'échelle de coupée, j'ai été tout remué. Il y a longtemps que je voulais te parler. Tu m'en veux toujours ?

— Mais non, voyons, Gérasimos, tu parles comme un gosse. Dis-moi plutôt pourquoi l'autre radio est parti.

— Il avait quelque chose qui ne tournait plus rond, le pauvre diable. Il avait toujours peur des requins. Il criait aux matelots : « Ne jetez pas les restes à la mer. Vous les attirez, les salopards, vous les rassemblez autour de nous. » Et puis il paraît qu'il a eu une crampe dans la main et qu'il ne pouvait plus transmettre. Il n'arrêtait pas de démonter le manipulateur et de polir les contacts. Le jour de Noël il a démonté toute la cabine radio et étalé les pièces sur le panneau de la cale. Il a descendu, en mer, la grande antenne et s'est mis à l'astiquer. Vous finissez tous cinglés, vous autres… Tu m'as interrompu, laisse-moi finir. Je me suis défilé ce soir-là, après t'avoir blessé, et j'ai embarqué comme matelot sur un bateau espagnol. Tu m'as envoyé mon livret avec un licenciement en bonne et due forme et tu n'as pas dit un mot… Eh bien ?

Le radio sourit et répondit :

— Non seulement je l'avais oublié, mais je te dois encore une fière chandelle. Tu étais deux fois plus haut que moi, et râblé. Si tu m'avais tiré deux beignes, je t'aurais descendu ou je me serais tué moi-même.

Ils restèrent un moment silencieux, regardant le plancher.

— Tu peins toujours ? demanda le capitaine. Je me rappelle que c'était une passion. Tu dessinais avec un charbon sur les parties blanches du bateau et le bosco te courait après.

— Non.

— Pourquoi ?

— Oh... j'ai perdu deux couleurs ; le vert d'abord, et puis... Gérasimos l'interrompit :

— Qu'est-ce qu'on va faire ?

— Pour Diamandis ? Eh bien, au port on ira dare-dare chez le médecin. S'il est positif, on lui transformera le cul en passoire à coup de bismuth et de pénicilline. Tu t'es bien soigné ?

— Oui. Pendant quatre ans tous les remèdes et cette année encore huit millions d'unités du nouveau. Et toi ?

— Deux ans, et irrégulièrement. J'ai pensé qu'il valait mieux que ce soit la maladie qui me rende fou, plutôt que les remèdes. Drôle de maladie. Tant qu'on a le chancre, on croit qu'on est pourri, qu'on pue, que d'un moment à l'autre le nez va vous tomber. À la première piqûre, dès qu'il disparaît, on oublie tout. Et ensuite on en a pour toute sa vie à s'affoler. Le moindre mal de tête, un petit bouton, un vertige et on est pris de panique pour des mois. Tu as éprouvé ça, Gérasimos ?

— Oui, mais je m'en amuse. Et puis je crois que je suis guéri. Un si long traitement, les nouveaux remèdes...

— Et moi je crois que rien n'en vient à bout.

Écoute ce que m'a dit un médecin chinois, un jour à Ch'ing-Tao. Tu sais pourquoi on donne les quatre remèdes ? Parce que le ver s'habitue au premier et le mange. Il mange aussi le second, au troisième il a une indigestion, au quatrième il s'assoupit. Mais il ne meurt pas : il dort. Moi j'y crois, et n'écoute pas tout ce qu'on raconte. Le meilleur remède, c'est la chaleur torride. C'est pour ça que je préfère être tout le temps sous les tropiques. Tu as vu les Noirs à la Jamaïque, à Port-Soudan, à Bouchir ? Les jambes marquées mais cicatrisées, pas un nez de rongé ; ils meurent de vieillesse. Alors, les tropiques sans arrêt. Tu sais, je suis inquiet pour ce garçon, il a l'air gentil. Qui s'occupe de lui ?

— Le commandant ; c'est son oncle. Et le saligaud a une mère veuve et des sœurs. C'est lui qui les fait vivre, qui prend soin d'elles. Si son oncle l'apprend, ça va être sa fête.

— Quel genre d'homme est-ce, le commandant ?

— Un buffle. C'est un adepte de ton système, question traitement. Dans la mer Rouge il met une couverture de laine. Il a un radiateur électrique et il l'allume ici, dans ces mers, l'animal.

— Il est bon marin ?

— Il ne connaît rien à rien. Complètement borné.

— Il est de Céphalonie ?

— Penses-tu. Il ne sait pas lui-même d'où il est. Sa femme est la sœur du patron, tu comprends ? On ne l'a jamais vu à la passerelle. Il se contente de m'envoyer ses ordres par le steward. Tu ne lui as jamais parlé ?

— Non. Avant-hier il est venu pour la première fois à la porte de la cabine radio. Il m'a dit : « Tu vas attraper un tour de reins, tu diriges le ventilateur sur ton dos. » Il m'a demandé si j'avais des feuilletons, des revues ; je lui ai dit que non et il est parti. Ses habits empestaient la pharmacie… Je t'ai fait veiller. Je vais débrancher les accus. Tu parles d'une installation ! Bonsoir.

— Si tu veux, monte pendant mon quart, on bavardera. De douze à quatre. On parlera de nos souvenirs.

— Entendu.

Il partit. Le capitaine resta seul. L'électricité s'éteignit d'elle-même. Il défit les boutons de son pantalon et s'étendit à la renverse sur le canapé. Ses chaussures tombèrent avec fracas sur le plancher. L'horloge marquait six heures moins le quart, heure locale.

Le *Pythéas*, cargo de cinq mille tonnes, *standard* de la première guerre mondiale, à baignoires et à machine compound, naviguait à sept nœuds au large de Singapour. Par les hublots entrait une lumière chétive, maladive, qui sentait le phénol.

Premier quart

— Ne force pas, tu entends ? Tu donnes des coups de barre à droite et à gauche, c'est comme ça qu'il dérive. Nous gaspillons une tonne de charbon pendant notre quart à cause de tes coups de barre. Je te l'ai dit cent fois, il faut y aller en douceur. S'il y avait des courants, je dirais passe encore, mais là…

— C'est pas ma faute, capitaine Gérasimos, c'est le navire qui est pas gouvernable. Y pique du nez de deux pieds.

— C'est ça, apprends-moi la navigation, Polychronis. Où est Diamandis ?

— Il est allé voir le loch, murmura le timonier.

— Qui l'a envoyé ? Qu'est-ce que c'est que cette histoire ?

— Sais pas.

— On déconne là-dedans, ma parole. Non mais sans blague !

Il s'appuya au bastingage, prit les jumelles :

— En gouvernant comme ça, tu distingues bien le vert ?

— Oui.

— Tu le maintiens comme ça, sans le perdre.

— Sans le perdre.

Le radiotélégraphiste monta sans bruit et s'arrêta à côté du capitaine.

— Bonjour. Je t'ai envoyé le bulletin.

— Oui, je l'ai eu. Hong-Kong nous mijote quelque chose, le cap.

— Nous sommes encore loin. D'ici à ce qu'on arrive là-haut…

— Fallait s'y attendre. Dis-moi, quand dors-tu ?

Le radio haussa les épaules.

— Deux heures l'après-midi, et autant à l'aube.

— Si peu que ça ?

— Pendant des années j'ai fait le pire quart, à bord des paquebots. De douze à quatre, pas moyen de changer. J'ai perdu le plaisir du sommeil. De se réveiller et de pouvoir se rendormir pour un moment.

Diamandis remonta en tapinois, boutonnant son pantalon. Il cracha sa cigarette, l'écrasa et se blottit dans l'aileron.

— Oui, les paquebots… Parle-moi des paquebots, dit le capitaine.

— Du monde, de l'agitation, un port par jour. Pas un sou de côté, tout part en taxis. Les couples qui se caressent devant ta porte et ne te laissent pas fermer l'œil. Tu as une cabine et tu n'en as pas.

— Pourquoi ?

— Parce que… où dormiraient les gens qu'on te recommande et qui voyagent en classe pont ? Que de fois j'ai dormi dans des fauteuils ! Tu n'as jamais été sur un paquebot ?

— Une fois, pendant six mois. Il m'en a cuit.

— Raconte.

— Non, finis ce que tu disais, je te raconterai après.

— Le passager… c'est gratiné comme marchandise. Pire que le minerai ou la graine de lin. Même si tu transportes ton meilleur ami, ton frère comme on dit, même si tu t'es mis en quatre pour lui, à peine arrivé au port où il débarque tu le perds. Il ne te dira même pas au revoir. C'est pas croyable, hein ? Il oubliera.

— C'est peut-être pas sa faute, il perd peut-être la tête.

— Et les marins de paquebots. Des enfants, qui mettent leur tenue de sortie trois heures avant que le port apparaisse. Et qui ont toutes les mauvaises habitudes des passagers : « Quand arrive-t-on ? À quelle heure ? On aura de la mer ? Vous avez reçu le bulletin météo ? » Corrompus, trafiquants à la petite semaine. Et perchés comme des corbeaux sur le bastingage, à attendre les cadavres. Malheur à l'orpheline qui voyage seule. À la pauvresse qui tient son baluchon à la main.

— Un moment. Diamandis !

Le pilotin écrasa sa cigarette et approcha.

— Je t'ai dit de ne pas fumer pendant le quart. File au projecteur et demande à ce marin d'eau douce qu'on va croiser nom et destination. Lentement, pour qu'il te reçoive… Après ?

— Après, j'en ai eu assez de la Méditerranée. J'ai embarqué sur un grand paquebot de la compagnie, qui faisait la ligne de l'Australie : Gênes, Port-Saïd, Aden, Colombo, Friman, Melbourne. Trente-trois jours de traversée. On avait son content de mer. Si tu avais vu à Gênes comment embarquaient les émigrants ! Les haut-parleurs hurlaient en cinq langues. Une foule confuse, haute en couleurs. Chacun avec sa religion, et tous ensemble sans foi. Ils partaient recommencer leur vie. Beaucoup portaient encore sur le bras le numéro qu'ils avaient en camp de concentration. Il y avait des femmes qui venaient avec toi pour une cigarette, pour un verre d'alcool, pour rien du tout, parce que ça les fatiguait de refuser. Dès qu'on arrivait au dernier port, je m'allongeais pour dormir et à mon réveil le brouillard du *Yara-Yara* les avait tous engloutis. Où était parti ce bruit, ce brouhaha qui m'avait bercé pendant tant de jours, dont j'avais assez et que j'aimais ? Des ponts déserts, jonchés de chaises brisées, de journaux en toutes les langues, de livres en hébreu, de peignes et de sachets vides. Enfin, tu imagines. La lance d'arrosage balayait tout ça d'un seul coup.

— Je vois d'ici ce que tu as dû faire avec les Juives. Tu as pas dû t'embêter.

Le radio se tut. Il gratta une allumette, l'éleva devant lui, comme s'il cherchait à distinguer, à la faible lueur de sa flamme, les yeux du capitaine, et l'éteignit sans allumer de cigarette.

— Non. Jamais à la mer. Depuis vingt ans que je navigue sur la ferraille, je n'ai jamais souillé ma couchette. Je dis que ça me flanquerait la poisse. Quand une femme me plaisait et qu'elle voulait bien, on allait à l'hôtel dans les ports. Mais jamais à bord.

— Tu es bizarre. Vous autres qui travaillez dans la radio, vous êtes tous tordus. C'est le courant qui vous porte à la tête. Pourquoi es-tu devenu radio ? Tu étais parti pour être commandant.

— Je ne suis parti pour rien du tout. Seulement pour naviguer. Ceux qui ont embarqué avec moi ont eu leur brevet en quatre ans, toi comme les autres. Moi j'aimais la proue. L'insouciance. Beaucoup de capitaines de notre île se sont mis à me donner des conseils. D'autres se moquaient de moi et me montraient du doigt.

Mon amour-propre a été piqué. J'ai préparé un brevet de lieutenant au long cours. C'est à ce moment-là que j'ai rencontré un armateur cousin de ma mère. Le seul homme qui m'ait compris et pardonné. Il me donnait toujours du travail, sans me demander pourquoi je naviguais. Je le lui ai avoué de moi-même. Il m'a dit : « Fais-toi radio. Plutôt que de défoncer une proue, mieux vaut encore déglinguer un poste émetteur. » Je buvais, tu comprends ? Toi, tu as eu le brevet de commandant ?

— Non, murmura l'autre. Pas encore. Et je ne sais même pas si je l'aurai jamais.

— Allons donc ! Enfin tu connais ton métier comme peu de gens…

— Pour ce que ça change ! Ça m'avance à quoi ? On ne t'a jamais raconté ? Tu n'as rien entendu dire ?

— Non.

— Eh bien, écoute. Je faisais mon service quand j'ai eu mon brevet de lieutenant. À ma libération j'ai embarqué comme petit troisième sur les cargos, et au bout de deux ans j'ai eu mon brevet de second sans examen. Je suis reparti et j'ai navigué encore deux ans et demi. Il me manquait six mois pour l'avoir. Je n'avais pas d'argent de côté, mais je le voulais. Oh, c'est pas qu'on m'aurait donné un commandement, à vingt-huit ans et sans piston, mais comme ça quoi, je voulais l'avoir en poche. Un parent lointain m'a donné une recommandation et j'ai embarqué comme second sur un paquebot. Je ne les aimais pas comme toi, les paquebots ; ils me débecquetaient. Nous faisions la ligne Alexandrie-Le Pirée-Brindisi. Je n'ai pas été long à comprendre la combine, et à faire de l'argent. Un filet à cheveux, une robe de chambre en soie, quelques pierres à briquet, un peu de papier à cigarette. La contrebande n'est pas un crime. Tu donnes ton argent et tu achètes ; tu ne voles personne. Pas question de stupéfiants ; j'avais trop d'amour-propre pour ça. Mais quelque chose qui ne fait pas de mal à autrui, il ne faut pas en avoir peur, me disais-je. Je me faisais deux ou trois mille drachmes par voyage, une grosse somme à l'époque. Au bout de trois mois j'ai eu de quoi payer les cours préparatoires, et même un peu plus. Nous avions un petit terrain, minuscule, à Athènes. Je rêvais de bâtir une maison pour que ma vieille ait un abri pour ses vieux jours. Tu te souviens de ma mère ?

— Oui. Un jour nous avons mangé chez toi. Je me rappelle qu'elle avait tué un coq. Nous avions bu de la robola[1] et nous étions saouls comme des Polonais. Nous lorgnions la fille qu'elle avait fait venir de son village.

1. Vin de Céphalonie. *(N.d.T.)*

— Angélica !

— Oui, un morceau de prince ; ta mère l'a envoyée soi-disant faire des commissions. Une femme d'esprit.

— Oui. Un mois avant de débarquer j'avais vingt mille drachmes. Je me suis dit. c'est le moment de tenter un grand coup. Tout l'argent que j'avais, je l'ai mis en marchandises. Trois jours plus tard il devait se trouver multiplié par dix. Ma vieille — Dieu ait son âme — s'est doutée de quelque chose, et m'a serré de près :

« — Sur l'âme de ton père, sur la mer où tu navigues, mon maître, garde-toi des affaires louches.

« Je n'ai rien voulu savoir et je l'ai rabrouée. Nous sommes revenus d'Alexandrie un jeudi matin. Une fois sorti de la douane, la marchandise planquée, quand j'ai dépassé l'église Saint-Nicolas, je me suis arrêté pour respirer. J'ai murmuré : « Adieu la misère ! » Et je me suis mis à faire des calculs... Comment je me suis retrouvé en taule à midi, comment je suis passé en justice — dix-huit mois de prison — je n'ai pas encore réussi à le comprendre. Une crasse ? On avait donné la marchandise ? Je peux dire que je n'avais fait de tort à personne. La jalousie ! Je ne me serais jamais attendu à pareille tuile. À pareille catastrophe. Et j'étais sans crainte, tu sais. Paré, comme nous disons. Il m'est resté vingt-cinq drachmes en poche, et mille que ma mère avait mises de côté. Elle a eu beaucoup de courage. Un roc. Au moment où on me mettait derrière les verrous, elle m'a souri. Un pauvre sourire si tu veux, mais enfin elle m'a souri. Une fois par semaine on lui permettait de me voir. Elle ne m'a jamais rien reproché.

« — Courage, tout est là. Tu sortiras, avec la grâce de Dieu, et nous oublierons tout.

« Comment elle se tirait d'affaire, je ne l'ai jamais su, et ne le lui ai jamais demandé. Un dimanche d'hiver, à midi, elle est arrivée en tenant à la main une gamelle. En sueur, toute rouge, avec sa vieille robe noire et ses souliers percés et poussiéreux. Elle me dit :

« — Je t'ai apporté le repas que tu préfères : de la poule bouillie. Mange avant que ça refroidisse.

« Je lui dis :

« — Écoute, Maman, nous allons manger ensemble, sans quoi je n'y touche pas. Et tu vas me dire tout de suite pourquoi tu es venue à pied.

« Elle s'est fâchée tout rouge :

« — Mais, mon fils, tu n'y es pas ! Depuis ce matin je n'ai pas cessé de manger. Et j'ai pris le tram. Tu t'imagines que je serais venue à pied ! Tu déraisonnes.

« Pour la première fois — j'en suis sûr — elle

mentait. Il manquait les deux cuisses et la tête de la poule. En se levant pour s'en aller elle m'a glissé dans la main vingt drachmes et cinq cigarettes fortes de Kalamata.

« — Je reviendrai jeudi, mon petit. C'est jour de fête et on laisse entrer. Bon courage.

« À travers les barreaux de la fenêtre, je l'ai vue s'en aller toute courbée. Qu'est-ce qui m'a pris de regarder, imbécile que j'étais ! Il y avait des gosses qui jouaient dans la rue. Brusquement elle a trébuché sur un pavé et est tombée à genoux. Alors un fumier de gosse, un bâtard conçu dans le cul, un fils de pute, qui devait avoir huit ans, est venu par-derrière et l'a poussée. Quand je suis revenu à moi, elle avait tourné le coin de la rue. Les crapules riaient encore. Deux jours plus tard, un matin, le directeur m'a fait appeler. J'étais fou d'angoisse. Il m'a dit d'un ton paternel :

« — Eh… ce que c'est que de nous. C'est là que nous finirons tous.

« J'ai eu le courage de lui demander qui l'avait enterrée, et où on l'avait mise :

« — Mais, la Municipalité… Qui d'autre ?

« Quand je suis sorti de prison, je n'ai pas trouvé une seule casserole à la maison. J'ai embarqué comme matelot sur un bateau panaméen. Je suis revenu trois ans plus tard et j'ai ramené ses cendres au village. Je lui ai fait un tombeau de marbre, et tout autour nous avons mis des pots et planté les fleurs qu'elle préférait. Ça fait onze ans qu'elle a rendu l'âme, la Céphalonienne. Depuis je n'ai pas caressé un enfant. Des bonbons, je n'en donne même pas à mes neveux. Des coups de pied au cul, oui, à l'occasion. Les enfants sont des scélérats.

Il se retourna pour regarder le radio, mais l'autre avait descendu l'échelle, sans dire bonsoir.

— Diamandis, relève le quart et va voir le loch.

Une aube jaune, et le visage du capitaine jaune comme de la cire.

Deuxième quart

— Pourquoi restes-tu là à faire la gueule ?

— Ma tête, capitaine Gérasimos. Elle va éclater. J'ai des élancements au-dessus de l'œil droit.

— C'est la chaleur. J'en ai autant. Prends une aspirine, ça te passera.

— J'en ai pris trois depuis cet après-midi, ça n'y fait rien. Et ce n'est pas tout : mes cheveux tombent quand je me coiffe. Le peigne en est plein.

— Tu as vu le radio ?

— Je viens de passer à la cabine radio, il travaille. Si je pouvais seulement savoir ce que j'ai…

— Quoi que tu aies, nous allons toucher un port. On ne meurt pas comme ça sans crier gare. Ce soir c'est une vraie fournaise. Pas un souffle de vent, la vache… Tiens, le voilà. Prépare deux cafés, Polychronis, pas trop sucrés. Comment ça s'est passé, ton quart ?

— Infernal. Le récepteur est plein de parasites et crépite. La cabine radio est une étuve ; quoi qu'on touche, on se brûle. Et en plus vous coupez l'eau. C'est un comble. Il y a un typhon, plus haut, je t'ai envoyé le papier.

— T'inquiète pas, on est encore très bas ; on ne sera même pas touchés par ses ramifications. S'il continue comme ça, il va former encore beaucoup de petits typhons et les dissiper. Tu as peur ?

— De ça… À présent je me moque pas mal de me noyer. Je n'ai peur que de la maladie.

Diamandis fit un pas de côté et tendit l'oreille.

— Et des femmes, continua le radio.

Le capitaine répondit avec malice :

— Si tu n'es pas guéri de la première, ne redoute pas les autres.

— Tu ne m'as pas compris. C'est le lit qui me fait peur. Une maladie avec laquelle on peut voyager, comme la nôtre…

— Parle plus bas, ce corniaud ne perd pas un mot. Tu parlais des femmes.

— Oui. Elles me font peur.

— Nous en avons tous peur, plus ou moins. Surtout de celles des ports.

— Ce sont les meilleures. Qui a jamais attrapé une maladie dans une « maison » ? Pourquoi les appelle-t-on « propres » ? Parce qu'elles se lavent dès qu'elles finissent le travail. Je me rappelle l'une d'elles un soir à Las Vegas. J'ai retiré ma chemise. La flanelle que je portais sur la peau était déchirée, en haillons. J'ai attiré la femme vers moi pour la caresser. Elle m'a dit :

« — Attends, te presse pas.

« Elle m'a enlevé de force la flanelle et s'est mise à la repriser. Quand je l'ai payée, elle a rougi comme une collégienne et m'a dit, en gardant l'argent à la main :

« — Si tu n'en as pas d'autre, laisse. Garde-le, et quand tu reviendras tu me rapporteras des raisins de Corinthe.

« J'ai refusé et je lui ai montré une liasse de billets.

« — Alors, je t'en prie, achète-toi une flanelle. Si ta mère te voyait dans cet état, elle pleurerait toutes les larmes de son corps.

« Tu vois ce que je veux dire : c'est des autres que j'ai peur, des honnêtes femmes, qui ne couchent pas pour de l'argent. De celles qui sont instruites. Et que l'on épouse.

— Toi, tu ne te marieras pas ?

— Non... Pauvres marins. J'ai vu leurs femmes venir sur le quai avant que le bateau accoste et attendre debout sous le soleil ou sous la pluie. Je les ai vues leur dire adieu au moment où ils levaient l'ancre, tourmentées, estropiées par les avortements, avec une bande d'enfants qui se cramponnaient à leurs jupes. Frustrées, tu comprends ; le mari est absent. Quand elles tombent sur un malin, il les a du premier coup. Pendant ce temps les cocus se battent avec la mer et les vents. J'en connais un tas qui se sont fait coller des maladies par leur femme. M'en parle pas.

— Tu es injuste, grogna Gérasimos entre ses dents. Ce sont des contes à dormir debout. Il y en a des milliers qui sont de braves femmes, qui respectent le pain qu'elles mangent. Elles enfantent, baptisent, enterrent toutes seules. Et dis-moi : quand nous sommes absents pendant cinq ans, dix ans, que peut-on leur reprocher ? Le corps est le corps.

Le radio but une gorgée de café et cracha dans le creux de sa main.

— Tu as trouvé quelque chose ? Attends, je t'éclaire.

— Pas la peine, gaspille pas d'allumettes.

Une mouche, il n'y en a pas avec cette chaleur ; de cafard non plus. Un scorpion, impossible : la tasse est trop petite... Oui, écoute. Ma mère avait un oncle commandant. Bel homme, riche — il possédait quatre navires. Il avait la quarantaine quand il a épousé Zaphirio : dix-huit ans, orpheline, d'une famille de notables ruinés. Belle... Il a fait venir des maçons de Patras et a restauré le palais de ses ancêtres. Tout en acajou et en cristal. Il est resté assez longtemps auprès d'elle puis a embarqué sur son meilleur caïque, dont il lui avait fait donation et qu'il avait baptisé à son nom. Il faisait de petites traversées. Un beau jour, il devait partir pour Savona vers minuit. Il met la clef dans la serrure et trouve sa femme à califourchon avec un type de Kalamata qui s'enduisait les cheveux d'huile et les frisait comme une tante, et qui faisait le tour de Céphalonie en vendant de la cotonnade et des peignes. Le type a essayé de sauter par la fenêtre sans pantalon, mais l'autre l'a retenu par les cheveux. Zaphirio, affolée, se cachait le visage dans les mains. Mon oncle a mis le couvert pour trois, allumé les chandeliers et les lampes, débouché une bouteille de pommard, sorti caviar et jambon et les a forcés à se mettre à table. Il leur disait :

« — Mangez, vous avez besoin de reprendre des forces.

« La domestique est apparue à la porte en chemise de nuit.

« — File te coucher, roulure, et boucle-la, ou gare à tes fesses.

« Comme il versait à boire, un peu de vin est tombé sur la nappe en toile de Russie et l'a tachée. Il y a trempé ses doigts et les leur a posés sur le front :

« — Porte-bonheur !

« — Costandis, tue-moi tout de suite si tu veux, mais ne me torture pas. Jette-moi à la rue, fais-le proclamer par le crieur public, mais laisse-moi m'habiller.

« Dès que le jour s'est levé, il a chassé à coups de pied le type de Kalamata, après lui avoir coupé les deux jambes de son pantalon, a bu son café et est allé au Cercle où il avait un narguilé réservé. La nuit il a couché avec elle, et la nuit suivante de même. Ça a duré un mois : toutes les nuits il la sautait et au petit matin il partait visiter ses terres. Un jour Zaphirio lui a dit :

« — Costandis, tu oublies chaque fois de l'argent sous l'oreiller.

« Il a répondu :

« — Je ne l'oublie pas. Je paie toujours les putes avec qui je couche.

« Un jour à midi ma tante s'est mise à cracher le sang, pendant qu'ils étaient à table ; elle est morte quelques jours plus tard. Le capitaine n'a laissé personne entrer dans la maison. Il l'a habillée tout seul, et à minuit — c'est le lendemain matin qu'on devait l'enterrer —, il lui a relevé les jupes, la bonniche qui l'avait vu faire l'a raconté longtemps après, et lui a craché sur les cuisses en grommelant : « Voilà pour toi, salope. » Je l'ai connu complètement aveugle, centenaire ; il restait assis sur un tabouret devant sa maison, face à la mer. Voilà les femmes.

Le capitaine répondit brutalement :

— Une belle espèce d'homme, feu ton oncle. Un fier-à-bras, oui. Si elle avait eu une dot et des gens pour la protéger, il aurait écrasé. Mais une orpheline, c'était une trop belle occasion de se défouler. Il aurait pu la déshonorer, la tuer, mais en homme. Je suis sûr que ta tante doit être au nombre des saintes. Quant à lui, tu ferais bien de lui allumer un cierge, parce que j'ai idée que là où il est il doit avoir une queue. Et pas pour chasser les mouches : une queue comme celle du diable.

Le radiotélégraphiste tenta de gratter une allumette. Une deuxième, une troisième, une quatrième. Le pilotin s'approcha timidement, le briquet à la main.

— M'sieur Nico… j'ai mal à la tête depuis hier, et puis mes cheveux tombent. Tu crois que c'est…

— Merci, Diamandis. Beau briquet ; au quart

de tour. Eh bien… on verra au port. Mais surtout n'aie pas peur.

Le pilotin se retira dans l'abri de navigation. On n'entendait que les pistons de la machine qui montaient et descendaient. Pendant un long moment les deux hommes restèrent muets. Brusquement le radio se mit à tousser. Une toux sèche et agaçante. Il tira un mouchoir et le porta à sa bouche.

— La toux de la cigarette, murmura-t-il. Voilà des années que je l'ai. Faut dire que le tabac s'abîme avec l'humidité. On fume de la paille. Si on pouvait en ce moment être chez Zacharatos, ou dans un café français, ou dans une brasserie anglaise, on pourrait retrouver la véritable odeur du tabac. Le café que nous buvons est éventé, le thé de même, la nourriture que nous mangeons… mieux vaut ne pas en parler. Ça me fout hors de moi dans les ports quand les gens viennent manger à bord et font des compliments sur les macaronis.

Il cessa de tousser et fouilla dans sa poche pour chercher des cigarettes.

— Pourquoi ne cesses-tu pas de fumer, puisque ça te fait du mal ? dit Gérasimos.

— À toi aussi ça fait du mal, et à tout le monde ; mais n'y en a pas un sur mille qui cesse de fumer. Écoute : si jamais je me trouvais sur une île déserte, privé de cigarettes et de femmes, et si on me disait de choisir entre les deux, je prendrais la cigarette. Entends-tu ? La cigarette.

— Sottises. Personne ne sait ce qu'il ferait en un pareil moment.

— Je me suis déjà trouvé dans un cas semblable : j'ai choisi la cigarette.

— En t'écoutant parler, je comprends que tu les aimes, les femmes, et mêmc plus qu'il ne faut. Il se peut que l'une d'elles t'ait fait une crasse, c'est pour ça que tu t'es mis en rogne et que tu parles de cette façon ; mais ça te passera.

— Allons donc. Bien sûr que je les aime. C'est une bénédiction de les voir nues. Seulement il faut les payer, ou alors qu'elles te paient. C'est le plus correct. Rappelle-toi, nous étions ensemble cette nuit-là à Anvers. Nous sommes restés jusqu'à la fermeture du *Rigel.* Nous n'étions plus que nous deux, avec une douzaine de filles qui dansaient le can-can sur les tables. À l'aube nous avons fait faire l'addition : tant pour la boisson, tant pour les verres cassés, tant pour chaque fille. Six mois de paye. Quand nous sommes partis, je suis sûr qu'elles ne nous ont pas traités de minables et de radins. Pour moi les femmes, ce sont celles qui sont enfermées dans les cages de fer à *Tardeo.* À Yokohama, dans les vitrines, assises sur les tabourets, dans les bordels populaires de Fu-Chou, dans les maisons crasseuses de *Massawa.* Une cabane de roseaux, à quatorze milles de Colombo. La Cinghalaise qui marchait nue, à quatre pattes, montrant ses merveilleuses dents jaunes. Une rabane sur le sol, une cruche d'eau, une mangouste maligne pour les najas, un basilic aux yeux multicolores pour les moustiques, et une herbe qui brûlait sans arrêt pour chasser les scorpions avec sa fumée. Étendu à la renverse, épuisé par les quarts, l'humidité, l'alcool, le corps de la femme qui dormait à mon côté, je regardais le plafond de roseaux. Un scorpion pris de vertige oscillait, prêt à tomber juste entre mes deux yeux ; je le voyais mais j'étais incapable de faire un mouvement. Je me suis endormi. J'ai toujours éprouvé du dégoût pour ces mots faisandés : « Laisse-moi, je ne veux pas. Dis-moi d'abord que tu m'aimes, que tu ne me quitteras jamais... » Et quand on a fini, ne pas pouvoir se tirer immédiatement. Être obligé de la consoler, comme si on l'avait battue, comme si on l'avait outragée. Ça me fait vomir. Les seules leçons que j'aie jamais reçues m'ont toujours été données par les filles que l'on dit publiques. Tout jeune j'allais dans un mauvais lieu d'Athènes, chez Sakkoula, aux Gazomètres. Je couchais avec une Smyrniote laide, qui s'appelait Arapo. Elle était affable et compatissante. Elle ne voyait jamais un mendiant sans lui faire l'aumône. Elle me donnait des bonbons et des gâteaux de sésame. Écoute-moi bien. Une nuit, un chauffeur m'a emmené chez lui passé minuit, pour m'offrir à boire et me faire fumer du haschisch de Bursa. Il m'a dit : « Tu verras aussi ma petite amie. » Nous sommes arrivés. Arapo nous attendait ; c'est tout juste si elle ne nous a pas lavé les pieds. Je suis parti au matin. Quelques jours plus tard je suis retourné chez Sakkoula. Dès qu'Arapo, m'a vu, elle est accourue en tirant une autre femme par la main.

« — Je te présente la Crétoise, elle est meilleure que moi.

« Je n'ai pas compris. Je suis resté interdit. Elle a ajouté :

« — Oui, Nicolis, nous autres nous avons mangé dans la même assiette, nous ne pouvons plus coucher ensemble. Adieu, sois à la hauteur. Et quand tu voudras, viens manger à la maison avec Michel.

« J'ai été leur compère[1] quand ils se sont mariés, dans une église de la banlieue d'Athènes. Elle n'était pas maquillée, portait un tailleur coupé dans une vieille veste, et a pleuré pendant tout le temps que le prêtre a psalmodié. Je l'ai revue une nuit sous l'occupation, après l'heure du couvre-feu ; son enfant avait besoin d'un remède, et elle cherchait une pharmacie. Et ceci

1. Le témoin, qui « marie » les époux dans le mariage orthodoxe. *(N.d.T.)*

encore : il y a des villes, près des frontières, où quand un soldat vient à mourir, ces femmes, les prostituées, demandent à se charger des funérailles, font la toilette du mort et le veillent. Elles l'accompagnent jusqu'à l'église, mais n'entrent pas. Elles portent des offrandes sur sa tombe pendant longtemps.

Il se tut et alluma une autre cigarette.

— Elles s'éteignent, les vaches, murmura-t-il.

— C'est l'humidité ; où que l'on s'appuie, on est trempé, dit le capitaine. Tu as tout dit ? Alors, écoute-moi. La pute est pute. Elle est formée comme ça, habituée comme ça. Elles peuvent avoir bon cœur, je ne dis pas. Il se trouve beaucoup d'hommes pour les épouser. En maison, elles se conduisent convenablement ; mariées, elles se gâtent. Il y a trois métiers où l'on est en carte : le leur, celui des cabots et le nôtre. La cuvette, les planches, la passerelle. Tout le monde peut changer de métier comme de chemise, nous pas.

La cloche sonna trois coups doubles et un coup isolé. Un matelot passa à côté d'eux et descendit l'échelle.

Le radio glissa la main dans l'échancrure de sa chemise.

— Je suis dévoré par les boutons de chaleur. On met du talc et ça devient de la boue. Depuis ton jeune âge tu as toujours été une tête de mule,

Gérasimos. Finissons-en. J'étais à bord de l'*Étoile Polaire*, qui faisait la ligne du Pirée à Salonique. Devant la cambuse, sur une petite malle en bois, était assise l'une d'elles. Moche comme une dette. Elle n'a pas tardé à être abordée par un matelot.

« — On va avoir de la mer ; tu veux un lit pour te coucher ?

« — Non.

« Le soir il lui a apporté une assiette de nourriture.

« — Je n'en veux pas.

« À minuit il est revenu près d'elle.

« — Cigarette ?

« — Non, cochon, tu vois bien que je fume. Et puis tu l'auras pas, mets-toi ça dans la tête. J'ai quitté les Joncs et je vais au Vardar. Si je te plais, viens me voir là-bas. Mais pas ici. Ça t'est déjà arrivé de demander du fromage à ton épicier quand tu le rencontres le dimanche dans la rue ? Allez, file ; va trouver une passagère des premières et fous-moi la paix.

« Pendant ce temps, dans la cabine du commandant, une dame respectée de tous dans son patelin, avec quatre enfants et un mari plein de vigueur, avait les jambes dressées comme des oreilles de lièvre. As-tu jamais pensé, bon sang, à ce que te donnent les putains pour trois malheureux sous ? Elles se mettent dessus les estropiés, les aveugles, les bossus, ceux qui puent et qui sont incurables, qui ont des fistules sur le corps, les fous, tous ceux qui ne trouvent pas de femme pour les caresser. Elles vivent dans des bordels et nous les appelons filles publiques. Les autres, celles qui sont dehors, comment faut-il les appeler ? Trouve-moi un mot.

Le capitaine lui tourna le dos et entra dans l'abri de navigation.

Le jour se levait. Un vent chaud se mit à souffler de la proue. Un matelot sortit du rouf avant en se boutonnant la braguette, et derrière lui un chauffeur.

Troisième quart

Des mers muettes, vastes mais creuses, pénétraient par la baignoire de proue, s'ébattaient un instant sur le panneau de la cale et s'engouffraient dans les dalots. Le *Pythéas* piquait du nez un instant puis se relevait. Il y avait vingt heures que durait ce jeu-là.

Vanghélis, le bosco, originaire de Pharsa[1], parlait au capitaine de sa voix rogue et rocailleuse :

— Tout comme tu as dit. Les coins tiennent bon. Deux paquets de mer ont entraîné le

1. Village de Céphalonie. *(N.d.T.)*

radeau ; on l'a assuré. J'ai porté à la poupe les renforts de la barre. *All right*. Chargé à bloc et l'hélice sort de l'eau. Jamais vu ça. Et plus ça va plus ça force.

— C'est bon, Vanghélis, va te coucher.

Par moments des éclairs luisaient à l'est.

— Diamandis.

Il approcha.

— Réveille ton oncle et dis-lui que le temps a tourné au vinaigre. S'il veut, il n'a qu'à monter.

« Monter faire quoi ? pensa-t-il. Des saletés, probable. Le sagouin, pisser sur la passerelle ! »

Diamandis remonta tout essoufflé.

— Capitaine Gérasimos, il m'a dit qu'il ne pouvait pas venir. Il s'est mis une bouillotte sur les reins. Il dit que tu fasses ce que tu crois bon et que tu l'informes.

Le capitaine souffla dans le porte-voix de la machine et cria :

— Réduisez les tours de moitié.

Bientôt le navire commença de se stabiliser. Le tangage diminua, comme si la tempête avait brusquement faibli. Le radio monta et s'arrêta un moment pour s'habituer à l'obscurité.

— Le bulletin de Hong-Kong. Tiens.

— Que dit-il ?

— Le typhon a changé de route, de *Palawan* vers *Mihdoro*. Tu sais, il est très loin.

— Qu'il aille se faire foutre, murmura le capitaine. Manquerait que ça. Est-ce qu'on a un bateau capable d'étaler ? À vrai dire, même avec un bateau de l'année, en mer il ne s'agit pas de faire le malin. Le plus sûr est d'avoir des nœuds de réserve pour se tirer de là où ça va mal. Mais cette baille à merde ! Quarante ans que ça tourne. Elle a de la chance, c'est tout ; touchons du bois. En Biscaye, il y a dix mois, on venait à peine de doubler le cap Uzan que la mer s'est mise à s'envoyer en l'air avec le vent : quatre navires ont sombré ; sur les quatre, deux étaient neufs. Dans la mer Noire, il y a deux ans, la tempête s'est calmée à temps : un coup de nord-nord-est, on allait mettre à la cape. Elle a eu pitié de nous, sans quoi on n'y aurait pas coupé. En 46, en mai, on venait à peine d'entrer à Sidney que le typhon s'est déchaîné sur la Tasmanie. Le Bon Dieu nous prend en pitié, ou le Diable nous oublie. Mais pour moi c'est sûr que nous finirons par aller à la baille.

— Je suis venu pour le point, l'interrompit le radio.

— Bon, allons-y. Tu as vérifié le radiogoniomètre.

— Oui, c'est un vieux système, mais qui fait bien son boulot. Allons-y.

Ils entrèrent dans le *charter room.*

— Diamandis, mets-toi au compas, je te ferai signe.

Le jeune homme retira le couvercle de l'habitacle et le déposa par terre. Comme il se penchait, son visage fut éclairé par le compas. Mal rasé et amaigri ; les traits tirés.

— Un demi-quart à tribord, tout doucement.

— La barre est à un demi-quart à tribord, dit Diamandis.

— Encore un demi-quart. Viens au nord-nord-est.

— Nord-nord-est, répéta l'homme de barre.

— Tout droit.

— Tout droit.

— Et à présent, Diamandis, descends dire à ton fumier d'oncle que nous avons réduit les tours et fait le point. Prépare aussi deux noirs à peine sucrés.

Ils sortirent de l'abri de navigation et allèrent sur la partie tribord de la passerelle. Le radio sortit les cigarettes.

— N'allume pas, laisse d'abord venir les cafés, on fumera après. Tu sais par où sort l'âme du noyé ?

Il sourit :

— Par-derrière. Ma mère me l'a dit, un jour où je la tannais pour qu'elle me laisse partir.

— Si elle a le temps de sortir, parce que tout

matelot a son requin. Et si l'un d'entre eux lui échappe, c'est encore pire. Les hôpitaux, en troisième classe. Les couloirs qui puent la dalle[1], les lits serrés l'un contre l'autre, les mouches qui se chevauchent devant les moribonds. J'ai peur de la terre ferme, du sol. Le fond, au large, est propre. Et si le poisson t'attrape, c'est une chose que tu connais, que tu manges toi aussi de ton vivant. Tu me comprends.

Le capitaine bâilla.

— Charmant sujet de conversation. Une lamentation funèbre. Change un peu, qu'on s'amuse. Si tu étais marié et si tu avais des enfants, tu ferais des pieds et des mains pour rentrer chez toi, jouir de la présence de tes enfants et mourir parmi eux. Tu ne dis pas la vérité. Tu ne crois pas à ce que tu dis. Tout ce qui t'intéresse, c'est de le dire. Tu n'as jamais été amoureux ?

Le radio tarda à répondre. Il alla dans l'aileron et écrivit quelque chose avec l'ongle sur la vitre couverte de buée.

— La vérité est un péché. C'est la forme la plus grossière, la plus inhumaine du mensonge. C'est seulement pour sauver une tête de la potence qu'il est permis de la dire.

— Ça t'est déjà arrivé de la dire ?

— Une seule fois, et je m'en repens encore.

1. Le vide-ordures des navires. *(N.d.T.)*

— Et tu as sauvé une tête en la disant.

— J'ai perdu la mienne.

— Raconte.

— J'avais quinze ans. J'étais en troisième au lycée. Menteur, pilier de bordel, voleur. Tous les après-midi j'allais aux Joncs. Je vendais un livre par-ci par-là, piquais un peu d'argent dans la poche de mon père, je me débrouillais. C'est alors qu'a ouvert une maison : « Chez Athéna », près de la gare. Soixante-dix drachmes, sept fois plus qu'aux Joncs ou chez Archonto. Mais il y avait de ces filles ! Une de Salonique, qui venait à peine de se mettre en carte. Ça m'a fait un sale coup. L'argent que j'avais ne me permettait même pas d'y aller une fois par semaine. J'ai pensé à la bague porte-malheur que ma mère ne mettait jamais ; une bague en or, avec de petits diamants. Je l'avais souvent vue dans son armoire, enveloppée dans un bout de papier, à l'écart des autres bijoux. Je l'ai fauchée sans peine. Nous étions en vacances pour les fêtes. Je suis sorti trouver un cousin plus âgé que moi, qui était un génie pour les sales combines. Impossible de le dénicher. Je suis allé trouver un changeur, qui m'a mis à la porte. Un autre m'a offert cent drachmes. Je l'ai envoyé au bain et je suis parti. J'ai pensé : « Bah, cet après-midi je la liquiderai en un tournemain. » En montant l'escalier chez moi, j'ai entendu Coco, le vieux perroquet, crier un mot dont il était coutumier : « Voleur… Voleur… » Ce n'était pas la première fois que je l'entendais, mais ce coup-là ça m'a été affreusement désagréable. En arrivant dans le hall, j'ai compris que j'étais fait. Mélie, une jolie servante que nous avions, était debout, en larmes, tenant à la main son baluchon. À côté d'elle ma mère, furieuse, lui répétait :

« — Si tu me dis la vérité, je ne te ferai rien.

« J'ai compris. Pendant un instant, j'ai balancé ; mais j'avais passé l'âge où tous les enfants sont malfaisants. J'avais un vieux compte à régler avec Mélie. Je lui avais souvent demandé la chose mais elle m'avait rabroué. Elle l'avait même dit à ma mère. J'avais reçu quelques taloches en sa présence et je la détestais. En pleurs et toute rouge, elle était plus belle que jamais. J'ai demandé :

« — Que se passe-t-il ?

« — Entre en vitesse et mets-toi à table, m'a dit ma mère.

« — Pas question. Dites-moi d'abord ce qui se passe. Ce qui vous arrive. Peut-être que je sais quelque chose.

« La Céphalonienne m'a regardé de travers et m'a dit :

« — Une bague s'est perdue. Ce matin je l'ai vue de mes propres yeux. Personne d'autre n'est entré dans la chambre, que celle-là qui est allée balayer. Va te mettre à table.

« J'ai glissé les doigts dans la poche de mon gilet et en ai retiré la bague. Je l'ai élevée très haut, en la tenant entre deux doigts.

« — La voilà.

« Les yeux de Mélie, ses beaux yeux pleins de larmes, se sont étrangement agrandis. Ceux de ma mère sont devenus minuscules comme des perles de verre.

« — Où l'as-tu trouvée ?

« Je n'oublierai jamais sa voix. Elle n'était pas coléreuse : elle était désespérée.

« — Je ne l'ai pas trouvée. Je l'ai prise de bon matin. Je l'ai volée pour la vendre. Tenez.

« J'ai pris mon élan pour m'engouffrer dans le couloir, mais je suis tombé sur mon père, qui caressait sa barbe en souriant. Mon père… le contrebandier de Lao-Yan, le joueur de cartes de T'ien-Tsin, l'épicier de Passalimani, sur le déclin, l'homme le plus impitoyable que j'aie connu, m'avait pardonné à l'instant même. Restait à m'expliquer avec ma mère.

— Et Mélie ?

— Mélie ? C'est sous ses yeux que j'ai été humilié, dans la buanderie. Et dès qu'elle en a eu fini avec moi, ma mère, qui l'avait fait venir pour assister à la scène, l'a envoyée à tous les diables, comme si elle était venue d'elle-même.

Quelques jours plus tard, un dimanche où tout le monde était absent de la maison, Mélie est venue à mon côté, pendant que je travaillais. Son souffle me caressait, me brûlait. Elle sentait la violette bon marché.

« — Tu travailles ?

« — Oui.

« — Tu ne vas pas sortir ?

« — Non.

« — Tu veux que je reste avec toi ?

« — Non.

« Elle m'a caressé les cheveux.

« — Si tu veux, je ne sors pas non plus... Je te remercie pour l'autre jour... Et moi, tu sais, si tu veux quelque chose...

« — C'est ça : quand tu reviendras, prends-moi l'*Eva* au kiosque de Georges.

« — C'est tout, monsieur Nico ?

« — C'est tout.

« Elle est partie.

— Tu as encore volé, après ça ?

— Oui, souvent. Quand nous nous sommes quittés, en Espagne, j'ai embarqué comme pilotin sur un grand paquebot. J'étais responsable d'une cale de vrac. La veille du Jour de l'An de 1930, nous déchargions à minuit au Pirée. Les dockers ont brisé une caisse de réveils français. Nous en avons pris chacun un et avons recloué la caisse normalement, avec ses rubans de métal. J'ai mis mon réveil dans mon bleu de chauffe, je suis monté sur le pont et j'ai filé vers ma cabine pour le mettre en sûreté, avec quelques tablettes de chocolat que j'avais dans les poches. Je voulais l'offrir à une fille de Mytilène, Amersa. Devant la porte des premières classes, le commandant discutait avec le commissaire Macris. Ils m'ont appelé ; je me suis arrêté sans trop approcher. Le commissaire m'a demandé :

« — La cale numéro trois est parée ?

« — Oui, tout juste ; on est en train de mettre les panneaux.

« — Viens un peu ici, m'a dit mon oncle. Vous avez bien arrimé les caisses de réveils ?

« — Oui, commandant Georges.

« — Bon, habille-toi et va chez ta mère.

« Je respirais et m'apprêtais à partir. Alors, soit par la faute du diable qui me court après, soit que les dockers aient monté la sonnerie pour me faire une blague, un chahut formidable est sorti de mon bleu de chauffe. Le réveil sonnait à tout casser. Avant qu'ils n'aient eu le temps de réaliser, j'avais grimpé sur le pont supérieur et l'avais fourré dans une cachette.

« — Salopard, m'a dit mon oncle en enfonçant la porte de ma cabine. Voleur, tu as de la chance que ce soit l'aube du Premier Janvier.

Gérasimos riait.

— Eh bien, crois-moi, ce réveil depuis dix-huit ans existe toujours et marche. Et toi, tu as volé ?

— Oui, moi aussi, j'ai nettoyé quelques cales que je déchargeais. Un jour j'ai forcé une caisse de chaussures anglaises de couleur café, en peau de porc. Une douzaine de paires, du moins c'est ce que je croyais. La nuit j'ai appelé mon calier pour partager. J'étais tout fier. L'autre, voleur patenté, a jeté un coup d'œil dessus, a hoché la tête et m'a dit :

« — Espèce d'empaillé, espèce de manche, si c'est permis de se faire avoir comme ça ! C'est rien que des pieds droits.

« J'ai dit :

« — Bon, on trouvera bien la caisse qui a les gauches.

« Peine perdue. Le chargeur connaissait son métier. Au voyage suivant, au même port, nous avons embarqué encore des caisses de chaussures. Nous en avons sorti quelques-unes pour voir : rien que des noires et des pieds gauches. Le chargeur, un Juif, chargeait sur deux compagnies, ou plus, en embrouillant les caisses.

— Sale coup. Qu'est-ce que vous en avez fait ?

— Tu vas voir. Nous les avons vendues à un type du Pirée qui faisait de petits travaux à la demande. Quinze jours plus tard il est venu m'attendre sur le quai.

« — Si tu as encore de ces souliers dépareillés, je suis preneur.

« J'étais abasourdi.

« — Qu'as-tu à me regarder comme un ahuri ? J'ai pris toutes les béquilles à la file. Je suis allé dans les endroits que fréquentent les estropiés. Au siège de leur confrérie. J'ai chaussé tous les unijambistes et ils sont encore mes obligés.

Le *Pythéas* plongeait doucement dans des mers muettes. Le temps paraissait peu à peu devenir plus maniable.

Le capitaine Gérasimos entra dans l'abri de navigation, alluma la lumière et ressortit. Il vint s'asseoir à côté du radiotélégraphiste. Il alluma une cigarette et se remit à parler.

— Je t'ai demandé tout à l'heure si tu as été amoureux.

— Non, je ne me rappelle pas. J'ai toujours été trop pressé. J'avais toujours une valise à la main. Chez moi, derrière la porte, il y avait un sac de marin en toile à voile. Je n'avais pas le temps. Et toi ?

— Moi… je me suis laissé avoir, une fois. Il m'en cuit encore. Nous étions amarrés pour quatre mois à Saigon. Dès le premier jour ils se sont tous mis en ménage. Les uns les ont amenées à bord, d'autres allaient chez elles à terre. Un contremaître de dockers chinois m'a servi d'intermédiaire pour acheter une fille, comme ça se faisait à l'époque. Il m'a emmené dans un quartier pauvre qui puait l'ail et l'œuf pourri. Le maître de maison devait avoir sept filles, en plus des garçons ; il m'a dit :

« — Choisis. Si tu veux un garçon, ne te gêne pas. Mais je te conseille de prendre celle-ci.

« Et il m'a montré une fille toute menue, treize ans, crasseuse et mal peignée.

« — Tu ne peux pas la juger dans l'état où elle est ; dans deux jours elle sera à ravir.

« Il l'a appelée : « Tao. » La gosse s'est approchée, baissant la tête.

« — Regarde-moi ces yeux ! Tiens, tâte ici : du caoutchouc. Elle n'a besoin que de manger.

« J'ai payé quinze dollars et nous sommes partis. Je l'ai conduite dans un magasin, où on s'est chargé de la laver et de l'habiller ; une heure après elle était méconnaissable. Son visage resplendissait. En allant vers le bateau elle me tenait par un pan de la veste et sautillait pour ne pas rester en arrière. Nous sommes entrés dans une pâtisserie ; elle mangeait les gâteaux avec les doigts et riait. La nuit était tombée. Dans un magasin en plein air j'ai marchandé un bracelet de corail. Elle a choisi toute seule une balle et une toupie et a laissé le corail. Comme nous montions à bord, le commandant Yannis, de

Spartia[1] — Dieu ait son âme — nous a aperçus et nous a fait un geste d'insulte :

« — Bande de vicelards ! C'est plus un bateau, c'est une école maternelle. Vous paierez un shilling neuf par jour pour leur nourriture. Inscrivez-moi ça. Ils m'ont gâché un bidon de pétrole aujourd'hui rien que pour les épouiller, ces cochons-là, disait-il au chef-mécanicien.

« Quand nous nous sommes allongés sur la couchette, j'ai compris que c'était la première fois que la gosse allait avec un homme. Elle avait replié le bras gauche pour se cacher le visage ; ses dents grinçaient — je ne sais pas si elles font toutes ainsi le premier jour, c'est la seule fois que ça m'est arrivé — et de l'autre main elle jouait nerveusement avec la croix qui était pendue à mon cou. Je lui ai demandé en mauvais anglais :

« — Pourquoi pleures-tu, Tao ?

« — *No, no Sorr, go on... Please put on the light.*

« Elle se levait avant l'aube, me préparait du thé, cirait mes chaussures, puis faisait le ménage dans la cabine. Elle ne connaissait ni la proue ni la poupe. Elle avait appris à cuisiner. Rends-toi compte : le commandant Yannis, le pacha, lui apportait de la ville des bonbons et des pommes

1. Village de Céphalonie. *(N.d.T.)*

enrobées de caramel. Les autres filles, crasseuses et fainéantes, étendues toute la journée dans les cabines ou dans le poste de proue, passaient leur temps à se gratter les cuisses. Nous avons frété pour Bordeaux. Elle a vu subitement ses compatriotes rassembler leurs oripeaux et descendre, renfrognées, l'échelle de pilote. La veille au soir j'avais commencé à la préparer, avec ménagement ; de toute la nuit elle n'avait pas cessé de gémir. J'avais le droit de l'emmener avec moi, puisque je l'avais achetée. Mais le commandant ne voulait même pas en entendre parler. Et où l'aurais-je menée ? Je venais à peine d'avoir mon brevet. Et ma mère, la Céphalonienne, n'était pas femme à se laisser faire. J'ai parlé au contremaître qui s'était entremis ; il m'a répondu avec un sourire narquois :

« — Pas de quoi te tourmenter. Tu peux la vendre en un tournemain à un bordel, tu rentreras dans ton argent.

« J'ai frissonné.

« — Alors, ramène-la chez elle. Mais le mieux serait de la laisser sur le quai, elle choisirait toute seule.

« L'après-midi je lui ai dit de s'habiller. Elle a mis ses vêtements européens, un tailleur vert et des souliers à talons, et nous sommes partis. La sueur ruisselait de son front. Elle n'arrêtait pas de grincer des dents, comme cette nuit-là, la première. Le pousse-pousse s'est arrêté devant sa maison. Subitement elle m'a pris les mains et les a serrées avec une telle force... Elle a hésité un instant sur le seuil de sa porte et a regardé le coin de la ruelle étroite et sale. Nous sommes entrés. Le vieillard nous a regardés d'un œil agressif. Nous avons déchiré le contrat. Je l'ai vue jouer nerveusement avec les morceaux de papier. Il fallait que je m'en aille. Pourtant je restais debout, muet, et je sentais mes jambes lourdes comme des blocs de fer. Tao était tombée à genoux et se cramponnait à ma veste... J'ai seulement entendu, avant de tourner le coin de la rue, comme un coup d'archet faux, pareil au bruit que fait le vent quand il déchire les tentes. Je me suis mis à courir ; à peu près deux milles. Rue Catinat, là où se trouve le magasin de bijoux et de jouets, je me suis arrêté. Je me suis agrippé à un pylône et j'ai vomi. Deux Chinois ont glapi « *Choléra... Choléra* » et sont partis en courant.

« Nous avons appareillé le lendemain. Je suis retourné souvent à Saigon. Le contremaître était mort. Le quartier où était la maison de Tao était devenu un parc et une école française. Je l'ai cherchée dans tous les bordels, tous les cabarets, clubs et fumeries d'opium. Elle n'était nulle part. Il n'y a que ses larmes qui me rendent visite la nuit...

— Tu t'es laissé dériver sur tribord, foutu empoté de merde. Reprends ta route.

La porte-voix de la machine siffla.

— Oui… Maintenez l'allure. Si ça se calme demain matin nous filerons plus vite.

Le capitaine referma le couvercle et se retourna.

— Où est Diamandis ? Où est-il ce fumier ? Ça fait une heure qu'il est parti. Où est le timonier ?

Il tira son sifflet et siffla. Le radio fit de la buée sur la vitre de l'aileron et écrivit dessus avec l'ongle.

Par l'échelle bâbord monta le timonier ; il se glissa furtivement dans l'abri de navigation. Par échelle tribord Diamandis. La colère du capitaine s'était apaisée.

— Pourquoi te caches-tu, sapristi ?

Personne ne répondit. Le radio appela le pilotin ; ils parlèrent à voix basse.

— Tu es sûr ?

— Oui.

— Depuis quand ?

— Je l'ai vu hier pour la première fois.

— Pourquoi ne l'as-tu pas dit ?

— Je vous l'ai dit… hier.

— Dès que tu auras fini ton quart, viens dans ma chambre.

— J'irai aussi, dit le capitaine. Tu offres un verre ?

— Je n'ai pas grand-chose, mais je vous attends.

Gérasimos resta un moment immobile, regardant devant lui. Puis il alla dans l'aileron, gratta une allumette et souffla sur la vitre pour faire de la buée. Il approcha très près pour voir.

— Le salaud, murmura-t-il, le fils de pute !

Il essuya la vitre avec sa manche et se retourna vers l'homme de barre :

— À tribord toute. Guide-toi sur le vert qu'on va croiser.

— Tribord… le vert qu'on va croiser.

La cabine du télégraphiste. Basse de plafond, longue et étroite. Une couchette défaite. Un lavabo sale, et au-dessous un seau rempli d'une eau bourbeuse. Une table contre la cloison, chargée de livres, de vieilles paperasses, de boîtes d'allumettes, un vieux portefeuille, une tabatière chinoise et des cigarettes éparses. Un cendrier rempli de mégots. Sur le lit, par terre, sur la chaise, d'autres cigarettes éparses. La tablette du lavabo chargée de médicaments : *Opobyl* sels de Carlsbad, *Fruit salt* et *Iodone.* Sur une cordelette tendue étaient suspendus à la file un caleçon mal lavé, une flanelle et une paire de chaussettes. Par terre une cartouche de *Craven A*; un peu plus loin une caisse à moitié pleine de pommes et d'oranges répandait une légère odeur de moisi. Les murs étaient couverts de reproductions en couleurs tirées de *Life*.

Le radio, torse nu, saupoudrait de talc ses épaules et sa poitrine couvertes de boutons. Le capitaine Gérasimos s'arrêta sur le seuil.

— Assieds-toi, dit l'autre, j'ai fini.

— Et où veux-tu que je m'assoie? C'est dégueulasse partout. Quand le steward te fait-il le ménage?

— Le malheureux, il vient à l'heure où je dors. Peu importe, ça vaut mieux ainsi. Toutes les fois qu'il me fait le ménage, il me gâche le style de la chambre. Quand je me disputais avec ma mère, c'était toujours parce qu'elle m'avait rangé un livre ou un papier. Prends une cigarette. Tu veux que je te pèle une pomme?

— Non.

— Un ananas?

— Et quelle eau me donnerais-tu à boire? Celle du seau où tu te laves les pieds, ou celle de ta bouteille, qu'on n'arriverait pas à nettoyer avec de la soude caustique? Je vais prendre une cigarette... Attends. Qu'est-ce que c'est que toutes ces cigarettes? Partout où on regarde, on en voit que tu as jetées. Et chaque fois que tu rencontres quelqu'un — je t'ai souvent observé

— tu sors ton paquet. Tu les voles ou on t'en fait cadeau ? Je ne comprends pas ce gaspillage. Ça rime à quoi ?

Le radio jeta le talc sur une étagère et s'assit sur un tabouret. Le capitaine s'était étendu sur le lit et avait fourré sous sa tête l'oreiller plié en deux.

— Drôle de question. Si c'était un autre qui me la posait, je répondrais : parce que ça me plaît. Tu le connais, le désespoir de la cigarette. Quand tu n'en as pas, quand...

— J'ai connu ça en prison.

— C'est pire quand on n'y est pas. Pendant la guerre d'Albanie, j'avais perdu mon unité depuis deux jours : trempé, à jeun, sans cigarettes. Le jour venait de se lever. Un temps merveilleux ; le soleil jouait sur la verdure mouillée. Je marchais en tirant après moi un mulet affamé. Brusquement je vois un soldat sur mon chemin.

« — Dis donc, tu es dans un drôle d'état.

« — Y a de quoi. Tu saurais pas où est la troisième section de brancardiers ?

« — Si. Elle campe à trois heures d'ici, au monastère de Pépéli. C'est tout droit.

« J'allais me mettre en route. Il m'a dit : "Attends" ; il a ouvert son sac à dos, et m'a donné un morceau de sa miche de pain. Il a fait un mouvement pour s'en aller, mais s'est ravisé. Il a ouvert un paquet rouge de cigarettes fortes et m'en a donné une. Je la tenais à la main et je la regardais. Il m'en a glissé une autre dans le creux de la main et est parti en vitesse. J'ai crié :

« — Comment tu t'appelles ?... Arrête-toi donc. Comment tu t'appelles ?

« — Troufion, je m'appelle. Grouille-toi, te laisse pas prendre par la nuit, ils vont pas rester là.

« Je l'ai regardé jusqu'au moment où je l'ai perdu de vue. Alors j'ai mis le pain dans mon sac, je me suis étendu sous un arbre et j'ai allumé la cigarette... Approche, Diamandis. *All right.* Baisse la tête à présent. Encore.

Sous les cheveux blonds du garçon, qui s'étaient clairsemés, on voyait des pellicules blanches.

— La mer aussi fait tomber les cheveux, Diamandis, tu ne l'as jamais entendu dire ? Écoute, une bonne fois pour toutes. Je ne vois rien qui puisse t'inquiéter. Comment va le bouton ?

— Pareil. De temps en temps il saigne.

— C'est qu'il va se fermer. Nous naviguons dans de sales climats, tu le sais ; pas étonnant que ça n'aille pas. Au port tes angoisses disparaîtront ; nous irons ensemble chez le médecin puis tu paieras une tournée. À présent va dormir, et si tu vois une fille en rêve, chasse-la, pour être frais là où nous allons.

— Et le mal de tête ? demanda le jeune homme en se rhabillant.

— Nous l'avons tous. Allez, va.

Ses pas se perdirent bientôt sur la tôle du pont.

— La grand-croix ! Du premier coup je te l'ai dit. Et ça gagne… Tu as de la pénicilline ?

— Oui.

Le radio se mit à se gratter nerveusement la tête.

— Pourtant on ne doit rien lui donner. J'ai aussi une série de bismuth, mais il ne faut pas. Et s'il n'a pas une pareille maladie ? Je ne suis pas médecin. À la première piqûre il sera négatif, s'il l'a. S'il ne l'a pas et que nous le piquions… on foutra la pagaille. Tu me comprends. Et pourtant cette marque. On appelle ça *Di Castel.* Ça crève les yeux. Comme il a peur ! Moi aussi j'avais peur au début. Peur de voir tomber mon nez.

— Et moi peur de devenir aveugle… Je le rudoie, mais faut pas croire ; je l'aime bien, ce merdeux. Il n'a pas tort d'avoir peur. Tu as connu son père ?

— Non ; on m'a parlé de lui.

— Il est devenu fou à la passerelle. Et lui a dû l'apprendre. Dans nos villages, tu parles si on peut ignorer une chose pareille. Les gens ont la grande bonté de vous la susurrer à l'oreille. Juste pour vous rendre service. Tu aimes Céphalonie ?

— Oui, comme pays. Mais on y prend les fous, les estropiés, pour souffre-douleur. C'est une chose qui me dépasse.

— Allons donc. Dans tous les villages du monde les idiots sont des souffre-douleur.

— Non. Dans notre île on les rends fous exprès, rien que pour avoir quelqu'un de qui se moquer.

— Tu exagères. Tu rendrais des points à un mulet pour l'entêtement. Qu'est-ce qu'on disait à propos de cigarettes ?

Le capitaine bâilla et se frotta les yeux.

— Laissons ça pour demain ; ça nous fera un sujet de conversation. Pour l'instant, dormons deux couples d'heures.

Le capitaine se leva, tapota son pantalon pour faire tomber les cendres.

— Je vais jeter un coup d'œil là-haut. Tu sais, le vieux s'oublie quelquefois sur le bastingage.

— Il roupille ?

— Pas exactement. Comment dire ?... Il s'engourdit.

— Le malheureux. Quel âge a-t-il ?

— Soixante-cinq et plus. Comme le temps passe ! Commandant pendant des années, matelot avant. Il a connu la marine à voiles.

— Bonsoir. Je vais en écraser.

En s'en allant le capitaine tira le rideau cramoisi délavé.

Quatrième quart

Buenos Ayres peut bien brûler, et Cardiff disparaître, Mais le malheureux Skipper Straad, que Dieu l'ait en sa garde.

Il pleuvait depuis le matin.

Le capitaine faisait son quart à la porte de l'abri de navigation, vêtu d'un ciré. De temps en temps il prenait les jumelles, mais les remettait presque aussitôt dans leur boîte.

— Timonier…

— Me v'là, capitaine Gérasimos, Polychronis.

— Descends éteindre les lumières du salon. Elles gênent devant. Ensuite passe par la cabine radio et dis-lui, s'il n'a rien à faire, de monter ici. Ne sois pas long.

— *All right*, capitaine Gérasimos, j'y vais.

— Diamandis, jette un coup d'œil sur les feux de position, puis surveille devant attentivement. Si tu vas pisser, avertis-moi. Pourquoi n'as-tu pas mis de ciré ?

— J'ai chaud.

Le capitaine releva la vitre de l'aileron et l'essuya sur ses deux faces. Il ôta son ciré, le pendit à un clou et resta immobile, regardant devant lui. Il se souvint des pluies de son village… Deux, trois et quatre jours. C'était le moment où l'on ouvrait les poches en cuir où se faisait le fromage, l'huile nouvelle. Le vin rosé sentait le tonneau. L'école était à une heure de marche. Il restait à la maison et prenait le Robinson aux feuilles déchirées. Le repas embaumait. On attendait une lettre et de l'argent de Marseille, d'Argentine ou du Canada. C'est par un jour semblable qu'était arrivée la nouvelle : son père s'était noyé au large du Bosphore, dans la mer Noire. C'est encore avec la pluie qu'il était parti un matin, à seize ans, pour sa première traversée.

— Cette pluie est chargée de maladie, murmura-t-il.

Polychronis monta à grand bruit.

— Je les ai pas éteintes, le commandant il est en train de lire. J'ai tiré les rideaux. Si ça te gêne, qu'y dit, y peut éteindre. Le radio, il arrête pas de taper avec son marteau-piqueur. Un boucan de tous les diables, c'est pas croyable. M'est avis qu'y va devenir cinglé, comme l'autre ahuri. J'suis resté longtemps à l'entendre parler seul. Y prend une revue, y l'ouvre, puis y la jette. Et ces filles à poil qu'il a sur les murs de sa chambre, cette écurie. Complètement sonné, oui. On va le perdre par la poupe, aussi vrai que je suis là…

— Tu lui as dit de venir ?

— Non, quand j'ai approché, il m'a fait signe avec la main de me tailler. Il est de chez nous ?

— Oui, d'Erissos, mais il est né dans ces régions où nous allons à présent.

— Alors… ses parents, ils étaient Chinois ?

— Mais non, voyons, Céphaloniens.

— T'as vu dans quel état il est ! Sa braguette, elle a pas l'ombre d'un bouton. Et paraît qu'il a été des années sur les paquebots. Si c'est comme ça qu'y se baladait à bord…

Il se retourna brusquement et vit le radio à côté de lui.

— Oh, mes respects. Je viens de passer, mais tu causais.

— Va donc nous faire deux cafés. Tu prendras dans ma chambre la boîte qui a le meilleur. Et ne mets pas trop de sucre, dit le capitaine.

— J'peux m'en faire un aussi ?

— Oui, casse-pieds, mais toi tu le bois comme du sirop.

— Quelle heure as-tu ? demanda le capitaine.

— Deux heures cinq. À minuit, comme je m'apprêtais à monter, le pacha est venu à la radio. « Tu reçois le Pirée ? — J'essaierai. — Londres ? — Un peu mieux. » Il m'a donné deux tartines à n'en plus finir pour la compagnie. Un charabia infect. À présent j'ai terminé. C'était rien que des parasites et des interférences. Il y avait des étincelles jusque sur l'antenne. Il avait bien choisi son moment. J'en ai encore la tête qui bourdonne. Qu'est-ce qu'il te disait, Polychronis ?

— Le pauvre… un vrai buffle ; complètement abruti. À douze ans il était mousse sur un caïque de Pharsa et il est tombé du mât. Sa femme l'a quitté trois jours après le mariage, ça l'a achevé. Et il est jeune : trente ans. Pourquoi la lui avait-on donnée ? Elle était belle, elle avait fait ses études au lycée d'Argostoli. Et lui est arrivé après l'occupation ; il venait de travailler, il avait plein de livres-or, de vivres, de vêtements. La famille avait faim, elle lui a donné la fille. Le plus drôle est qu'elle le voulait aussi. Les femmes ! Moins d'une semaine après, elle retournait chez elle.

— Elle n'a pas dit pourquoi ?

— Ma foi… paraît qu'il l'a grosse.

— Tu parles ! Ç'aurait été une raison pour qu'elle ne parte jamais, tu rigoles !

— On a dit aussi… Sst. Le voilà.

Polychronis remonta, tenant accrochées à un long fil de fer la casserole et deux tasses. Il posa les tasses sur le bastingage et les remplit.

— Et le tien ? demanda le capitaine.

— J'ai laissé un peu de fond ; je le boirai à la casserole.

— Combien de cafards dans chaque café ?

— Pas eu le temps de les compter quand ils tombaient.

Il se mit à boire, faisant du bruit avec les lèvres.

— Dis-moi, Polychronis, pourquoi ne te maries-tu pas ? demanda à brûle-pourpoint le radio.

Polychronis s'immobilisa, la casserole en l'air, devant ses lèvres. Il s'efforça de distinguer dans l'obscurité les yeux de celui qui avait parlé. Puis il aspira le marc et répondit :

— Mais… je me suis déjà marié une fois… C'était pas réussi. On s'est séparés.

— Remarie-toi, c'est pas les femmes qui manquent.

Gérasimos le poussa du coude, mais il s'écarta et poursuivit.

— Fais des enfants, abandonne la mer…

— J'en ai peur des femmes, maître Nico. Des panneaux de cale et des femmes. Ça glisse pareil et on peut s'estropier avec. Deux fois c'est trop.

— Mais comment t'es-tu séparé ? Comme ça, tout d'un coup ?

— Oh, c'est toute une histoire. Je sais pas quel diable y a tourné la tête en trois nuits.

— Peut-être que la première nuit…

Le capitaine toussota.

— Écoute, Polychronis…

— Excuse, capitaine Gérasimos. Je m'en vais ; mais tu vois, c'est pas ma faute, c'est lui, notre pays, qui me questionne.

— Laisse-le tranquille, Gérasimos, il n'a rien à faire à présent. Nous autres qui en savons davantage, peut-être qu'on pourra y voir plus clair.

— Qui se sent morveux… Je n'ai rien dit ; je me crève les yeux à regarder devant moi, je n'écoute même pas ce que vous dites. Vous occupez pas de moi.

Le capitaine s'éloigna un peu.

C'était tout ce que demandait Polychronis. Il s'approcha du radio et se mit à parler vite et de façon embrouillée, jetant par moments un regard oblique vers le capitaine.

— Ben voilà, m'sieu Nico, puisqu'on y est je te dirai tout comment ça s'est passé depuis la première fois. Sur ma tête, j'te jure, je l'ai jamais dit pas même à ma mère qui m'a tanné pour le savoir, pas même au curé. Mais pas un mot, hein, parce que cette bande de salopards là-dedans ils attendent que ça pour me charrier.

— On est pas des enfants, Polychronis. Si tu as peur, tais-toi.

— Bon, après qu'on a mangé et bu un tonneau de robola, ma mère me tire à part et me dit :

« — Si j'ai un conseil à te donner, c'est de pas la brusquer. Vas-y doucement.

« On est allés chez nous. Quand on est entrés dans la chambre et qu'elle s'est assise sur le lit, j'ai fermé la porte à clef et j'ai mis la clef sur un buffet. Alors elle se lève tout d'un coup et elle me dit :

« — Ouvre, Polychronis, sinon je m'en vais tout de suite.

« Je suis resté tout chose.

« — Pourquoi ? je lui dis.

« — J'ai peur, tu entends ? Ouvre.

« — C'est de moi que t'as peur. Marioléni ?

« — Je sais pas. Ouvre la porte et éteins la lumière.

« J'ai fait comme elle avait dit. Depuis toujours quand j'étais gosse et que j'allais aux Joncs, puis après quand je suis parti à l'étranger, partout, avec n'importe quelle femme que je couche, je fermais la porte à clef et je laissais la lumière allumée. Bref, rien de rien. Une heure passe, deux heures, il a commencé à faire jour. Toujours rien. C'était la première fois qu'y m'arrivait un truc pareil. J'ai aperçu sa figure dans la lumière du petit jour : elle était jaune comme du soufre de Catane. Alors à un moment donné, je sais pas comment, elle a appuyé son pied comme ça sans faire exprès…

— Polychronis, le loch, rugit Gérasimos.

— Une minute, que je finisse, capitaine Méma[1], j'y vais.

— Barre-toi, sacré nom de Dieu, barre-toi et va voir le loch, triple buse !

Polychronis se précipita sur l'échelle. Pendant cinq minutes on n'entendit que le va-et-vient de la machine et les remous de l'eau le long de la coque.

— Soixante-quinze et demi.

— Bon, répondit mollement le capitaine.

— Je disais comme ça… reprit Polychronis.

L'autre l'interrompit :

— Polychronis, file dans ma chambre et ramène le livre rouge qui a une ancre dessus. Tu boiras deux ou trois gorgées de rhum, et après tu viendras prendre la barre, pour que Dionyssis puisse aller pisser.

— Y veut pas. Je lui ai déjà demandé, y veut pas.

— Tu vas faire ce qu'on te dit, oui ?

Polychronis hésita un instant, sans comprendre, puis s'en alla en se retournant à plusieurs reprises et en murmurant :

1. Diminutif de Gérasimos. *(N.d.T.)*

— Ça va pas… parole, il a eu un coup de lune, et gratiné. C'est bien la première fois.

La pluie avait cessé depuis longtemps. Il n'y avait plus que des éclairs. Nicolas s'était assis sur le caisson des bouées de sauvetage. Il se rappelait cet après-midi à Bordeaux, où il était allé avec la fille qui vendait des cigarettes à l'*Océania Bar*. Elle était pressée, elle avait laissé le magasin vide. Elle portait un châle de laine rouge sur les épaules. C'était dans une chambre, juste derrière le comptoir. « *Gauloises bleues, s'il vous plaît.* » Elle lui avait échappé. Depuis il ne pouvait plus fumer de cigarettes françaises. Même pas de *Gitanes*, même pas…

Gérasimos lui tournait le dos et regardait en lui-même et devant lui. Le *San Paoli*. La fille blonde qui avait… qui n'avait pas… Il essuya la sueur avec son mouchoir trempé. Sexe.

La main du radio se posa doucement sur son épaule.

— Regarde par ici, Gérasimos, prends une cigarette.

— Un moment, attends…

— Qu'est-ce qu'il y a ? Tu veux que je m'en aille ?

— Non, reste ; l'autre idiot va revenir, tu pourras lui gratter son ulcère. J'admirais ta technique pendant tout ce temps…

— Tu te trompes. C'est mon propre ulcère que je creusais avec la bêche de Polychronis.

— Tes histoires, tu n'y touches pas, ça fait trop mal. Tu es un puits profond.

— En somme tu crois que je l'ai questionné par curiosité, ou pour m'amuser de lui ?

— Ça nous chatouille tous, ce genre de choses, mais nous ne l'avouons pas. Et comme tu lui tirais les vers du nez ! Rien dans les mains, rien dans les poches. Tu es passé maître.

— Tu te trompes. N'importe qui aurait pu l'interroger à ce moment-là, il aurait parlé.

— Oui, seulement beaucoup l'ont déjà interrogé ; c'est toi seul qui as trouvé le moment.

— Dis-moi, elle s'est remariée, Marioléni ?

— Non.

— Ils ont divorcé ?

— Je ne le lui ai pas demandé.

— Je suis sûr que si Marioléni prend un second mari, en moins d'une semaine c'est lui qui l'abandonnera, pour la même raison qui lui a fait quitter Polychronis.

— Tu ne sais plus qu'inventer. La chaleur t'est montée à la tête.

— Écoute, je vais le prendre et lui faire écrire une lettre.

— Il ne sait pas écrire.

— Alors c'est moi qui l'écrirai. Je parie cinquante roupies qu'elle lui télégraphiera : Je t'attends.

— Tu as de l'imagination, y a pas à dire. Mais les Céphaloniennes ont la tête dure.

— Qu'elle soit de Céphalonie, de Kasos ou de Chio, une femme est une femme. Prends une cigarette.

— Je viens à peine de l'éteindre. Toi tu les gaspilles ; tu les jettes à moitié fumées.

— À moitié, oui. Ça t'est déjà arrivé de fumer des mégots ? Les mégots des autres, je veux dire. C'est une dure misère.

Il se pencha à l'oreille du capitaine.

— Je vais t'avouer quelque chose, ne te moque pas de moi. De temps à autre, la nuit, je jette un paquet plein à la mer. C'est ma dette.

— Au soldat ?

— Et à la femme, à une femme. C'était à l'époque où les frets avaient diminué, pendant la grande crise… Peut-être que ça t'ennuie ? Tu veux que je m'en aille ?

— Mais non, voyons, ne te fais pas prier. Parle.

— Je me suis trouvé débarqué à Anvers. Le premier mois je m'en suis tiré. Puis il est arrivé un hiver très rude. J'ai travaillé deux mois comme piqueur de tôle sur un bateau de Chio. Je mourais de froid sur l'échafaudage. Je prenais courage en m'imaginant qu'ils m'embarqueraient avec eux. Mais ils se sont payé ma tête et je suis resté sur le quai à les regarder appareiller pour l'Argentine. Je mangeais à la gargote du Céphalonien, tu te souviens de lui ? Un jour je n'ai plus eu de quoi payer. Je lui ai dit :

« — Mets-le sur l'ardoise ; dès que j'embarquerai, je te réglerai.

« Il me répond :

« — Je sais bien, seulement c'est Gladys qui tient la caisse. C'est pas moi qui décide.

« Sa femme était une salope, un hippopotame, qui le battait, par-dessus le marché. Je me suis mis à vendre : la montre en or, les boutons de chemise. Puis j'en ai vu la fin. Au moment où je touchais le fond, j'ai rencontré un type d'Ithaque qui était un champion aux cartes. Il me dit :

« — Tu m'aideras à plumer les caves.

« Je n'avais pas le choix, j'ai accepté. Il n'a pas eu beaucoup de mal à m'apprendre. Nous allions dans les établissements qui avaient pignon sur rue. Lui à une table, moi à une autre. On voyait arriver des Grecs : industriels du tabac, commanditaires, étudiants.

« — Un quatrième. Hé toi, mon brave, tu sais jouer aux cartes ?

« — Un peu.

« — Viens, on jouera petit jeu.

« Je faisais mine de refuser.

« — Juste pour passer le temps.

« Nous raflions tout avant qu'ils aient eu le temps de s'en apercevoir. Nous empochions de gros paquets, mais il m'écorchait au partage : je n'avais autant dire que la ferraille. Fallait bien en passer par là. C'est alors que j'ai trouvé un hôtel — sur le Skipper Straad, évidemment : au milieu des bordels, des cabarets bon marché et des gargotes. Une petite chambre dans une mansarde, pas chère. Il fallait aller dormir après huit heures du soir. Le matin à sept heures une sonnerie se déclenchait au-dessus de votre tête et ne s'arrêtait que quand on sortait. Ça carillonnait partout dans l'hôtel. À sept heures dix il fallait être devant la porte. Alors un autre monde commençait à monter l'escalier. Tu vois : c'étaient les travailleurs de nuit qui allaient dormir. Gardiens de nuit, garçons de café, putains, cocottes, artistes de cabaret. En sortant on apercevait du coin de l'œil des visages terreux, gelés, et d'autres où le fard était parti, pour aller se coller sur d'autres joues, ridées et rongées par le sel et le vent. Ils allaient dormir dans nos lits, défaits et encore chauds, tels que nous les avions laissés. Dès le premier soir j'ai compris que je partageais mon lit avec une belle de nuit. Des bas pendus à un clou, une paire d'escarpins éculés avec des nœuds de ruban usés, une culotte sous l'oreiller, quelques épingles à cheveux çà et là, avec des peignes cassés, décorés de strass. Mais par-dessus tout l'odeur de son corps. Je posais ma tête sur la taie d'oreiller, toujours creusée par le poids de sa tête, et graissée par ses cheveux, qui devaient être longs et noirs. J'ai compris qu'il m'était impossible de la connaître. Pourtant j'y tenais. C'était une vieille loi de l'hôtel, que le client de la nuit ne devait pas connaître celui du jour. Je me suis mis à la rechercher, à essayer de la découvrir…

Gérasimos l'interrompit en toussant.

— Puisque tu ne la connaissais pas, comment pouvais-tu la trouver ? Autant chercher une aiguille dans un tas de foin. Tu as pu passer à côté d'elle, lui parler, sans t'en rendre compte.

— Impossible. Je ne l'ai rencontrée nulle part. Même si elle était passée à dix mètres de moi, je l'aurais reconnue.

Et par quel miracle ?

— Écoute, j'ai possédé deux facultés dans ma vie. L'une — elle a disparu — était que je pouvais comprendre à la façon dont titubait un ivrogne la boisson qui l'avait saoulé. Et à son haleine. On pouvait me mélanger dans un verre autant de boissons qu'on voulait, je les nommais une à une séparément. À présent je ne peux plus ; depuis que j'ai cessé de boire. L'autre… Elle me poursuit encore. Si je la perds, ce sera pour moi la mort.

Il s'arrêta un instant.

— Eh bien, quelle faculté ?

— Ferme-moi les yeux, ou bien mettons que ce soit la nuit, dans une pièce obscure. Fais passer à côté de moi cinq, dix, cent femmes, autant de femmes que tu voudrais. Je te dirai la patrie de chacune d'elles.

— Et l'âge aussi sans doute. Tu t'es fait voir par un docteur, dernièrement ?

— Juste à l'odeur de leur peau. À l'air qui les entoure.

— Achève ton histoire d'Anvers

— Bon, à cette époque-là, je me suis brouillé pour de bon avec le type d'Ithaque. Au partage j'ai empoché un peu d'argent et je me suis mis à faire des économies. Je coupais la cigarette en deux et vivais de pain et de fromage. Il fallait que je passe l'hiver sous un toit et non sous les ponts. Un soir où j'étais allé me coucher sans une cigarette en poche, j'ai trouvé un cendrier rempli de mégots qui portaient une marque de rouge à lèvres, couleur feu. Je me suis dit : « Ils sont à jeter. » J'ai ôté le papier et je les ai fourrés dans ma pipe. Une autre fois j'ai trouvé sur la table deux ou trois cigarettes froissées mais intactes — un peu défraîchies, comme si des doigts nerveux les avaient triturées, ou si elles étaient restées en vrac au fond d'une poche. Je suis resté longtemps à les regarder, mais je n'ai pas osé les prendre. Je n'ai jamais connu pire torture. À peine réveillé j'ai avancé la main, mais je me suis dit : Il ne s'agit pas de m'attirer des ennuis. Je suis parti en courant. Le soir je les ai trouvées à la même place, sur un bout de papier où l'on avait écrit, d'une écriture tourmentée. *Can to smoke... for you.* Et par la suite, chaque soir je trouvais quelque chose : un sandwich, une pomme mordue, une bouteille avec diverses bistrouilles, et des cigarettes. Mes chaussettes lavées et reprisées, mes mouchoirs repassés. Je sentais que quelqu'un me protégeait et éprouvait pour moi de la compassion. On est entré ainsi dans le mois de février de cet hiver terrible. C'est alors qu'est arrivé l'*Argonaute*, pour décharger du minerai ; le commandant était mon oncle. Il a vu dans quel état je me trouvais :

« — Je te prends à bord, mais tu vas changer de conduite.

« C'était le pactole. Je lui ai dit que j'étais criblé de dettes et qu'il fallait que je m'acquitte. Il m'a donné une avance. Je suis allé chez le plus grand fleuriste d'Anvers, quelque part du côté de la *Longue rue des images*, et j'ai acheté les fleurs les plus chères que j'aie pu trouver : des dahlias. Puis une grosse boîte de chocolats, et je me suis mis en route pour le *Skipper Straad.* Je voulais aller dans ma chambre, dans notre chambre, les déposer sur la table, là où je trouvais les cigarettes. Non : les fleurs, sur l'oreiller graisseux. Je me sentais un peu ridicule en tenant tout ça à la main. Cent mètres avant d'arriver, dans une de ces ruelles, une grosse femme qui avait une cigarette à la bouche et une fleur artificielle dans les cheveux s'est mise en travers de mon chemin et m'a dit avec un gros rire :

« — Où tu vas comme ça, Bob, chez ta fiancée ?

« — Laisse-moi passer, et je l'ai repoussée doucement.

« — Viens d'abord m'offrir un verre.

« — Tout à l'heure. À présent je suis pressé.

« — Juste une minute et tu es libre, je te retiendrai pas.

« J'ai encore refusé. Elle m'a poussé et je me suis trouvé dans un bouge. Un verre, un autre, un troisième ; j'ai le temps, il fait encore jour.

« Je ne me rappelle plus combien j'en ai bu. Je me rappelle seulement que la police m'a ramassé au matin dans le ruisseau. À côté de moi il y avait quelques fleurs piétinées. Quelqu'un avait volé les chocolats. Nous sommes partis à midi pour Hull. Tu dis ?

— Rien. Si : quel parfum mettait cette femme ?

— Celle du bistrot ?

— Non, celle de l'hôtel.

— *Styx*, de *Coty*.

— Va te faire chier dessus par les mouettes,

grogna le capitaine. On devrait te tuer, entends-tu ? Avec un pistolet. Et pas n'importe lequel : avec un pistolet à merde.

Cinquième quart

Le premier lieutenant alluma la lumière dans l'abri de navigation, tira un papier de sa poche, le déplia et donna une photo au matelot qui tenait la barre. Il avait vingt-quatre ans, était grand et fort, avec un beau visage brun.

Linatséros prit la photo et la regarda, les yeux mi-clos. La lumière s'éteignit brusquement.

— Elle est belle, mais puisqu'elle s'est mis ça en tête… te tracasse pas. Tu peux avoir toutes les femmes que tu veux. Si j'avais seulement ton âge !

L'autre reprit la photo et s'efforça de la détailler dans l'obscurité.

— Tu ferais mieux de la jeter, capitaine Pandélis ; qu'elle aille retrouver tes premières chaussettes. Et n'y pense plus jamais.

— Facile à dire, Linatséros. Rends-toi compte : j'ai choisi les alliances à Colombo ; l'or y était bon marché. Je lui ai choisi une tourmaline, rose et verte, une merveille. Je reviens à bord, et le jour même, je reçois la lettre.

— Il est beau, l'autre, il est jeune ?

— Oui. Il vient de sortir de l'École : c'est un jeune pilotin.

— Ah… je vois. Nos galons comptent pour du beurre ; c'est des galons de carnaval. Encore heureux que ça se soit passé de cette façon, capitaine Pandélis. Je sais ce que je dis. Il aurait mieux valu que la mienne me quitte avant que je l'épouse. Je serais un autre homme.

— Ah oui… Paraît que tu as divorcé ?

— Ça c'est rien. C'est comment j'ai divorcé. Je m'étais fait contrebandier pour elle. J'avais retapé notre maisonnette des Tambouria[1] et j'en avais fait un petit palais. Je lui apportais tout ce qu'on peut imaginer, il ne lui manquait rien. J'ai quitté le paquebot pour embarquer sur un cargo. Ses lettres étaient tout sucre tout miel. Je suis resté absent deux ans. Nous sommes rentrés au Pirée par un soir d'hiver. Nous avons tardé à avoir la libre pratique. À minuit passé, chargé comme un mulet, je me suis mis en route pour chez moi. Un pâté de maisons avant d'arriver, je me suis arrêté pour changer de main parce que les bagages m'avaient scié les doigts. Devant chez moi il y avait un grand malabar qui lançait des pierres contre les volets. Je me suis dit : peut-être que je me trompe, qu'est-ce qu'il peut bien vouloir ce con-là, à pareille heure ? Et subite-

1. Quartier populaire du Pirée. *(N.d.T.)*

ment je l'ai vu attraper les deux poignées de la porte et tirer des coups de pied dedans en gueulant :

« — Sors de là, espèce de traînée, sale garce qui n'as pas de parole, et qu'elle sorte aussi la vieille pédale qui est chez toi, que je lui casse la gueule !

« Je me suis approché et je lui ai dit :

« — Qu'est-ce qui t'arrive, mon vieux ?

« Il me répond sans se retourner :

« — Occupe-toi de tes oignons.

« Je l'ai attrapé par l'épaule :

« — Mais enfin, qu'est-ce qui se passe ?

« Il s'est retourné, hors de lui :

« — Ah tire-toi de là, si tu veux pas payer les pots cassés. J'ai un compte à régler avec la bourgeoise.

« — D'accord, mais pourquoi t'en prends-tu aux portes et aux fenêtres ? Elles t'ont rien fait.

« Il s'est jeté sur moi :

« — Je vais tout casser, et ta gueule par-dessus le marché, puisque tu tiens à te mêler des affaires des autres.

« Je lui ai répondu doucement :

« — Tu as raison, mais ces choses que tu casses, c'est moi qui les ai bâties, à force de quarts sur les bateaux. Tu comprends ?

« Il a perdu contenance et a reculé en murmurant :

« — J'pouvais pas savoir…

« Il a tourné le coin de la rue et a disparu. J'ai posé mon sac et ma valise, je me suis assis sur les marches, et j'ai attendu. Il n'y avait pas d'autre porte. Une horloge a sonné deux heures. J'ai entendu tirer le verrou de la porte, et le battant s'est ouvert. Je me suis reculé. J'ai vu sortir le type : un petit vieux qui avait du ventre. Il n'a même pas senti ma présence. J'ai laissé passer cinq minutes, puis j'ai mis la clef dans la serrure.

« — Qui est là ?

« — C'est moi, Stamatis.

« Elle a poussé un cri et s'est jetée dans mes bras.

« — Mon mari, mon maître… Je me consumais à t'attendre, pauvre malheureuse.

« Elle a voulu m'entraîner vers la chambre à coucher, je l'ai tirée vers la salle à manger. Il y avait une odeur de fumée froide qui vous prenait à la gorge ; deux assiettes avec les restes d'un repas, et une bouteille de vin. Je lui ai dit :

« — Dis-moi, depuis quand fumes-tu ?

« — C'est notre compère, il est passé de bonne heure demander de tes nouvelles et je l'ai gardé à dîner. Oh, il est parti à neuf heures.

« — Et ça, qu'est-ce que c'est que ça ?

« Je lui ai montré une cigarette qui était tombée du cendrier et brûlait la nappe.

« — Écoute ! Pas plus tôt arrivé tu grognes. J'en ai fumé une parce que je ne pouvais pas dormir. Tu es toujours absent…

« Elle s'est mise à pleurer.

« — Et ce malabar qui cognait dans ta porte à minuit et réveillait tout le quartier en te traitant de salope et de fille publique, c'était ton parrain peut-être ?… Allez, suffit comme ça.

« Elle est devenue livide.

« — Je ne te comprends pas. Tu es saoul, ou les voyages t'ont dérangé ? Voyons, assieds-toi, je vais te faire un tilleul.

« Je l'ai arrêtée d'un geste.

« — Deux mots seulement : tout est à toi, la maison et ce qui est dedans. Je ne veux ni discussions ni vacarme. Tu passeras demain chez l'avocat mettre une signature. Terminé. Dans chaque port j'allais chez les filles. Nous sommes quittes. Adieu.

« Elle restait là, comme pétrifiée.

« — Laisse-moi au moins ton linge sale, que je fasse la lessive, et demain je te l'apporte.

« — Oh, ne te donne pas cette peine. Et puis tu dois avoir mal aux reins, à force de te trémousser.

« J'ai repris mes bagages et je suis allé frapper à la porte d'une Arménienne qui était mon amie avant que je me marie. Elle m'a accueilli sans me poser de questions.

— Et comment ça s'est terminé ? demanda le lieutenant d'une voix brisée.

Linatséros leva la main et sonna deux coups à la cloche qui était suspendue au-dessus de sa tête.

— Eh bien, je ne l'ai jamais revue. J'ai appris seulement qu'un chauffeur lui avait tout bouffé. Plus tard elle s'est mise en carte. Aux Joncs.

— C'est affreux. Et ça ne t'a rien fait ? Tu n'as pas eu pitié d'elle ?

— Pitié ? Sans blague ! C'était pas ma chair. Je pourrais avoir pitié de ma mère, oui. Tu te rappelles l'autre radio ? Ha ha ! Deux jours avant d'arriver au Pirée, tous les maris télégraphiaient à leur dame. Le radio est sorti sur le *Gross bunker* et s'est mis à crier :

« — À qui le tour pour télégraphier ? Dépêchons-nous, les cavaliers ont juste le temps de s'en aller.

« On le disait cinglé. Loin de là !

Le lieutenant sortit de l'abri de navigation, s'arrêta et se moucha avec les doigts. Ensuite il tira le mouchoir de sa poche. Il resta longtemps immobile, tentant de distinguer la mer dans l'obscurité. La cloche sonna quatre coups doubles. Relève du quart.

— Nord-nord-est, pas de dérive à tribord.

— Pas de dérive à tribord, répéta la voix du capitaine, qui prenait le quart.

Le timonier apporta le café et le déposa sur le caisson du feu de position.

— Je l'ai laissé là-dessus, le renverse pas.

— C'est bon, répondit le capitaine.

Diamandis portait un blouson bleu à col montant.

— Tu veux pas aussi un pic pour casser la glace ? Qu'est-ce qui te prend de t'emmitoufler comme ça ? Tu appliques le traitement de ton oncle ? Tu vas étouffer.

— Quel traitement, capitaine Gérasimos ?

— Rien, j'ai dit ça comme ça… Viens, on va faire une leçon. Tu vois l'Étoile du Matin ? Elle est très nette en ce moment. Laissons-la monter un peu.

Il but deux gorgées de café.

— Apporte-moi le sextant. N'allume pas. Oui il est à moi. Pose-le. Va au chronomètre.

— Paré… Paré… Paré.

Il amena l'étoile sur l'horizon.

— Top. Le timonier à voir le loch.

L'étoile ressemblait à l'œil d'une putain repue. L'autre, son maquereau le lui avait arraché avec le doigt.

— Que regardes-tu ? demanda-t-il au radio qui restait debout à l'écart.

— Oh, je cherche la Croix du Sud. Il fut un temps où je la trouvais tout seul.

— Elle est couchée à présent. Le quart précédent a dû la voir un moment. Nous sommes montés, tu ne te rends pas compte ? Et plus nous avançons... Comment as-tu pu oublier à ce point ? Faut dire que tu as jamais été fortiche. Tu te rappelles le jour où tu as hissé le pavillon de quarantaine ?

— Tu fais le point avec elle ?

— Non, elle ne m'arrange pas. Te voilà bien entiché de la Croix du Sud.

— Tu n'as jamais senti sa fièvre, son poids...

— Quelle idée ? C'est pas la malaria ; je la porte pas sur le dos. Toutes les étoiles sont belles. Nous autres nous avons besoin des corps célestes quand ils se trouvent à un certain nombre de degrés au-dessus de l'horizon. Le reste, c'est l'affaire des amoureux dans les parcs. Monte de bonne heure, pendant le quart de huit à douze, si tu veux la voir.

— Une fille l'aimait...

— Et toi tu aimais la fille.

— Non.

— Elle était belle ?

— Je ne l'ai jamais connue. Et elle n'a jamais

connu la mer. Elle n'a jamais vu la Croix du Sud.

— Tu n'arrêtes pas de dire « jamais », ce soir. Tu as une photo d'elle ?

— Non. Elle m'écrivait seulement. De ces lettres...

— Tu les as sur toi ?

— Non. Je les ai jetées à la mer l'an dernier. Dans *Shark Bay*. Écoute. Je lui avais promis un voyage. Mais pas comme nous en promettons à toutes celles que nous rencontrons, puisque précisément je ne l'ai jamais rencontrée. Je naviguais à l'époque en Méditerranée ; c'était en 1937. Je m'étais arrangé avec la compagnie pour la prendre pour un *round trip*. Je lui ai écrit. Au Pirée on nous a saisis pour une histoire de charbon. Je suis resté à quai moi aussi, pendant longtemps. Rends-toi compte : la faire se mettre en route pour un voyage dont elle brûlait d'envie, et lui faire faux-bond, sans le vouloir. Je ne lui ai plus jamais écrit.

— Tu as dit tant de mensonges dans ta vie. Un de plus, un de moins...

— Je n'ai jamais dit aucun mensonge. J'avais tout arrangé, entends-tu ? Comme j'aurais fait pour ma sœur.

— Te frappe pas, dit Gérasimos d'une voix rauque, elle a encore eu de la chance. Tu aurais conchié l'affaire, ça fait pas un pli. Je te connais depuis ton jeune âge. Elles sont toutes tes sœurs, mais pour finir tu leur mets la main au panier. Allez, raconte pas de boniments.

— Tu es énervé, ce soir. Tu n'as pas bu ton café ? Depuis que je suis monté, tu n'arrêtes pas de m'injurier. Je vais me coucher.

— Attends, zut, je plaisante. Qu'est-ce qu'elle est devenue, la fille ?

— Euh… je crois qu'elle s'est mariée.

— Dommage qu'elle ne t'ait pas attendu. Tu n'as jamais cherché à la rencontrer, à faire sa connaissance ?

— Non. Je pense à elle de temps en temps avant de m'endormir. Une nuit, sans l'avertir, j'irai à Volos frapper à sa porte. L'emmener en voyage. À présent je peux.

— Et ensuite ?

— Ensuite ? Je n'ai pas pensé à la suite.

Le capitaine se retourna brusquement, le saisit à l'épaule et lui dit de la même voix rauque, en pesant ses mots :

— Ensuite, car il y a une suite avec toi, vieux roué, Chinois. Ensuite tu pourrais la vendre aux bordels de Beyrouth pour deux cents livres libanaises, comme la fille de Mytilène…

Il se repentit subitement de ce qu'il venait de dire et adoucit le ton de sa voix.

— Oui enfin, c'est des histoires que raconte

Tzélépis… On me l'a dit mais je ne l'ai pas cru. Je voulais te demander, excuse-moi…

La main du capitaine relâcha son étreinte et demeura sur l'épaule du radio comme pour la caresser. L'autre, sans un mot, fit un mouvement pour s'en aller. Il le retint.

— Si tu t'en vas, je croirai que je t'ai blessé.

— Laisse-moi partir.

— Impossible. C'est ma faute. Sur l'âme de ma mère ; c'est la première fois que je fais un pareil serment. Je n'ai pas voulu te faire de peine. Je ne l'ai même pas cru. Mais je voudrais que tu me dises comment une pareille fable a pu circuler. Je t'ai interrogé brutalement. On est des marins, on n'est pas dans les ambassades… Tu prends un café ?

— Tu as du cognac ?

— Oui, mais tu ne bois plus…

— Une larme.

— Polychronis, apporte la bouteille et deux petits verres.

Il entra dans l'abri de navigation et se pencha un instant sur le compas. Polychronis remplit les verres, mit ses doigts à la bouche et les suça.

— Dis donc, on dirait que la bouteille en a pris un vieux coup, lui dit le capitaine.

— Jamais de la vie. Si je mens, je veux qu'on me mène au Saint avec la camisole. Je voulais justement te demander de m'offrir un verre.

— À présent tu es de quart. Quand tu seras relevé, bois tout ce qui reste. Santé.

— Santé. Bon port.

Le radio prit l'alcool et le huma un instant.

— Il y a trois ans que je n'y ai pas touché. C'est du français.

— Oui. *Armagnac.*

Il le but à petites gorgées, comme un remède.

— Tu crois que ça peut me faire du mal ?

— Sais pas. N'en bois pas trop.

— Alors, tu veux savoir la vérité ?

— Non, je ne suis pas curieux ; ce n'est pas ce que je voulais dire.

— Tu voulais qu'on se fâche encore un coup.

— Ah non alors, parle pas de malheur. Touchons du bois. C'est une idée qui m'est passée par la tête.

— Un jour j'avais une guenon, une qui mordait avec l'air de ne pas y toucher. Une grande fourbe. Je suis sorti avec elle de la douane du Pirée, après avoir payé du fric en pagaille. Comme j'allais monter dans le tram, un rétameur, un gitan, m'a arrêté.

« — Mille drachmes, patron.

« Je n'ai pas compris ce qu'il voulait.

« — Deux mille.

« J'ai pigé.

« — Laisse tomber.

« Le temps d'arriver à la gare, il m'avait montré

dix mille drachmes. Je rentrais en Grèce sans un sou. À l'époque c'était une fortune. Un piège. Je l'ai donnée. J'en ai encore honte, après tant d'années. Non…

Le capitaine entra dans l'abri de navigation et téléphona à la machine.

— Nous n'avançons pas du tout ce soir, dit-il en revenant. On serait amarrés, ça serait pas pire. C'est cet Algérien qui est de quart à la salle de chauffe, avec le type de Syros. Ils se les roulent tous les soirs, mais cette nuit il n'y a pas un soupçon de vapeur. Deux pelletées et ils se remettent à en écraser. Et pour le ringard on peut toujours repasser. Je sais foutre pas… Il fume quelque chose, ce mec-là. Cet après-midi j'ai fouillé de fond en comble sa couchette et son casier. Je n'ai trouvé que du *caporal* et du papier à cigarettes. J'interroge le type de Syros. Avec lui c'est toujours : « Je ne sais pas, capitaine. » Il me semble qu'ils font leurs dévotions ensemble.

— Haschish ?

— Je n'arrive pas à comprendre. Dis-moi un peu, à quoi ça ressemble l'autre, comment diable est-ce que ça s'appelle ?

— La marijuana ?

— Oui.

— Des racines sèches.

— Et ça se fume comment ?

— Pas commode; faut savoir s'y prendre. Mais ça peut aussi brûler dans une pipe.

— Ça empeste?

— À vingt lieues à la ronde.

— L'autre, le chef-mécanicien, s'en fout complètement. Ce matin il me dit : « T'en fais pas, on arrivera. Tu es pressé? » Que veux-tu que je lui dise? C'est un vrai mulet d'artillerie, ce con-là. Tu sais le coup que lui a fait un jour un Céphalonien, un commandant? Tu vas rire. Il avait écœuré tout l'équipage. Ils étaient amarrés quelque part par ici, sur une île perdue, pour charbonner. Quelqu'un lui à glissé dans l'oreille qu'il y avait à terre des garçons, des petits indigènes — parce qu'il en est, le vieux vicelard. Il s'est pomponné et il est descendu. Les autres ont à peine terminé leur boulot que le commandant a fait appareiller. Pendant quarante jours il est resté là-bas à se faire mettre. Il a été obligé d'embarquer comme graisseur sur un bateau norvégien pour sortir de là. C'est depuis qu'on l'appelle « le Consul ». Non! Tu en bois un autre? Tu veux rattraper trois ans en l'espace d'un quart? Laisse un fond pour Polychronis.

Le radio épongea son visage couvert de sueur, jeta sa cigarette et en alluma une autre. Il se mit à tousser.

— Foutues cigarettes, elles empestent. Toutes

moisies. Cette chaleur. Verse-m'en un peu, le dernier.

Le capitaine lui versa un peu d'alcool.

— Les femmes veulent être vendues. Elles ont ça dans le sang.

— Je t'avais dit de ne pas en boire d'autre. Tu as perdu l'habitude.

— Un jour un maquereau a épousé une brave fille. Il a d'abord bouffé sa dot. Puis il s'est mis à la refiler à des amis, il lui a arraché ses dents en or pour les vendre, il l'a vendue elle-même à une maison. Elle est morte avec son nom à la bouche. Elle l'aimait.

— C'est pas la première.

— Il l'a chargée sur une charrette et est allé la vendre à la morgue.

— L'ordure !

— Ouais. Je regrette bien de ne pas lui ressembler. Quand on ne les vend pas, elles ne vous estiment pas.

— Tu devrais aller te coucher. On en reparlera demain.

— Pas question. C'est maintenant que je veux me vider. Tu as bien fait de ramener ça à la surface.

— De quoi parles-tu ? Va donc te reposer.

— Dix-huit ans. Elle portait une petite robe noire bon marché. Une peau dorée. C'est un employé de perception qui me l'a amenée à bord, sur l'*Aspasia*. Il m'a dit :

« — Elle est orpheline de père et mère ; elle a un oncle épicier à Beyrouth, qui la protégera. Tu la mèneras jusqu'à son magasin et tu la lui remettras. Tu feras une bonne action.

« J'ai réfléchi à la corvée que ça représentait, mais j'ai vu ses yeux suppliants ; j'ai accepté. Quand les marins du paquebot, ces charognards qui attendent leurs proies, accoudés au bastingage, l'ont vue arriver, ça leur a mis l'eau à la bouche. Je les ai tenus à distance. Quand j'allais prendre le quart, je l'enfermais à clef dans ma cabine. C'était une gosse, sage et docile. Nous sommes arrivés à Beyrouth un après-midi. Tu connais les rues qui mènent à la *Place des Canons* ; laquelle prendre ? elles sont toutes pareilles : des forges, des magasins, des mastroquets, et des portes ouvertes, beaucoup de portes ouvertes, et devant, assises sur les marches ou sur des tabourets bas, des moricaudes aux jambes entrouvertes. Elle gardait les yeux baissés, et de tout le chemin n'avait pas dit un seul mot. Il nous restait une ou deux rues avant d'arriver à la place ; je respirais de soulagement. À ce moment-là une grosse voiture qui descendait lentement est venue boucher la ruelle étroite. Une voiture couleur cannelle, qui m'a fait frissonner dès que je l'ai vue. Le trottoir n'avait pas cinquante centimètres de large. Nous nous sommes collés au mur. La voiture s'est arrêtée à côté de nous. J'ai poussé brusquement la fille pour la faire avancer : trop tard. La porte s'est ouverte et nous a barré tout le trottoir, jusqu'au mur. Une odeur suffocante de plusieurs parfums mélangés m'est montée au nez. J'ai pensé : « Courage », et j'ai serré la main de la fille. *Madame Blanche*, gigantesque et peinturlurée comme un masque d'*Ensor*, est descendue à grand-peine de la voiture, faisant tinter ses bracelets d'or. À ses doigts brillaient des pierres précieuses. Elle m'a embrassé ; son haleine sentait l'arak[1].

« — Nicolas, mon garçon ! Voilà une éternité que je ne t'ai vu. Méchant, c'est ainsi que tu oublies les gens ! Montez, je vous emmène jusqu'à Zahlé, voir la montagne.

« Elle a saisi la fille aux deux joues et l'a embrassée sur la bouche.

« — Petit pigeon, pourquoi ne parles-tu pas ? Venez donc.

« Et elle nous a enlacés en nous poussant vers la portière. Je lui ai dit comme une prière, presque en pleurant :

« — Blanche, Blanche, je te verrai plus tard. À présent nous allons faire une course ; nous sommes en retard.

1. Liqueur anisée du Liban. *(N.d.A.)*

« — Je vous y conduis, mes agneaux. Tout de suite.

« Je lui ai pris les deux mains.

« — C'est ma sœur. Laisse-nous partir.

« — Trois cents livres comptant. Tous les quinze jours, quand tu viendras, tous les frais à ma charge. Et celle que tu voudras de la maison. Compris ? Marchons.

« Je lui ai dit entre mes dents :

« — Autant qu'il m'en souvienne, nous n'avons jamais fait ce genre d'affaires. C'est toujours toi qui m'as fourni, jamais l'inverse. Laisse-moi passer.

« J'ai senti les ongles de la fille s'enfoncer dans la paume de ma main. Les yeux de Blanche roulaient comme les perles d'un prestidigitateur chinois au milieu de feux multicolores.

« — Tu as raison. Et tu n'es pas non plus mon obligé, chien.

« — Je n'ai pas oublié. Mais ce n'est pas l'heure de m'acquitter. Écarte-toi de mon chemin, ou j'appelle.

« — Sale petit crâneur… Attends, un mot seulement : sur le lit où nous avons… Allons, Nicolas.

« Elle m'a écœuré. Mais je me suis rappelé ce matin-là où le mort[1] — trois kilos — pourrissait

1. La marchandise de contrebande. *(N.d.A.)*

dans ma chambre. La liaison n'était pas venue le prendre et la police allait et venait devant ma porte, attendant un ordre pour entrer. Je me suis rappelé comme j'étais coincé, condamné d'avance à quatre ans de taule. Et dans les prisons arabes. C'est alors que Blanche était entrée. Elle avait compris du premier coup d'œil et m'avait dit :

« — Tu es fait. Amène ça en vitesse.

« Elle avait ouvert son énorme corsage et avait fourré l'objet à l'intérieur. J'avais protesté :

« — Que fais-tu ? Tu sais ce que tu fais là ? C'est…

« — Tais-toi, espèce de veau, tais-toi. Et passe le prendre à midi.

« Elle était sortie. Les policiers s'étaient écartés pour la laisser passer ; sourires et salutations. À midi elle me l'avait remis intact. Nous avions bu de l'arak. Et soit parce que je me sentais obligé, soit parce qu'elle avait de l'éclat à l'époque, j'avais couché avec elle.

« — Je ne l'oublierai jamais, lui dis-je. Un jour je te le revaudrai. Demande-moi n'importe quoi n'importe quand.

« Elle a souri et m'a caressé la joue. Son influence s'étendait sur tout le Liban et la Syrie. On dit qu'un jour elle a renversé un gouvernement. C'est possible.

« — Eh bien, tout de suite : donne-moi la

fille, je te jure qu'elle ne sera pas malheureuse. Sur…

« — Laisse-moi, Blanche. Sur la tête de ta fille.

« Je l'ai vue se hérisser et faire un pas en arrière :

« — Je te défends de mettre le nom de mon enfant dans ta bouche infecte. Ingrat. Un jour tu t'en repentiras.

« Elle m'a fait un geste d'insulte et est remontée, rouge de colère, dans sa voiture. La nuit était tombée. Nous sommes arrivés sur la place et avons trouvé du premier coup le magasin de l'oncle. Un Arabe nous a dit que l'homme que nous cherchions lui avait vendu son magasin un mois plus tôt et était parti pour le Venezuela. « Son adresse ? » a demandé la fille. « Oui, oui, à Caracas », et il nous a laissés là, parce que des clients entraient.

« Une fois dehors, nous nous sommes arrêtés et nous nous sommes regardés. C'est alors que j'ai remarqué qu'elle avait de beaux yeux. Les trams passaient en faisant tinter leur timbre, se dirigeant vers la *Rue Damas* ou *Bab Idriss.* Et les autobus d'*Alley*, de *Zahlé* et de *Hamana.* Un mendiant assis par terre chantait une chanson, qui ne sortait pas de ses lèvres, mais de toutes les portes ouvertes, de toutes les rues, de toutes les lèvres. C'était l'heure où, comme allumées par une main unique, s'éclairent toutes les ruelles étroites qui descendent de la place vers la mer. Vert, bleu, jaune, grenat : *Monique*, *Madame Marika*, *Chryssa*, *Malvina*, *Madame Violette*. Et très loin, si tu étais monté sur un des palmiers de la place, toi qui sais lire les étoiles, tu aurais vu au milieu de lumières joyeuses et confuses le nom de *Blanche* à côté d'un poisson vert. C'était l'heure où tout le monde descend vers la mer, comme jadis les Phéniciens vêtus de manteaux courts teints en pourpre. Nous étions arrêtés devant la pâtisserie de *Bohsali* et nous nous regardions dans les yeux.

« — Écoute, lui dis-je, nous avons eu tort de nous affoler. J'ai trouvé la solution.

— Attends, une minute. Écoute un peu la machine. Crèvera, crèvera pas.

Le *Pythéas* prenait racine ; il n'avançait pas à trente tours. Le capitaine se pencha sur le porte-voix de la machine.

— Qu'est-ce que vous foutez en bas, nom de Dieu !... Hein ? Les feux sont tombés ? Tu parles ! Ils font exprès de se les rouler, ces charognes... Quoi ! T'envoyer des types ? Attends un peu qu'on arrive en Chine, on les fabriquera... Diamandis ? Dis donc, est-ce que je t'ai jamais demandé ton pilotin pour venir tenir la barre ? Hé ? Mettez-vous en quatre, faites de la vapeur. Qu'attends-tu pour réveiller le chef mécanicien ?… C'est à moi que tu demandes ça ? Fais comme tu voudras.

Il reboucha le porte-voix avec le sifflet, en jurant.

— Diamandis, file réveiller le commandant et dis-lui qu'on avance avec la poupe. Dépêche-toi.

Il entra dans l'abri de navigation et regarda sa montre pendant un moment à la lueur du compas, en comptant les tours. Silence. Les pistons de la machine se reposaient. Diamandis remonta.

— Qu'est-ce qu'il t'a dit ?

— Il a dit de promettre cinq paquets de cigarettes et deux bouteilles de bière à chacun.

— Et pas de rahat-loukoums, non ? Il faut peut-être aussi leur payer le claque après-demain ? Non mais sans blague ! Descends dare-dare et dis au premier lieutenant de réveiller le graisseur et le pilotin pour pousser au wagonnet.

— Et s'ils ne veulent pas ?

— Fais ce qu'on te dit.

Le pilotin descendit rapidement. L'autre se retourna vers Nicolas, qui gardait la tête inclinée sur la poitrine, comme s'il dormait debout.

— Tu dors ?

— Non… Il me semble qu'on avance.

— Oui, un petit peu… Tu ne vas pas te coucher ?

— Non ; je veux d'abord terminer.

Ils se turent en entendant la voix de Diamandis.

— Le chef mécanicien les a secoués. Il a jeté lui-même un bon nombre de pelletées et le lieutenant a mis la main au ringard. Ils sont levés et ils travaillent. Il paraît que c'est la morue aux oignons d'hier soir qui les a dérangés.

— Je sais, moi, ce qui les a dérangés, mais que veux-tu y faire ?... Il est vrai qu'ils n'ont pas tort. C'est pas une nourriture ce qu'on mange. Et n'avoir même pas une petite glacière, une goutte d'eau fraîche, une limonade. On vous charge sur une vieille caisse à savon qui a déjà trop servi, qui aurait dû être vendue à la ferraille avant la guerre, et on vous envoie au bout du monde... Un matériel fondu, qui se déglingue... Allez, en place, Diamandis ; passe de l'autre côté et sois attentif. Jette de temps en temps un coup d'œil sur le compas, et dis à Polychronis d'aller nous faire en vitesse deux cafés sans sucre.

— Je ne veux pas de café, murmura le radio. S'il y avait plutôt une goutte d'alcool...

— Quoi ? Tu as tout bu, espèce de sauvage ?

— Je me sens de meilleure humeur à présent ; je vole. Depuis que j'avais cessé de boire, j'avais dégénéré. J'étais devenu minable, mesquin.

— En attendant tu as guéri.

— Charmante guérison. Bon, je finis de te raconter. Quelle heure est-il ?

— Trois heures.

— Je lui dis : « Nous allons retourner à bord. Je prierai le commandant de te ramener sans billet. Il est gentil… » Je l'ai vue changer subitement, devenir méconnaissable. Elle a serré ses lèvres minces et m'a dit avec un air buté :

« — Il n'est pas question de retourner. Tu ne sais pas ce que j'ai enduré à Athènes. J'étais plus malheureuse que les pierres. J'avais à soigner les cinq enfants de ma tante, cinq monstres. Et les injures à subir : pique-assiette, fainéante, misérable. Je ne rentre pas. J'ai une amie à Alexandrie.

« — Tu es folle. Comment descendras-tu en Égypte ? Avec quel visa ?

« — Je n'ai qu'à en prendre un.

« — Allons donc. Tu parles sans savoir.

« — Je filerai de nuit.

« — Pas un chat ne peut sortir. Nous allons rentrer à Athènes.

« — Jamais. Pas même morte.

« Je l'ai vue se calmer brusquement. Elle a saisi le bouton de mon gilet.

Le radio se tut un instant et reprit son souffle.

— Écoute, Gérasimos. Que la mer me blanchisse les os. Qu'elle fasse fondre ma chemise. Que je meure…

— Ça va, ça va, je te crois.

— Elle tourmentait le bouton de mon gilet avec ses doigts menus. Elle m'a dit sèchement :

« — Tu vas me conduire chez ton amie, la grosse, celle qui nous a arrêtés avec son auto.

« Si un fouet m'avait cinglé en plein visage, si un jet d'eau brûlante m'avait arrosé de haut en bas, je n'aurais pas ressenti pareille douleur. J'ai réussi à lui dire :

« — Que dis-tu là ! tu sais ce que tu dis ?

« Elle m'a répondu très calmement :

« — Elle a l'air d'une brave femme.

« — Elle n'est pas méchante. C'est son métier qui est immonde, abject. Comment te faire comprendre ?

« — J'ai compris. Je ne suis pas une enfant. Écoute. Tu vas me conduire chez elle comme domestique, je sais aussi cuisiner ; j'y resterai le temps de trouver un travail meilleur. J'ai terminé le lycée, je parle français. C'est l'affaire de quelques jours. Quand tu reviendras, tu passeras me prendre. À présent je ne retourne pas.

« Le sang m'était monté à la tête. J'ai eu envie de lui cogner sur la figure, mais je me suis retenu. Je l'ai empoignée par le bras.

« — Allez, ouste, pas d'histoires. On rentre à bord.

« Ses yeux ont jeté des éclairs. Elle m'a repoussé d'un geste brusque.

« — Lâche mon bras. Tu n'as pas d'ordre à me donner. Tu n'es ni mon père ni mon frère. File à ton bateau et laisse-moi tranquille.

« J'ai essayé de sourire.

« — Bon, comme tu voudras. Allons manger un baklava[1], il nous viendra peut-être une meilleure idée.

« Nous avons traversé la rue. Je voulais l'entraîner dans les ruelles et de là la mener au bateau à coups de pied dans le derrière. Et brusquement, à ce moment-là, nous avons été arrêtés par Véra, la Russe aux yeux de saphir, qui vivait jadis au palais du tsar et à présent était chanteuse dans un cabaret de second ordre. Elle me parlait souvent de la peinture d'Aïvazovski, de Répine et de Chagall, avec qui elle avait étudié le dessin à Saint-Pétersbourg, dans la classe de Bakst. Elle m'a retenu moins d'une minute, m'a caressé les cheveux et a disparu dans la foule. Je me suis retourné pour voir la fille, que je n'avais pas cessé de tenir par la main, mais j'ai vu que je serrais la main crasseuse d'un Arabe, qui me regardait, ahuri. Je me suis lancé comme une flèche dans la marée humaine. Je bousculais, cognais, délirais.

1. Pâtisserie orientale. *(N.d.T.)*

Elle était introuvable. Mon cerveau s'était comme pétrifié. J'ai bu un arak.

— Le mieux que tu avais à faire était d'aller à la police, ou chez Blanche.

— Tu parles comme un enfant. Je n'avais pas le temps. À la police ! Quand tu ne connais pas la langue, va t'en sortir. C'est Beyrouth, tu comprends ? J'avais un quart d'heure devant moi et il me fallait dix minutes pour arriver au port. J'ai bu deux ou trois verres coup sur coup et me suis engagé dans la rue *El Borge*. Je suis tombé sur la vieille de Chio. Tu la connais ?

— Par ouï-dire.

— L'aveugle… Elle devait être centenaire. Quarante ans putain et autant patronne. Toujours devant la porte du mauvais lieu, été comme hiver, assise sur un tabouret. Elle m'a reconnu à ma toux.

« — Penche-toi, me dit-elle.

« Elle m'a passé la main sur le visage.

« — Nicolas… le bon à rien. Mais pourquoi pleures-tu ?

« La vieille, qui est morte à présent, avait perdu un fils engagé volontaire en 1913 à la bataille d'Emin Aga. Sa fille était morte à douze ans de la variole. Un jour elle m'a dit : « Appelle-moi mère. Mon Manolis bégayait ce mot comme toi.

« — Mais pourquoi pleures-tu ?

« Je lui ai tout raconté par le menu.

« — Ah scélérat, vaurien, crapule, qu'as-tu fait là, malheureux ! Qu'as-tu fait là, espèce de Turc !

« — Ce n'est pas ma faute, lui dis-je. Laisse-moi partir ; le bateau s'en va.

« Elle m'a empoigné par la ceinture et secoué comme un prunier :

« — Et moi alors ? Tu n'as même pas pensé à moi ? À moi qui cherche un enfant, qui remue ciel et terre pour le trouver. Je l'aurais emmenée loin d'ici, à la montagne. Je l'aurais choyée comme une princesse. J'aurais eu quelqu'un pour me fermer les yeux. Turc ! Sans-cœur ! Pauvre type ! Qu'une seule femme vienne me dire que je l'ai faite putain ! Je les prends adultes et prêtes et je les soigne comme mes propres enfants. Et s'il se trouve un crétin pour les épouser, c'est encore moi qui suis leur commère. À quoi bon te répéter tout ça, sale petite frappe, tu le sais aussi bien que moi.

« Elle s'est mise à gémir et à se lamenter.

« — À présent, on n'y peut plus rien. Tu es allé la jeter dans la gueule du loup, espèce de demeuré.

« Elle a levé les bras au ciel.

« — Que les hommes t'enterrent, que les démons te déterrent. C'est trop affreux : je le raconterai dans l'autre monde. Tiens, voilà pour toi.

« Et elle m'a craché dessus. Je suis arrivé au bateau au moment où on allait relever l'échelle de coupée. J'ai pris le quart à la passerelle de huit à douze. J'ai vu le phare de Sidon, les yeux brouillés par les larmes. Devant celui de Tyr je crois que je me mordais les poings de rage et de désespoir. Un quart pénible ; j'ai dû me faire violence pour aller jusqu'au bout. Dès que j'ai été relevé, j'ai regagné ma cabine et me suis couché tout habillé. En posant la tête sur l'oreiller j'ai senti un objet dur. C'était une grosse enveloppe de papier goudronné, scellée d'un cachet de cire. Elle contenait trois cent cinquante livres et une lettre parfumée aux *Quelques fleurs.*

« Nicolas. Je suis heureuse que tu aies changé d'avis. Rassure-toi, le petit pigeon ne sera pas malheureux. Dès ton retour, passe me voir, nous parlerons de tout ça. Bon voyage. Blanche.

« J'ai fumé goulûment une cigarette et me suis endormi d'un sommeil de buffle.

« Trois cent cinquante livres libanaises, Gérasimos. Pas deux cents. On t'a mal renseigné. J'avais à l'époque vingt-quatre ans et j'étais pauvre.

Il épongea la sueur qui ruisselait de son front.

— Je suis revenu vingt jours plus tard et je suis allé chez Blanche. Elle était assise avec son maquereau arménien sur des coussins de soie, buvant de la liqueur de mastic. Elle s'est levée et m'a embrassé sur les deux joues.

« — J'ai à te parler, lui dis-je.

« Auxence s'est levé et s'est retiré.

« — Amène la fille. Tout de suite, vite. Voilà ton argent.

« Et je lui ai jeté l'enveloppe à la figure. Ses petits yeux s'agitaient. Elle s'est penchée avec peine, a ramassé l'enveloppe et m'a dit en riant :

« — La fille est partie pour Damas, c'est un pacha qui l'entretient. Elle a une veine monumentale ; elle nage dans l'or. J'y perds, mais j'ai récupéré mon argent au décuple.

« Sa voix est devenue sèche et rauque :

« — Que veux-tu que je te dise, pauvre con, espèce d'emplâtre, honnête homme ! Elle était vierge. Tu ne pouvais pas la calfater avant de me l'envoyer, non ?

« Je n'ai pas ouvert la bouche. Je restais debout à l'écouter. Elle continuait à parler vite et à boire. Elle a eu un ricanement vulgaire.

« — Tu sais ce qu'elle m'a dit sur ton compte ? Elle m'a dit de te tâter pour savoir si tu en avais.

« J'ai dû rougir. Blanche s'est repentie subitement de ce qu'elle m'avait dit et s'est efforcée de m'amadouer. Elle m'a rempli un verre de whisky. Je voulais m'en aller, mais le verre qui m'attendait m'en empêchait. La bouteille est vite descendue. Je ne sais pas, je ne me rappelle pas comment je me suis trouvé dans la meilleure chambre de la maison, en train de chevaucher Adnan, une jolie Druze. Et je voudrais bien que quelqu'un me dise comment l'argent a pu se retrouver dans ma cabine au moment où nous appareillions... Un peu de cognac. Tu as un peu d'alcool ?

— Non.

— Juge-moi donc. Pourquoi ne parles-tu pas ?

La cloche sonna quatre coups doubles.

— Un moment. Attends que je passe les consignes.

Le lieutenant Panaïs, de Lacythra, monta en traînant la jambe. Le capitaine alluma la lumière. Le crâne chauve du second lieutenant brilla, rouge et trempé de sueur. Il n'avait pas un seul cheveu. Il portait un pantalon kaki, des pantoufles et une flanelle de laine sans manches. C'était un géant, âgé de soixante ans. Ils sortirent tous deux de l'abri de navigation et vinrent aux côtés du radio.

— Voilà, c'est tout, Panaïs.

— Entendu.

— Bon quart. Viens, Nicolas.

— Soyez gentils, attendez cinq minutes que mes yeux aient le temps de s'habituer à l'obscurité. Juste cinq minutes. J'ai quelque chose à vous raconter, aussi.

Il but d'un trait le café qu'on lui apporta et alluma une cigarette, sans parler.

— Oui, eh bien…

— Eh bien quoi ? Tu vas te décider ?

— J'ai fait un rêve. Mais alors un rêve !

Il toussa.

— Parle, dit le radio.

— Comment dire… Je sais pas si c'est bien de le raconter. Voilà, j'ai rêvé que… Merde alors… Ben… que je couchais avec ma mère. Dieu ait son âme. Après, c'était plus ma mère, c'était ma sœur, qui est morte aussi. La peste m'emporte, je m'en suis pas encore remis.

— Oh, dit Nicolas, ce n'est que ça ? Je l'ai rêvé des tas de fois. C'est facile à expliquer, très simple. Ce sont ces racines qui t'attachent au ventre de ta mère, puis à son sein. C'est de là que tu viens, non ? Et puis il y a la chaleur, le climat. Qu'as-tu mangé hier soir ?

— Rien qu'un gâteau de riz. Ah oui, une boîte d'ananas aussi.

— Voilà ! Moi quand je mange des douceurs le soir à bord, je rêve que ma mère est morte.

— Moi c'est pareil, murmura Gérasimos.

— Qu'est-ce qui est pareil ?

— J'ai déjà rêvé que je couchais avec…

Il fit un geste de la main.

— Il y a une église orthodoxe, là où nous allons ?

— Je ne sais pas, dit le radio. Une protestante, peut-être.

— Je veux lui allumer un cierge. Quarante ans qu'elle est morte…

Gérasimos l'interrompit.

— Panaïs, tu veux me faire plaisir ?

— Si je peux…

— Raconte-nous en deux mots ton histoire avec l'Aléoutienne.

— Oh là là… C'est une histoire vieille de quarante-cinq ans. Je l'ai oubliée.

— Dis ce que tu te rappelles. Pour faire plaisir à notre compatriote qui ne la connaît pas.

— Je sais pas refuser. Mais m'interrompez pas, parce que je perds le fil. Bon… J'étais matelot sur un bateau de la compagnie Koupas. Encore môme. On a touché une de ces îles là-haut, pour charger des fourrures.

Il se gratta le front.

— Me rappelle plus comment qu'elle s'appelait : Kochka, Kichka, quelque chose d'approchant. Faisait froid. On pissait et ça avait pas le temps de toucher terre : ça gelait. Comme port c'était gratiné. Rien que des hangars couverts de zinc. Faisait nuit sans arrêt. On pouvait pas passer son temps à dormir dans le poste de proue. On est sortis, en bande, cinq ou six types de Céphalonie. Derrière les hangars on a découvert une maison basse avec une lanterne où il y avait écrit : *Spirits and wines, smoke and matches.* Question femmes, y avait rien de marqué. Un type engoncé comme un Esquimau est venu ouvrir. Il avait d'énormes moustaches menaçantes qui sortaient de son visage emmitouflé. Il nous a dit : « *Sit down, sorrs* » comme s'il nous engueulait. On s'est assis sur des espèces de bancs devant une table basse et on a commandé une bouteille d'alcool. Le sol était couvert de copeaux. Il y avait deux étagères sur le mur, avec des bouteilles poussiéreuses. Il est monté sur un escabeau pour atteindre une étagère, a glissé, mais a réussi à garder la bouteille en mains.

« — Allez vous faire foutre, bougres de sales cons d'Anglais. Je chie sur l'âme de Mételas[1]... La moule d'où vous êtes sortis. Vous, vos sous et votre drapeau.

« Nous autres on se roulait par terre, malades de rire. Il est resté interloqué.

1. Déformation de Maitland, nom du gouverneur britannique des îles Ioniennes. *(N.d.A.)*

« — Hé, d'où que tu es, pépé ?

« — Pépé ? Que la pépie vous emporte. De Céphalonie. Pourquoi ?

« Il s'est mis en quatre pour nous servir, mais il n'a pas arrêté un instant de jurer. Il nous a posé des questions sur les trois cent soixante-trois villages de Céphalonie. Il était parti à vingt ans. Il avait roulé sa bosse sur la terre entière et avait échoué sur cette île. Il était déjà vieux. Il nous a dit :

« — C'est ici que je mourrai. Je reverrai jamais Dilinata. On me fourrera dans la glace et je retournerai même pas à la poussière.

« — Et pourquoi ne reviens-tu pas au pays ?

« — Parce que, qu'il nous répond. J'ai descendu trois types en une nuit.

« — Tu es plus sous le coup de la loi après tant d'années.

« Il s'est mis à gueuler.

« — J'emmerde la loi. Céphalonie a sa loi à elle, et à celle-là je n'échapperai pas. C'est la loi du couteau. Pas question de rentrer.

« J'y suis retourné le lendemain, seul.

« — Une fille, Bon Dieu, Zissimos. Y a pas moyen ? J'étale plus.

« Il a réfléchi.

« — Là derrière, il y a un magasin, c'est le seul. Il y a une femme du pays qui se fait mettre pour du fric. Son mari est absent toute la nuit et revient au matin. Faut que tu aies une montre, parce qu'en cette saison y a pas de jour. À quelle heure vous appareillez ?

« — Au petit matin.

« — Tu as pas le temps.

« J'ai trouvé facilement. Un poêle bâti dans le mur ronflait. Une montagne de vêtements est venue me recevoir. J'ai commandé à boire. Trois ou quatre berceaux étaient suspendus au plafond bas. La plainte d'un nouveau-né est venue de l'un d'entre eux. La femme l'a un peu remué avec un morceau de bois qui ressemblait à un rouleau à pâtisserie et la plainte s'est calmée. Alors le berceau voisin s'est mis à pleurer. Elle a fait le même geste et il s'est arrêté. Puis c'est le troisième berceau qui s'est mis à faire du chahut. De ces hurlements ! Elle allait d'un berceau à l'autre. Une demi-heure a passé avant que les berceaux se calment et qu'elle puisse prendre le temps de m'apporter la bouteille que j'avais commandée. J'ai employé les grands moyens : j'ai mis en évidence sur la table cinq ou six dollars en or et j'ai fait mine de les compter. Quand elle s'est penchée pour me servir, j'ai distingué son visage ; elle avait les yeux fendus et la bouche petite. Elle sentait la graisse de baleine, le poisson en saumure et le cuir pas tanné. Elle regardait les dollars d'un œil rusé. Avant que je réussisse à lui faire comprendre il s'est passé un long moment ;

elle me faisait marcher, quoi. Finalement elle s'est décidée. Mais à ce moment-là les berceaux se sont mis à pleurer tous ensemble ; l'un se calmait, le suivant se déchaînait. Elle a commencé à se déshabiller. Un manteau de phoque, une veste de cuir. Je lui ai fait comprendre par gestes qu'il valait mieux ne larguer que les frusques au-dessous de la ceinture. Elle m'a expliqué dans un mauvais russe que pour pouvoir tomber son pantalon jaune enduit de cire, il lui fallait d'abord ôter toutes ses robes, parce qu'il était suspendu aux épaules par des bretelles fixes et avait des courroies qui passaient sous les pieds à même la peau. Pas moyen de s'en sortir. « Fais comme tu sais faire », je lui dis. Elle se déshabillait sans se presser. Quelle cargaison, Bon Dieu ! Un char à bœufs n'aurait pas contenu toutes ces frusques.

« Alors subitement on a entendu au loin le grelot d'un traîneau. Elle a murmuré avec frayeur « Mon mari ! » et s'est mise à se rhabiller avec une agilité qui me tapait sur les nerfs.

« Les grelots se sont éloignés et ont disparu. Elle s'est remise à se déshabiller d'un air dégoûté. Alors les berceaux ont recommencé à faire du chahut. Avec les berceaux, les traîneaux et leurs grelots qui défilaient, avec tous les déshabillages et les rhabillages, le temps passait. Minuit a sonné. Elle s'est enfin trouvée à poil devant moi.

Un corps!… juste à ce moment-là, comme je commençais à la caresser, le *Dorothée Koupas* s'est mis à siffler des coups brefs et répétés. L'Aléoutienne riait en battant des mains. J'ai jeté un coup d'œil sur la porte, un autre sur la fille. J'ai balancé un moment, puis je me suis jeté sur elle. Les berceaux gueulaient, les traîneaux passaient comme par un fait exprès et le bateau n'arrêtait pas de siffler. Alors, mes enfants, une poutre, je vous jure sur tout ce que j'ai de plus sacré, peut-être sous l'effet de la chaleur, ou sous le poids de la neige entassée sur le zinc de la toiture, une poutre a craqué comme une pastèque et m'est tombée à ras de l'épaule. Au même instant on a enfoncé la porte et Zissimos est entré.

« — Grouille-toi, vous partez.

« Il s'est tourné vers la fille, qui se cachait les cuisses avec un vêtement :

« — Rhabille-toi, roulure, voilà trois heures que je garde ton mari dans mon magasin et que je lui offre à boire.

« J'ai reçu une de ces engueulades du commandant, je m'en souviens encore. C'est tout juste s'il n'a pas levé la main pour me taper dessus. C'est tout, vous êtes satisfaits ?

— Autrefois tu la racontais mieux, Panaïs, dit le capitaine. La description des vêtements, c'était quelque chose ! Tu as vieilli.

— Encore heureux que je m'en souvienne…

Je vous ai raconté celle du jeune steward ? Elle est courte.

— Raconte, raconte, dirent les deux autres.

— Bon, j'étais commandant sur un petit paquebot. Nous faisions la ligne Volos-îles Ioniennes. Une nuit on était du côté des Oxiès, avec un temps de chien. « Avec Sirocco ou Lévante, comme on dit, loin de Pylaros et de Zante. » On n'avait pas encore vu de phare, j'étais à la passerelle avec le second, attendant que ça s'éclaircisse un peu, quand tout à coup j'entends des cris et un grand remue-ménage qui venait de la claire-voie des premières. Je suis descendu tout doucement et me suis arrêté dans la coursive des cabines. Les passagers criaient « Steward ! Steward ! » Dans un coin je vois le steward de quart, un tout jeune qui était nouveau à la mer, affalé par terre, en train de vomir et de crier : « Passagers ! Passagers ! » Quand il m'a vu, il s'est cru perdu. Il m'a dit, en patois de Corfou :

« — Ne me chasse pas, commandant, ne me chasse pas, ma mère est veuve. Je m'habituerai.

« — Bon, bon, ça va, je lui dis, je te chasse pas. Mais dis-moi, pourquoi appelles-tu les passagers ? Que leur veux-tu ?

« — La même chose qu'ils veulent de moi. J'ai besoin de secours comme eux, commandant.

— Eh bien bon courage, et s'ils te font des farces à la machine, réveille le commandant. On a fait seize milles en quatre heures. Une vraie tortue.

— Je le ferai appeler, murmura le vieil homme, je le ferai appeler, pourquoi pas ? Fous-toi du monde, mon vieux Gérasimos, ça ne tire pas à conséquence. Il fut un temps où je l'appelais pour qu'il me fasse du café, à présent c'est pour qu'il me donne des ordres.

— Tu l'as eu comme matelot, il me semble ?

— Oui, sur un bateau de chez Véyas. Tu parles d'un matelot ! Un tire-au-cul de première. Le temps qu'il lève un pied, l'autre sentait déjà. Et avec ça con comme un balai. Il a jamais pu apprendre à faire une épissure ou à élinguer un fût. Toujours en train de se curer le nez avec les doigts. Comme à présent.

— Parait qu'il s'y prenait aussi par-derrière, dit le capitaine.

— Ah, c'est pas à moi qu'il faut demander ça. J'en sais rien. J'en ai jamais été. Tenez, regardez-moi ça : le soleil a des cornes. Il va faire chaud aujourd'hui. Allez, au revoir, merci de m'avoir tenu compagnie.

Ils descendirent l'échelle, s'arrêtèrent sur le pont.

— N'en allume pas d'autre, dit le capitaine. Assez de tabagie. Allons plutôt nous coucher.

— Alors ? dit le radio en regardant la tôle du pont.

— Alors quoi ?

— Eh bien, pour la fille dont on parlait... Pour Beyrouth...

— Ah oui, c'est vrai... Ce n'était pas ta faute. Je ne savais pas. Excuse-moi.

— Il n'y a pas de mal. Tu as sommeil ?

— Un peu, pourquoi ?

— Oh, on pourrait s'asseoir ici, il fait frais.

— Tu tiens le coup, bravo. Mais ça nous esquinterait. C'est mauvais de veiller dans ces mers. Mortel.

— Tu as peur de la mort ?

— Comme tout le monde.

— Moi j'ai une espèce de curiosité... Comment ça peut-il être ?

— Drôle de conversation à pareille heure. On en reparlera à minuit.

Il fit un mouvement pour s'en aller, mais s'arrêta.

— Dis-moi... Tu l'as revue, la fille ? Tu l'as retrouvée ?

— Non, jamais.

— Je m'en vais.

Le radio resta seul. Il alluma une cigarette et tira une longue bouffée. Une sueur froide inonda son front. Il se pencha, passa la tête par-dessus le bastingage, se fourra deux doigts au fond de la gorge et se mit à vomir dans la mer.

DEUXIÈME PARTIE

Sixième quart

Portrait of a man
À la Comtesse Ariane de Jacquelin Dulphé

On ne voit pas à plus d'un mètre, on ne voit rien, moins que rien. C'est tombé de bonne heure. La brume a son odeur à elle, comme l'ouragan, le typhon, la tempête de chaque saison. Son odeur. Elle remplit mes narines, mais je ne peux te dire… Judith ! Dix mille milles te séparent à présent de Gomel. Tu respires la sueur de Tasman. Jc suis sûr que tu as oublié cette nuit sur le pont du *Cyrénia*, au large du phare de Minikoï. Tu étais vêtue de la seule nuit. Ta robe écarlate traînait comme un chiffon à tes pieds, tes pieds nus chaussés de sandales phéniciennes. Tu l'as repoussée d'un coup de pied et elle est allée se perdre dans la rigole verte, derrière le canot. Il n'y a que le vert de ton œil qui bouge.

— Mets ta robe. Couvre-toi. Je t'en prie, mets ta robe !

— La mousson l'emporte. Regarde.

— Tu es comme une lame chinoise nue.

— Je cherche mon fourreau.

Judith… chaque chose a son odeur à elle. Les hommes n'en ont pas. Ils la volent aux choses. Tes cheveux roux sentent la cale de la *Pinta*, quand elle revenait de son premier voyage. Les rues étroites du ghetto… *Streets are not safe at night. Avoid all saloons.* Chagall : le Grand Rabbin.

— Empoté. Embrasse-moi.

— Une autre fois. Quand j'aurai retrouvé le goût.

— Tu l'as perdu ? Où ça ?

— À la Barbade, sur le sable. Je l'ai oublié sur les lèvres d'une femme noire.

— Bon. Alors mords-moi. Fais-moi mal.

— Je n'ai pas de dents. Je les ai laissées dans une mangue verte par ici, au large de Cochin.

— Caresse.

— Judith, avec quelles mains ? J'ai perdu le toucher sur la soie déteinte d'un fauteuil dans une maison d'Iquique. Quelque part là-bas. Avec un saphir, un grand saphir.

— Alors regarde-moi dans les yeux. Pourquoi les gardes-tu cloués au sol ? Regarde-moi donc.

— Ce ne sont pas mes yeux. Celui qui les

porte est un vieux mendiant de Volos. Nous les avons échangés.

— Regarde-moi avec ses yeux.

— Il était aveugle. Une fille le tenait par la main.

— Laisse-moi te tenir aussi par la main.

— Oui.

— Viens. J'ai froid.

— Attends, que je te raconte une histoire.

— Je ne veux pas. Viens.

— Dedans il fait chaud. Le ventilateur est cassé. Ça empeste la pharmacie. Il y a des draps sales, une cuvette crasseuse. Un scorpion qui court sur les murs. J'ai peur.

— Du scorpion ?

— De toi.

— Viens, viens.

— Lâche-moi. Parle-moi encore.

— Bon. Il n'y avait que le vieux Jéhu qui ne dormait pas. Il lisait à côté de la lampe au verre enfumé. Il lisait dans son grand livre. La porte a cédé sous les coups de crosse. J'avais douze ans. Je n'ai pas eu le temps de peigner mes cheveux roux. Ils étaient douze avec des croix noires sur le bras. Ivres. Alors… Devant ma mère, devant le vieux Jéhu qui priait les yeux fermés…

— Les douze ?

— Je ne me rappelle pas. Je n'ai pas approché d'autre homme. Ce soir pourtant… Ce n'est pas que tu me plaises. Je suis seulement curieuse. Viens.

— Demain, à Colombo.

— Tout de suite.

— Donne-moi la main, tu vas trébucher ; il y a une marche. N'allume pas. Tu sais, je suis malade.

— Ça m'est égal.

— Écoute, c'est comme si nous cassions le jouet pour découvrir le miracle.

— Je veux m'habiller de ta peau. Voler moi aussi quelque chose de toi.

— Comme tu voudras. Vole ce que tu trouveras. Montre-le-moi seulement.

Et cela s'est passé ainsi, comme le jour où j'ai caressé un nu de Pascin devant trois gardiens de musée, sans qu'ils me voient.

On ne voit même pas à un pied devant la proue, se plaint le capitaine. Ça ne s'éclaircit pas, ça n'arrête pas d'épaissir grogne-t-il, et il crache. La cigarette est trempée et ne tire pas. À intervalles réguliers il tire sur le filin de la sirène et la cheminée vomit un mugissement. Cinq secondes. Puis cinquante-cinq secondes de silence.

Il tend l'oreille à droite, à gauche, devant, met la main en cornet à son oreille. Il y a une autre cheminée qui pleure, et qu'on entend à peine. Polychronis, le timonier, est debout au bossoir de proue, et quand la sirène du *Pythéas* s'arrête il souffle dans la corne de brume. L'autre ne cesse d'approcher. Je l'entends un peu à tribord, à présent.

Nouveau coup de sirène. Puis silence de mort. Et le mugissement de l'autre qui vient à notre rencontre.

— Tiens-toi paré, crie-t-il à l'homme de barre. Quand je te dirai : À tribord toute ou : À bâbord toute, tu vireras de toutes tes forces. Vu ?

— Oui.

Il réfléchit. Pour comble, Diamandis est malade, avec de la fièvre. Cette idée d'aller se faire coller la vérole. Et il a encore de la chance à présent, avec les nouveaux remèdes — il tire sur le filin, le lâche. Nouveaux. Ici à bord rien n'est nouveau. Tout est pourri. C'est de la même façon que mon grand-père cornait dans la brume. Radar, sonde… C'est pas pour notre gueule. On nous dit braves. Diamandis a le temps de s'en tirer, nous autres nous avons pourri… Le mercure.

Il corne à nouveau.

Diamandis, étendu sur sa couchette, a peur. Il est couvert de boutons. Est-ce la chaleur ? Mais la fièvre ? Il écoute la sirène. Il se rappelle la femme, la robe blanche qu'elle a seulement relevée, sans l'ôter. La fourrure crépue de son ventre. Il tire à lui le drap trempé et le repousse du pied. Les yeux de la femme étaient innocents, affables. Le pilotin sourit et s'apaise. Si elle avait eu quelque chose, elle me l'aurait dit, comme la première fois la fille de Lomé. Sa mère, malmenée par la vie, vêtue de noir. Devant la porte, à côté de la grande jarre du basilic, était appuyé le sac de marin, plein à craquer. Sa sœur a cueilli un œillet et le lui a donné. Puis elle s'est retirée. Sa mère n'a pas pleuré. Dans cette île les femmes ne pleurent jamais devant les autres. Quand on pleure, c'est comme si l'on se dévêtait, c'est pire. On pleure la nuit, quand l'huile de la veilleuse s'épuise et que la mèche grésille. Quand l'odeur de l'huile brûlée vous prend à la gorge. « Diamandis, lui a-t-elle dit de sa voix âpre, ouvre l'œil. Prends tes précautions. » Elle s'est penchée à son oreille. Ils ont chargé le sac sur la carriole. Dès qu'ils ont dépassé la dernière maison du village, elle s'est mise à pleurer.

C'est peut-être la gale ? Encore deux jours. Tout s'en mêle. Grosse mer devant. Ils ne font pas de vapeur. La brume à présent. À l'avenir je prendrai mes précautions. Je passerai le brevet, nous marierons la cadette.

Il regarde le plafond. Il y a une ligne de rivets oblique sur la tôle. Il ferme les yeux. Si les rivets sont en nombre pair, je n'ai rien.

Un, deux, quatre, huit, douze. Pair. Je me suis peut-être trompé. Il recompte. C'est juste. Il sourit.

Il se lève et va au lavabo. Il est entièrement nu. L'eau est coupée à cette heure. On l'ouvrira le lendemain matin, de huit à dix. Il sait qu'il n'y a pas d'eau. Il appuie à fond sur le robinet. Il s'allonge sur sa couchette, y reste un moment. Il se relève et redresse la photographie de son père, qui est un peu inclinée. Il retourne au lavabo. Il monte debout sur sa couchette et compte les rivets en les touchant un à un avec le doigt. Douze. Encore une fois.

Il se couche à la renverse et s'endort avec la lumière allumée.

Le lieutenant Panaïs s'agite sur sa couchette. Il écoute la sirène. « Brume ! Comme cette autre fois. On ne peut même pas dire que je me suis absenté de la passerelle ; je suis allé pisser. Avant que j'aie fini on avait déjà défoncé le Hollandais. Responsable d'un abordage, qu'ils disent. Si j'avais eu Gérasimos comme capitaine. »

Étendu comme il est, il cherche à tâtons sur le sol en laissant pendre sa main. Il trouve une bouteille, se tourne sur le côté et pisse.

Il tâte à présent le mur. Il cherche quelque chose. Ah, voilà. Il entend un léger cliquetis. « Oh, j'ai encore trois heures devant moi. » Il se met à ronfler.

— Droit devant ! crie Polychronis du bossoir. Il approche.

— À tribord toute, commande le capitaine à l'homme de barre, et aussitôt il donne un long coup de sirène[1].

— Attention.

— La barre est à tribord toute, répond l'homme de barre.

La sirène de l'autre résonne, rauque, et se perd. Ce corniaud a commandé lui aussi « *all starboard* ».

— La barre à zéro. Ne heurtons pas les poupes.

— La barre est à zéro.

— Regarde-moi un peu comme il noircit, le cochon. Ça devient une île. La barre à bâbord.

— La barre est à bâbord.

— À la prochaine, Thanassis. On l'a échappée

1. Long coup de sirène : Je vire à tribord. *(N.d.A.)*

belle. Lui non plus n'a pas de radar. On les réserve aux paquebots. Qui s'intéresse aux équipages ?

Il s'essuie le front du revers de la main, allume une cigarette. Il n'y en a plus pour longtemps ; ça va s'éclaircir au matin.

— Le téléphone, capitaine Gérasimos.

— Oui... Le bulletin ? Ça va se dégager ? Je viens juste de le dire. Tu es occupé ?... Ça va, je suis trempé... À Kiphissia[1] ? Drôle d'idée. Réveille-toi, voyons... Oui, il doit y faire frais. Tant mieux pour eux. Cuis dans ton jus, mon pauvre vieux. Allez, au revoir.

Il tire à nouveau sur le filin de la sirène. « Quand pourrai-je me reposer un petit moment ? Un plat de choux. Creuser un peu, planter, les voir pousser. Toujours la mer. Le quart sans arrêt. C'est pas naturel. On est pas des poissons. Merde alors. Et pour finir on vous emballe, on vous roule dans une toile à voile et hop par la poupe. Sans un prêtre. Quand je mourrai, ça m'est bien égal d'être dévoré par les requins, puisque je ne sentirai rien. Qu'en savez-vous ? » Il actionne la sirène encore une fois. « Alors pourquoi allumerait-on des cierges, pourquoi dirait-on des messes ? Cette canaille de Nicolas. Il dit : "Je crois quand j'ai peur." Je chie sur sa foi. »

1. Banlieue élégante et verdoyante d'Athènes. *(N.d.T.)*

Polychronis vient auprès de lui.

— Pourquoi as-tu quitté le bossoir ?

— Pour faire du café et relever Thanassis. C'est clair, on n'entend personne.

— Bon, vas-y. Fais vite. Et apporte un peu de torréfié à mâcher.

Il tire à nouveau sur le filin. Et une femme. Fumer allongé, la voir aller et venir, chanter comme un oiseau, rouspéter. Laisse-le dire. Les femmes sont des êtres fidèles. Des merveilles… Il lâche le filin et s'appuie un moment sur le chadburn de cuivre.

— Tu dis ?

— Le café.

— Pose-le. Thanassis, prends quelques grains à mâcher pour ne pas t'endormir. Crie de temps en temps. Et toi, le farfelu, Polychronis, attention à la barre.

Il tire encore sur le filin et réfléchit.

Sales terriens

La cabine radio crépite de parasites. Ils ne sont couverts que par la sirène qui pleure. Le vacarme et la chaleur donnent le vertige.

Le radio est assis devant le récepteur, les coudes appuyés sur la table et les mains posées à plat sur les yeux. Le récepteur parle une langue à lui. Une vingtaine de navires émettent et on entend, de cinq cents milles, les stations de terre.

De VJR… XXX[1] *man overboard… approximate position… please all ships in vicinity keep sharp look out…*

Il l'inscrit sur le journal. Il a un sourire amer. *Keep sharp look out.* Dans la nuit et dans la brume ! Et même de jour, tu parles… Il a plongé la tête la première dans la gueule du requin. C'est le destin du matelot. Un requin nous a suivis de Suez jusqu'à Aden, un autre d'Aden à Colombo. Et celui qui nous accompagne à présent et qui nous lâchera au large de Shan-T'ou, et qui a faim, il nous a rejoints à Sabang.

— Et comment savez-vous que ce n'est pas le même d'escale en escale ? m'a dit un terrien pour se moquer de moi. Vous les repérez à leur cravate ?

Pauvre idiot ! Mais de la même façon dont tu reconnais de loin le tram qui doit te conduire chez toi.

J'ai vu le cœur d'un requin que nous avions pêché à bord d'un cargo, arraché à son corps, palpiter violemment dans un seau de bois rempli d'eau de mer, et nous inonder. Ce jeu-là a duré une demi-heure, puis la cadence s'est ralentie

1. Signal de sécurité. *(N.d.A.)*

et le cœur a cessé de battre. Comment se faire croire quand on raconte ça ?

— *Man overboard...* Il retransmet le message.

Attends. C'est d'un navire indien qu'il est tombé. Ce doit être un Noir. Il s'en est tiré. C'est seulement par erreur que le requin peut s'attaquer à un Noir.

Rappelle-toi les jeunes Noirs à Aden, à Djibouti, qui nagent au milieu des requins, juste à côté d'eux.

— Mais la nuit, comment les distingue-t-il ?

La nuit, terrien de mes fesses, c'est l'odeur qui lui dit la couleur. Quand tu prends un requin, ne le monte jamais vivant sur le pont, il peut te tuer, te défoncer le panneau d'une cale, te faire des dégâts. Quand il est halé le long du bord, frappe-le à la tête. Penche-toi, je vais te dire quelque chose à l'oreille, mais ne le répète jamais, on se moquerait de toi. Avec un seau d'eau douce tu peux étourdir le plus sauvage d'entre eux. Le tuer. Jette-le-lui dans les yeux, dans la gueule. Il n'approche jamais des fleuves, ni même de leur embouchure. Il te laisse dès qu'il voit de l'eau trouble.

— C'est faux ! Pourquoi alors à Basra, dans le *Chatt el Arab* les Blancs ne nagent-ils pas hors du filet métallique ?

— Parce qu'il y a un *stream*, bougre d'âne,

un courant marin qui remonte très haut et qu'ils suivent. Tu ne me crois pas. Fais un voyage jusque-là et constate-le de tes propres yeux.

— J'adore les mouettes, m'a dit un jour une jolie fille. Ce sont des oiseaux pleins de fierté.

Laisse-moi rire… Ce sont des terriennes, comme toi. Elles vont au large pour manger. Dès qu'elles flairent une tempête, elles viennent se réfugier dans les ports. Le dauphin joue avec la proue des bateaux. Alors elles partent en nombre, se jettent sur lui, lui crèvent les yeux, le déchiquettent et le mangent. Ce sont des oiseaux d'avant-port.

Je connais des oiseaux gros comme le petit doigt de la main, que l'on voit sur l'océan, et qui ne consentent même pas à se reposer sur le mât.

C'est à terre que la nausée me prend. Mon voyage le plus pénible, le plus dangereux, je l'ai fait sur l'asphalte, entre Syntagma et Omonia[1]. J'ai vomi sur le mont Liban comme les terriens vomissent sur mer par temps de meltem[2]. Vous nous plaignez parce que nous n'avons pas de maison, parce que nous marchons les jambes écartées, parce que nous portons à terre des chemises froissées et des vêtements chiffonnés. Vous

1. Deux places du centre d'Athènes. *(N.d.T.)*
2. Vent violent du nord-est dans l'Égée. *(N.d.T.)*

me faites chaud au cœur. Un lit stable, un sommeil tranquille. Le café et les journaux posés sur la table de nuit. L'excursion du week-end, avec les traditionnelles boulettes de viande hachée. Mais je ne changerais pas mon métier pour le vôtre, même pour un seul jour.

— Parlez-nous de vos voyages.

Combien de fois ai-je entendu cela ? Mais pourquoi donc ? Pour que vous vous poussiez mutuellement du coude en riant…

Le capitaine actionne la sirène. C'est un bon marin. Il regarde devant lui, toujours devant lui. Il ne voit pas vos yeux. Il vous pose une question et surveille la mer. L'autre jour il me demande à brûle-pourpoint :

— Dis-moi, où est enterré ton père ?

— Je n'en sais rien. J'étais sur mer quand il est mort.

L'enfant de la Mandchourie… Quand il est arrivé à dix-sept ans à T'ien-Tsin, les Chinois de la région ont brusquement cessé de fumer l'opium, et pourtant ils étaient plus ivres qu'auparavant. Que leur donnait-il à boire ? Le pourvoyeur de Kouropatkine. On l'a traîné une nuit dans sa tente. Sur le coffre qui servait de table, dans un pain entamé, se trouvait un énorme cafard. Une montagne.

— Je te ferai fusiller avant l'aube.

Le pourvoyeur a pris en main la pièce à conviction, l'a portée à la bouche et l'a avalée.

— C'est un raisin sec, Votre Excellence, un raisin sec qui vient de mon île.

Kouropatkine a ravalé son rire plus difficilement que mon père n'avait avalé le monstre.

— File, mais le prochain coup tu es bon.

Le jeu de cartes parlait entre ses mains. Il perdait une brasserie à Lao-Yan et gagnait une boulangerie à Moukden. Il est revenu en 1920 avec l'armée de Wrangel, ayant en poche un billet de cinq mille et une boîte de bonbons. Il s'est mis à courir d'un endroit à l'autre : Constantinople, Smyrne, le Pirée, Alexandrie, Brindisi. Il est arrivé une nuit avec une brouette chargée de sacs de piécettes. Il nous en a donné une poignée à chacun. Un mois plus tard il nous les a reprises :

— Donnez-moi ça, petits voyous, je vous les rendrai en pièces d'or.

Ma mère hochait la tête. Quand j'ai eu dix-huit ans, j'ai dit à mon père que je voulais devenir marin.

— Deviens tout ce que tu veux, m'a-t-il dit, mais ne deviens ni maquereau ni tante.

Il a réfléchi un instant.

— Et encore, il y a des tantes qui ont du cran, qui sont régulières. Mais un maquereau qui soit régulier, ça ne s'est jamais vu.

La veille de sa mort il a mis la main au panier de l'infirmière qui le bordait.

— Attends, Gérasimos, au nom du ciel, attends un peu, ma tête va éclater. Où il est enterré ? Le cercueil a été oublié chez un mastroquet de Saint-Dionyssis. Un fossoyeur complaisant a été payé pour en faire un autre. La mère attendait son fils à la coupée du bateau, pour transporter le mort et le mener à Céphalonie, dans le cimetière tranquille. Elle a deviné la substitution mais n'a rien dit. Par la suite elle n'a jamais posé de question. Ses huit ans de Chine lui avaient appris à se taire.

Je voudrais qu'on oublie aussi mes ossements, mais dans un bordel. Et que les femmes s'en servent comme canules pour leurs bocks, comme fume-cigarettes, comme sifflets.

Cesse donc de tirer sur ce maudit filin. Quel pope forban, quel pope paillard me confessera. Gérolymos, de Zola[1]. Combien d'années cela fait-il ? À Dili, à Kupang. Non. À Bali. Dans un port, quelque part dans ces parages, où nous avions relâché avec l'*Argonaute*, pour une avarie de gouvernail.

Encore un message. *TTT*[2] *medical advice. Sailor of twenty five, fever of forty one, probably of*

1. Village de Céphalonie. *(N.d.A.)*
2. Signal de sécurité. *(N.d.A.)*

contageous water; any ship with doctor please advise… Macao l'a reçu. *As*[1] *QRX*[2].

J'ai soif. Qu'est-ce qui m'a pris ? C'est comme la première fois, à bord du *City of Djeddah*. Un timonier était tombé malade, atteint de typhus. Nous remontions de Bombay. Nous l'avions isolé dans une cabine de la proue. Deux jeunes matelots le veillaient la nuit, à tour de rôle. J'ai pris mon quart à deux heures du matin. La mousson droit devant. Je lui ai fait sa piqûre de camphre et lui ai mis des compresses de vinaigre sur le front. Il était calme. Mon quart s'est achevé et personne n'est venu me relever. La mer avait grossi. Des tonnes d'eau déferlaient du gaillard de proue dans la baignoire. J'ai changé la compresse de Réginald. Son front était glacé, et il souriait, les yeux grands ouverts et la bouche tordue. Même si la porte s'était ouverte je n'aurais pas pu sortir. Tantôt il me semblait que ses paupières battaient, tantôt que ses lèvres remuaient, que sa main s'agitait. C'est alors que j'ai bu pour la première fois de ma vie. J'ai mis du sucre dans la bouteille d'alcool pur. Le remède de la peur.

Ce soir encore. Que peut donc bien sentir cet alcool ? Que me rappelle-t-il ? Que sent-il ? L'arak.

1. As = Attends. *(N.d.A.)*
2. QRX = Je rappellerai. *(N.d.A.)*

Ce qu'empestait la bouche de Blanche. Tu l'as revue, Blanche ? Oui, douze ans plus tard, toujours à Beyrouth. Sur le *Corinthia.* Elle est venue à la porte de ma cabine. Elle m'a enlacé et embrassé sur les deux joues, à son habitude. Il m'a semblé qu'elle bégayait un peu. J'ai pensé : « Elle doit être ivre. »

— Je t'ai amené ma fille. Tu te rappelles, tu jouais avec elle quand elle était toute petite, et un jour elle t'a même inondé. La voilà.

La jeune fille a rougi. Elle devait avoir seize ans. Elle portait la grande cornette blanche des sœurs de Saint-Joseph.

— Je vais visiter le bateau, me dit-elle, et elle s'est retirée.

Blanche s'est mise à pleurer. C'était la première fois que je la voyais pleurer ; j'étais ahuri.

— Elle m'échappe. Elle va dans un couvent à Pau. Les garces lui ont monté le coup. Elle a dû avoir vent de quelque chose. Je lui ai pris un billet de première, mais sans couchette. Le navire est complet. Je t'en conjure sur notre vieille amitié, Nicolas. Fais ton possible pour que mon enfant trouve une couchette ; qu'elle n'ait pas à souffrir du voyage. Tu as vu comme elle est fragile.

— Elle dormira dans ma cabine, lui dis-je. C'est tout ?

— Et toi ?

— Moi, je trouverai à me caser quelque part.

Elle m'a pris les mains et me les a serrées. Elle pleurait avec désespoir. Ses fards avaient fondu et ruisselaient aux commissures de ses lèvres. Elle s'est effondrée sur mon lit.

— Mais pourquoi pleures-tu ainsi ? Tu iras la voir aussi souvent que tu voudras. Peut-être qu'elle changera d'idée et reviendra. Courage.

Alors Blanche, qui possédait la maison aux miroirs à Beyrouth, une autre à Alep et une troisième à Damas, qui en levant ses bras épais faisait tinter sur chacun d'eux cinq rangées de bracelets d'or, dont on estimait la fortune à vingt mille livres or, Blanche qui pouvait parler jour et nuit sans être épuisée, s'est levée péniblement, est venue près, très près de moi, droit devant moi, a ouvert la bouche et tiré la langue, ce qui en restait, ce qu'en avaient laissé subsister le radium et la maladie.

Je n'ai pas reculé d'un cheveu. Je n'ai pas montré le moindre trouble.

— Pourquoi ne vas-tu pas à Paris ?

— J'en viens.

— Tu guériras, lui dis-je. Tant de gens passent par là.

Elle m'a arrêté net.

— Trêve de consolations. Je ne veux te dire qu'une chose. Si c'est un péché pour les femmes d'aller avec les hommes, alors je n'ai que ce que je mérite… Un châtiment si terrible. Ça me révolte.

Elle a fait un signe de croix.

— La maison ?

— Je l'ai fermée. Il y a deux mois de ça. J'ai dit à Véra — tu te souviens d'elle — de la garder, mais elle n'a pas voulu.

— Véra. Où est-elle ?

— Morte. Voilà un mois. Elle a pris du curare. Elle avait mal vieilli. Elle était pauvre, mais fière. Elle n'a pas voulu accepter de mes mains un seul plat de nourriture. Elle me détestait.

Elle s'est tue un instant.

— Toi aussi, tu me détestes.

— Moi ? Si tu n'avais pas été là ce jour-là, avec la marchandise…

— Tu me gardes encore rancune… pour la Mytilénienne. Ce n'est pas ma faute. C'est elle qui l'a voulu. Je l'ai mise à la cuisine et l'ai retrouvée au lit. Elle le voulait. Je t'ai fait de la peine à l'époque.

— Écoute, Blanche, je ne me rappelle rien de tout ce que tu dis là. L'Arménien, Auxence, est toujours avec toi ?

— Non, il est parti. Peu importe, c'était un sale type. Soigne ma fille comme la prunelle de tes yeux.

— Sois sans crainte. Je serai pour elle un frère. Un père.

Elle m'a saisi la main. Elle s'apprêtait à la baiser. Je l'ai retirée vivement.

— Tu as dit un père. Hein ? Tu l'as dit.

Elle s'est penchée et m'a dit quelque chose à l'oreille.

— Je m'en vais. Je peux t'embrasser, ou je te répugne ?

J'ai saisi sa tête entre mes mains et je l'ai embrassée sur la bouche. Un prêté pour un rendu.

— Je m'en vais ; je vais dire adieu à ma fille.

J'ai suivi la scène de loin. La fille recevait ses baisers en regardant ailleurs. Indifférente, sans pleurer. Le haut-parleur a crié :

— *All visitors ashore.*

Elle est descendue la dernière. La nuit était tombée. Elle est passée au milieu des policiers et des douaniers, qui la saluaient en souriant, avec leur cravache. J'ai vu sa voiture disparaître entre les bâtiments de la douane. Sa fille riait en jouant avec deux petits enfants. Les lumières de Beyrouth se sont allumées… Les Phéniciens…

Cri de la sirène, brouillard, chaleur, fatigue se mêlent.

Dévêts-toi. Je te donnerai la brume pour vêtement. Je boirai encore un verre à la santé de la mer. À la santé de la sirène qui est tatouée sur mon bras. Qui saute à la mer chaque nuit et me trompe avec Poséidon. Elle revient le matin quand je dors encore, couverte d'algues et d'orties de mer. Quand nous restons longtemps à terre elle se flétrit et perd ses couleurs.

Avoir une maison à la campagne. Y dormir un soir tous les deux ans. Sans femme à son côté. Appareiller le matin. Encore le va-et-vient de la machine, la puanteur de la dalle, l'odeur de bateau, le cuisinier qui se taille les ongles avec le couteau de cuisine. Le quart sans arrêt, la couchette pleine de punaises, le carénage, l'odeur de minium, de goudron qui bout, les cabinets de bassins de radoub, l'eau trouble dans le seau. L'eau où l'on trouve des poils de lion, l'eau de fleuve, souillée par les crocodiles, les propos orduriers à table, le gâteau de riz brûlé, le juron qui tient lieu de bonjour, la maladie de la tôle. La relève du quart, avec le gros orteil que l'on secoue pour vous réveiller. Lève l'ancre. Mouille l'ancre. Carrefour.

Relève du quart. À charger les batteries. Un verre ? *À la Casa de Lautrec.* Et à présent musique. Chanson de Chine. Retournons en arrière. *Boléro* de Ravel. Une mouche tourne en rond dans la boule de verre qui change de couleur. Vieille Europe au cul défoncé.

Qui me pardonnera ? Alévizos, à Kupang… Non, voilà des années qu'il est enterré à Bali.

Nous avions relâché avec l'*Argonaute*, pour une avarie de gouvernail. Je n'avais pas plus de dix-sept ans. C'était le matin. Je me rasais dans ma cabine. Par la porte ouverte je voyais les palmiers immobiles, et une lumière qui baignait la mer et la terre. Une lumière que j'ai retrouvée bien des années plus tard à Délos, un matin encore. Bali. Un son parvenait jusqu'à notre bateau, pareil à celui d'une flûte de berger.

— Je cherche un enfant de putain, un salaud, un sale con, un voleur comme moi, un compatriote ; voilà qui je cherche.

Une voix inconnue. Je suis sorti, barbouillé de mousse, en criant :

— Voilà. Présent. Que veux-tu ?

— Je veux… je veux, bougre de bas-du-cul, du thym et de l'ail. Et si possible un peu de persil. Et tout de suite !

Je suis allé trouver le steward, qui me les a donnés. Il les a pris dans ses mains qui tremblaient et les a portés à ses narines. Il a soupiré. Il était très vieux, sec, avec de grandes moustaches châtain, colorées par le tabac, et des sourcils en bataille qui lui cachaient les yeux. Il portait une chemise de soie écrue, sale et usée, et un vieux casque colonial.

— Je passerai te prendre à la tombée de la nuit, je t'invite à dîner à la ferme.

— Trêve… commençai-je.

— Trêve ? Que la crève… Allez, tâche d'être prêt.

Il est arrivé avant la nuit.

— Tu es *ready* ?

— Oui, attends que je prenne une bouteille de whisky.

— Prends plutôt ta triple paire de cornes. Filons.

Nous sommes montés dans une barque longue et étroite. J'ai plongé la main dans l'eau et me suis aspergé le front. Je l'ai plongée une deuxième fois.

— Fais un peu attention, espèce de veau, chimpanzé habillé en homme. Fourre tes pognes dans tes poches si t'as pas envie de débarquer manchot. Y a des espadons par ici.

Nous avons débarqué.

— Allons à pied, tu verras le pays.

En chemin, hommes et femmes indigènes le saluaient :

— Enculé de ton Dieu, Alévizos, lançait l'un.

— Putain de ta Sainte Vierge, lançait un autre.

— J'emmerde ta foi, criait un troisième un peu plus loin.

En réponse, il en crachait autant et de pires. J'ai éclaté de rire.

— Ris pas, connard, ou je te ramène aussi sec là où je t'ai ramassé.

Tandis que nous avancions, une foule de corbeaux, titubant comme des pêcheurs d'éponges estropiés, venaient se prendre dans nos jambes. Il se penchait et les caressait. Nous avons passé un petit pont de bois et avons atteint une grande propriété, au centre de laquelle se trouvait un bungalow délabré. La nuit était tombée. Trois filles très jeunes, toutes nues, nous ont accueillis sur le pas de la porte. Je me suis arrêté pour les regarder. Il m'a poussé rudement et je suis tombé dans un fauteuil à bascule. Un énorme serpent s'est abattu brusquement du plafond sur mes genoux. J'ai poussé un cri.

— Trouillard de mes deux... Viens manger, Christodoulos.

Le serpent s'est enroulé autour du corps d'Alévizos.

— C'est mon enfant. Ça fait quinze ans que je l'ai. Je dors avec lui.

Les filles ont apporté de grandes cuvettes et nous ont lavé les pieds. Nous nous sommes mis à table. Le poulet n'arrivait pas à passer. Je regardais à la dérobée tantôt une fille tantôt l'autre.

— Mange, mange, après tu les sauteras toutes

les trois, mais commence par bâfrer, ça te donnera du courage.

Un perroquet tout blanc à crête jaune se promenait sur la table et salissait la nappe à chaque instant.

— Ça te dégoûte ? Si tu veux, je le chasse. Tire-toi de là, Dionys-le-fou !

— Non, non, laisse-le, lui dis-je. Mais pourquoi ne parle-t-il pas ?

— Il me fait la gueule depuis ce matin. Je lui ai donné un coup de cuiller parce qu'il courait après Christodoulos. Tu aimes les mangues ?

Je n'ai pas répondu : comme une des filles se penchait pour me servir, la pointe de son sein me chatouillait l'œil.

Après le repas nous avons bu le café et allumé des cigares.

— Tu veux qu'on aille faire un tour ? Y en a de plus jolies au village.

— Non, j'ai sommeil. Vaudrait mieux qu'on se couche.

Je me suis allongé et j'ai attendu. Ainsi qu'il me l'avait dit, les trois filles sont arrivées. Dehors, la flûte jouait toujours. De temps en temps arrivait un rugissement. Une ou deux fois j'ai entendu un long sifflement ; les filles se dressaient sur les genoux, épouvantées, criant : « Naya-naya ».

Couchés tous les quatre sur le dos, nous

fumions en regardant les étoiles qui entraient par les grandes fenêtres et descendaient si bas qu'on pouvait les prendre et les cacher dans ses mains pour jouer à pair ou impair. Namila s'est mise à chanter. Loana à jouer d'un instrument que je ne voyais pas ; Talora fumait et se taisait. De temps à autre je caressais ses genoux. Bientôt le sommeil les a prises. Je me suis levé et suis allé dans la chambre d'Alévizos.

Il était assis en tailleur sur un matelas et mordait un fume-cigarettes en corail noir, sans cigarette. Une lampe à huile à trois mèches brûlait à côté de lui. Il tenait à la main un almanach Skokos de 1912. Il n'avait sur lui qu'un caleçon et portait autour du cou une chaîne de bronze terminée par une médaille qui disparaissait entre ses cuisses. Ses jambes étaient longues et maigres comme des sarments de vigne. À côté de lui, sur un coussin de soie, dormait le serpent. Au plafond et sur les murs étaient pendus des poulpes séchés et des poissons salés.

— Salut, trésor, me dit-il ; tu dois avoir soif, et pour cause. Tu t'es déchaîné avec elles. Tire un coup de pied à l'une d'elles et dis-lui d'apporter des boissons, des ananas et des mangues.

— Elles dorment, répondis-je. Faut pas les réveiller.

— Quoi, ces traînées ! rugit Alévizos. Et tu veux les ménager, bougre de fumier !

Il s'est mis à hurler. Elles sont apparues à la porte, affolées.

— Trous sans fond ! Vous sauteriez tous les feux de la Saint-Jean que ça ne vous sécherait pas, bande de truies.

Elles ont apporté des fruits. Ils étaient si parfumés qu'on était pris de vertige.

— Quand vous serez de retour en Grèce, envoie-moi quelques livres… Des livres d'église. Et une étole de curé.

— Il y a combien d'années que tu es ici, pépé ?

— Pépé ? Que la pépie… Cinquante. Et puis continue pas l'interrogatoire, ça ne te mènerait à rien. Tu t'imagines peut-être que je me suis exilé ici à cause d'une femme ? Ha ha !

Il s'est mis à tousser, à force de rire.

— Tiens, ce que tu peux être con. Les femmes, y a rien à en tirer. Ce sont des trous, un point c'est tout, des trous et rien d'autre. Tire-toi, va en écraser pendant deux heures, parce que j'aime pas la mine que tu as. Tu es vert comme un lézard.

— C'est le climat qui m'a dérangé, dis-je timidement.

— Le climat ? C'est le meilleur du monde. Va dormir.

Je suis sorti. Il m'a rappelé et je suis revenu.

— Attends, je voulais te dire quelque chose. Tu fumes le haschish ?

— À l'occasion, je crache pas dessus.

Nous avons allumé deux cigarettes. Il a tiré une longue bouffée, a fait mine de vouloir dire quelque chose, mais s'est ravisé. La fumée montait au plafond comme une colonne, sans se dissiper. Un cri perçant, lointain, qui se mua en plainte, arriva jusqu'à la chambre.

— Aïna est en train d'accoucher, dit-il comme s'il se parlait à lui-même. Encore un bâtard qui dans un an pissera sur mes plates-bandes. Qu'est-ce qu'on disait ? Ah oui… si tu voulais rester ici. Si ça te chante. Tu travaillerais au magasin, c'est un vrai plaisir. Tu jetterais un coup d'œil sur la propriété et tu coucherais avec toutes les femmes de l'île, au-dessus de neuf ans. Vu ? Et quand je mourrai, tout ce que j'ai…

Sa tête s'est inclinée lentement, comme s'il se prosternait. Il s'est mis à ronfler. Je suis resté à regarder alternativement le serpent qui s'étirait, et Alévizos. Alors est entré Dionys-le-fou, le perroquet, remuant comme une canonnière secouée par le roulis. Il s'est jeté sur Alévizos et lui a mordu le caleçon. Puis il s'est éloigné et s'est mis à jurer. Il aurait fait rougir le dernier des charretiers. Il arrêtait le chapelet de mots orduriers et se mettait à psalmodier « le Christ est ressuscité », s'interrompait au milieu et se remettait à jurer.

Finalement il s'est lassé, est venu se blottir dans les jambes d'Alévizos et s'est endormi.

Je suis reparti me coucher avec les filles. À l'aube je me suis levé et ai pris un bain dans un tonneau. Les trois filles brillaient dans la lumière. L'eau dégouttait de leurs cheveux sur leur corps. Elles ne cessaient de parler entre elles et de rire. Elles m'ont apporté du café. J'ai vu loin de là, sur la mer, l'*Argonaute* déteint, pareil à un fauve blessé, qui attendait. Alévizos est arrivé.

— Alors, tu t'en vas ?

— Oui.

J'ai essayé de distinguer ses yeux mais une fois de plus je n'y suis pas parvenu. Il était au milieu des trois filles noires.

— Juments, murmura-t-il.

Il s'est retourné vers moi :

— Bon, eh bien, va-t'en au… Bon voyage.

Il m'a tendu sa grande main osseuse.

— Va-t'en au diable, hurla le perroquet. À la male heure. Casse-toi la pipe. Crève.

J'ai sursauté et je me suis arrêté.

— Marche, marche. C'est des souhaits qu'il faut avoir peur.

Avant de passer la rivière je me suis retourné. Alévizos s'épongeait le front avec un mouchoir de priseur.

— Si tu changes d'avis, reviens à l'heure que tu voudras. J'attendrai.

Trois ans plus tard j'ai rencontré un shipshandler[1] grec à Djakarta. Je lui ai demandé des nouvelles d'Alévizos. Il a fait la grimace.

— Fini... Pendant les cinq jours où il a agonisé, il n'a pas cessé d'imiter avec la voix tous les fauves et tous les oiseaux. Un peu plus tôt il avait appelé les indigènes et leur avait montré un bidon rempli d'or. Il leur avait dit : « C'est à vous, mais attendez d'abord que je passe l'arme à gauche. » Il a enterré le bidon dans un coin de sa propriété — deux mille arpents. Les autres creusent encore. C'était une âme de merde. Deux ans avant de mourir, il avait commencé à perdre les pédales. Le microbe lui avait attaqué le cerveau. Il s'habillait en pope et passait toute la nuit à encenser. Il psalmodiait en compagnie de son perroquet. C'était un être taré. Il a laissé cent livres à chacune de ses domestiques en leur faisant jurer d'aller une fois par semaine pisser sur sa tombe. Tu étais très lié avec lui ?

Avant que j'aie pu lui répondre, le commandant l'avait appelé. Qui me pardonnera ?

À l'époque où Blanche est morte. Quelques jours plus tard, à Beyrouth, devant la douane. Tu es descendue d'une longue voiture bleu ciel.

1. Fournisseur de navires. *(N.d.A.)*

Tu portais une tenue tropicale kaki, un chapeau de voyage. À ta droite et à ta gauche se sont agenouillés deux chameaux chargés. Ton regard était dur et ton visage brûlé par le Khamsin, le Samal, le Khaboub, le Monsoun… Marie. C'est impossible. Je dois rêver.

— *Demain, demain, c'est promis.*

— Enfin, pardonne-moi mais ne me regarde pas dans les yeux. Je ne suis pas coupable.

— C'est toi qui me regardes comme un idiot. Tes cheveux ont blanchi. Tu portes les mêmes galons, les mêmes vêtements. Tu as été promu… bravo. Quoi ? Laisse-moi rire. Tu n'as jamais été capable de vendre un paquet de cigarettes de transit. Missionnaire, va. Donne-moi une cigarette.

Tandis que je lui donnais du feu, ses mains tremblaient. Elle a donné des ordres aux Noirs dans leur langue et ils ont embarqué ses malles. Elle est entrée dans le *state room*[1], s'est arrêtée devant le miroir et s'est arrangé les cheveux.

— Entre donc. Qu'as-tu à rester devant la porte comme un mouabi[2] ? Commande-nous quelque chose à boire. Deux *dry martini.*

— Je ne bois pas.

Elle s'est retournée et m'a regardé.

1. Cabine de luxe. *(N.d.A.)*
2. Concierge arabe. *(N.d.A.)*

— Si tu avais un semblant de valeur, c'est seulement parce que tu te saoulais.

Elle a bu d'un trait le verre que lui avait apporté le steward et en a commandé un autre. Elle avait ouvert une valise et fouillait à l'intérieur. Elle parlait à toute vitesse.

— Assieds-toi donc, qu'as-tu à rester debout ? Que disions-nous… Ah oui. J'ai faussé compagnie au bey en un tournemain. J'en avais assez de sa salive et des confiseries syriennes. Je suis allée dans un cabaret de Damas. Je me suis taillée, je suis allée à Basra. Le climat ne me réussissait pas. Je suis restée trois mois en maison à Oka. Ensuite je suis allée à Marmagão, à Cochin. Je suis allée en caravane à Kalgan. D'Osaka je suis allée à Frisco en côtre. C'est vrai qu'on va avoir du meltem ? La seule chose à quoi je n'aie pas pu m'habituer, c'est la mer ; c'est drôle. Je t'ai vu un soir à Buenos Ayres, au *Calli Pichincha* et je t'ai fait signe. Tu as choisi une Chilienne sans sourcils et maigre comme un coup de trique. Enfin, des goûts et des couleurs… Après je suis retournée au Moyen-Orient. À Aden. En Hadramaout. C'était la guerre. De beaux hommes : droits comme des cierges. Je suis restée pendant deux ans avec un chef de tribu, dans une tente où on dormait sur des tapis. On changeait de campement comme de chemise. Je suis tombée amoureuse de Soukan. Il était mince, efféminé.

Une nuit sur deux le chef couchait avec moi, l'autre nuit avec Soukan, et je m'allongeais avec lui après minuit, quand le vieux en avait assez et se mettait à ronfler. Quand il me caressait les épaules, tiens, comme ça, en descendant jusqu'au coude… Là. Caresse-moi. Tu ne fais pas un geste ? Parfait. Je reviens en Grèce couverte d'or. Je vais me marier. Je veux avoir un enfant, un garçon. Le bercer, l'élever. Ça te paraît drôle ? Oh, c'est vrai, j'ai trente-cinq ans bien sonnés. Mes jambes sont brûlées ; l'acier, le feu… Mais tu ne peux pas savoir.

Elle a tiré quelque chose de sa valise.

— Ah, voilà. C'est pour toi. Attrape.

Elle m'a lancé un objet et je l'ai saisi au vol. C'était un livre relié en velours, avec des lettres d'or : *Robinson Crusoë.*

— Mais qu'est-ce qui te prend ? Idiot !

Elle m'a caressé les cheveux et a fermé la porte.

Still life with fruits
À Ismène et Thomas Politis

— Tu roupilles ? En bas on crève. La chaufferie est un enfer. Je t'ai ramené la manche à air. Tu ferais mieux de te coucher.

Tsambournas, le graisseur, est debout, torse

nu, barbouillé, et sourit. L'autre ne répond pas. Il ouvre son tiroir et lui donne une pomme flétrie. Le graisseur mord dedans. Il hésite un instant.

— N'oublie pas ce que tu m'as promis, il y a longtemps. N'importe quoi. Tout ce que tu jetterais. Ma femme l'arrange pour les gosses.

L'autre hoche la tête.

— Et ce costume que tu m'as dit…

— Oui, demain sans faute.

— Tu veux de l'eau, du café ?

— Non.

Il s'éponge le front avec le mouchoir de chauffe et s'en va.

Oui… quelque chose empeste. Comme une fosse. Je ne me sens pas bien. Il me semble que je n'y vois plus. Quelqu'un frappe dehors. Cinq coups. Rappelle-toi les cinq voyages en Australie. Si je pouvais les distinguer l'un de l'autre. Le premier. La fille avec la maladie de Basedow. Le second. Non. Si. La mer phosphorescente pendant quatre heures dans le golfe d'Aden. Aden. Foutus rochers… *fucken place*. Depuis tant d'années que je navigue, je n'ai jamais rien redouté autant que ce rocher à la maudite base noire où les petits Céphaloniens jouent à cache-cache. Où es-tu allé laver tes péchés, enfant de Paris ? *Steamer Point*. Le musée aux sirènes vivantes. « *And no water* ». Et ce foutu îlot à l'entrée du port, avec le lazaret. Trois cabanes de bambous blanchies à la chaux. Ne plus m'en souvenir. Et la religieuse écossaise. La fille aux joues rouges qui allait travailler là-dedans, en souvenir de Cyril.

Je veux revoir Port-Saïd. Le bureau du Canal, le magasin de Simon Arzt, les arbres. Voir les cargos qui reviennent du sud et jettent l'ancre un instant. Les marins nordiques, nus, le corps blessé, accoudés au bastingage. Ils sont heureux de revenir une fois encore. M'en tirerai-je ? Reviendrai-je ? C'est un autre Port-Saïd que l'on voit quand on descend vers le sud. Il n'y a pour le marin rien d'autre que *prickly heat powder, fruit salt* et quinine. *Bloody* quinine, et des citrons qui pourriront au milieu de la mer Rouge. Des crabes qui sentent la vase. Est-ce la dernière femme avec qui je vais ? Combien ont connu cette peur. Je ne suis pas seul à avoir peur. D'autres aussi ont peur, mais ils ne veulent pas l'avouer. Je l'ai lu dans leurs yeux. Si tu crois que les marins vont te parler, t'ouvrir leur cœur, tu te gourres. La vérité porte malheur. Nous la disons de temps en temps, dans le secret de notre cœur, et même ainsi elle nous fait peur.

Ce n'est pas la mer qui nous effraie. Nous la commandons et elle nous commande. Personne ne sait naviguer sur elle comme les Grecs. Grecs du Bosphore, de Marmara, de la mer Noire, Grecs des îles. Visages tourmentés, mains abîmées. Grincheux et pleins d'amertume. C'est vous qui m'avez appris à faire une épissure et à élinguer un fût — et tous les autres nœuds. Donnez-leur la carcasse la plus neuve. Ils la jaugent en l'espace d'un quart. Au deuxième quart ils lui font prendre le pli. Placez-les dans le climat le plus infâme. Tête nue. Sur la mer la plus bizarre, dans la passe la plus délicate. Ils se moquent bien des pilotes et des portulans. « Dors toujours avec la porte entrouverte et fixée au crochet, m'a dit un jour le père Mikhalis, un bosco de Spetsai. En cas d'abordage, d'échouement, d'explosion, la porte fermée se bloque et n'ouvre plus. Aie toujours des allumettes à portée de la main. » J'ai ri. Il m'a fait un geste de mépris. « Tu n'as pas peur, parbleu, parce que tu n'as jamais vu le trou de ton cul. » Il est mort au Pirée, à l'asile de vieillards, en regardant les arbres poussiéreux. Il est mort. Moi aussi je mourrai. Quand donc ? Pas ce soir. La terre est proche. Je la flaire. J'ai encore des voyages devant moi. Des ports. C'est sûr. Des femmes. Ruelles de *San Lorenzo*, *Genova*, *Rue Bouterie*, qui à présent ne vit plus que dans le dessin de Dignimont et dans ma mémoire. Rues étroites de la Chine, dont les portes sentent l'ail et l'opium. Bombay. Cages de fer pleines de femmes noires qui ont une odeur de taureau. Alger. Escaliers de la Casbah. On attend le coup de pistolet. Rio… N'importe où. Il suffit que le carrefour soit éclairé d'une lumière rouge. Sois là debout comme jadis, fardée à la truelle. *James Ensor.* Mets-toi en travers de mon chemin. Si je veux écarter — mais je ne le veux pas — le rideau de ton visage, je ne trouverai rien derrière. Je le sais. *Tu viens, chéri.* Cigarette ? Tiens. Fais claquer ta langue tant que tu voudras, je ne viendrai pas avec toi. Je ne veux pas gravir cet escalier en spirale. Je sais quelle est la marche qui manque à tous les escaliers. Je sais quel mur est prêt à tomber. Le lit au pied brisé. La serviette humide pendue au clou, la cuvette pleine à ras bord de permanganate, qui me rappelle la pourpre de Titien, le chromo pendu de travers sur le mur : « La vaillante Timoclée devant le Macédonien ». Ensuite, comment tu ôteras tes souliers en poussant l'un avec l'autre, sans te pencher. Enfin, regardant le papier peint délabré, et tenant les sous à la main, entendre le bruit que fera le bock sur tes cuisses. Non, je ne monte pas. J'irais avec toi si tu avais ce que je cherche depuis tant d'années… En travers, en biais. Reste debout devant la porte. Je paie pour que tu restes immobile, muette, sans respirer. Statue hiératique que j'adore. Non !… Écarte-toi seulement un peu, un tout petit peu, pour laisser passer cette boule humaine qui marche sur les mains, des mains qui rappellent les jambes de la Karsavina. Comment ? Tu as peur de

Ricardo ? Tu as faim ? Tu mens. Les symboles n'ont pas peur. C'est d'eux qu'on a peur. Ils n'ont pas faim. Tu pues le poisson. La même odeur que sentent les cadavres. Je me rappelle. À Kalamas. T'emmener avec moi ? Tu ne sais pas ce que tu dis. Puisque je te porte toujours avec moi, le matin, à midi, dans mon sommeil, pendant le quart, à la relève. Tu es mon trousseau. Toi et toute cette rue et toutes les rues et le marché aux poissons et cette masse humaine qui a pour tête son derrière et cette métropole ténébreuse où l'on ne dit plus d'office. *Giorgione di Castelfranco.* Moi qui déshabillais tes modèles. Le nain de Calabre. Trouve-moi le vert. Donne-moi la teinte. Nettoie les pinceaux. *Sandro Dato.* Nous nous sommes promenés ensemble à Florence, avant que les sbires ne me tuent. Georges Pierre *Seurat.* Les trois héros de la palette. Pendant vingt ans j'ai cherché le secret de Cézanne. À l'aube, à midi, au crépuscule. À Aix, au Vallon des Lauriers, à l'Estaque. Ne ris pas. Si tu oses, je te casserai la tête avec cette pince. Je l'ai trouvé à Kiphissia, à minuit, sur le chemin de Strophili. J'ai touché du doigt sa matière. Tu ris... je m'en fous. Poussière d'or dans la barbe de Magellan. Tu tires les cartes. Lis l'avenir. Expliques les rêves. Tu sais d'où viendra l'éclair du pistolet, la lueur du couteau, d'où sera lancé le lasso où se prendront tes jambes. Jambes. Toujours des jambes. Jambes de Marinella. Dans la petite rue Juge-du-Palais, dans le quartier de la honte. Entre les maisons apparaissait une partie du Vieux Port, et la colline de Notre-Dame de la Garde. On t'emmenait faire ta première communion. De la rue Coutellerie, de la rue Saint-Victoret, de toutes les rues environnantes accouraient les « filles » à moitié nues pour t'admirer. C'était vers la fin d'un matin d'hiver. L'une t'arrangeait le chapeau, une autre le voile, Mimi les rubans. Je me rappelle tes pauvres jambes atrophiées. Je les ai retrouvées plus tard, dans la même rue, toujours aussi faibles, tachées, abîmées par une vie atroce ; elles pendaient hors de la voiture de police où on t'avait jetée, le jour où Anatole, l'homme aux favoris et au visage déformé par les coups de poing, t'a tuée. Marinella. Les femmes ont quatre jambes. Je compte les miennes ? Non. Les femmes, les femmes n'ont pas de jambes.

Tu délires, tu es malade. Tu as peur. Non. Les malades sont marqués, souffrent. J'ai vu des malades. J'ai passé des nuits devant les léproseries du Sud, devant les terrains retranchés où l'on parque les cholériques. Les lazarets… Parle-moi donc. Parle-moi de ceux qui ont vu pour la première fois dans le miroir la marque entre les deux yeux, les plaques blanches sur le palais, les taches rouges sur la poitrine. Suffit. Ouvre les yeux. Tant qu'on les tient fermés on voit en soi-même, et il ne faut pas. Les yeux ouverts on voit seulement autour de soi. Jusqu'à un certain point. Dans le port du Chili où l'on chargeait le nitrate. La voiturette de la marchande de glace. La vieille aux souliers poussiéreux et percés, qui racontaient la route interminable. Non, laisse cela pour une autre fois. Ne te le rappelle pas. Jette par le hublot cette bouteille maudite, pleine de péché et de souvenir. Oui. La fillette tenait d'une main la robe de la vieille dame et de l'autre le cornet de glace. C'était un jour bleu et bienheureux. Consuela. Regarde-moi dans les yeux. Tu n'en as pas. Tu n'as que deux trous rouges. Mais dis-moi d'où jaillit cette joie qui illumine ton visage et le fait resplendir. Hé ! Toi qui tires la voiturette. J'achète toutes les glaces et la voiture avec et toi-même, la place tout entière et la ville avec son nitrate, et le monde entier au-delà de la mer, et je le dépose comme un jouet, comme une balle, à ses pieds. Si elle a jamais vu les couleurs, si elle s'en souvient, elle aura de la peine.

— Donne-lui les couleurs.

Mais elle ne voit pas. Qui a parlé ?

— Donne-lui tes yeux pour qu'elle voie. Tu ne peux donner que ce qui est à toi. Ce que peut atteindre ton œil, ce que tu peux caresser, entendre. Au-delà, c'est le bien des autres, tu ne peux en disposer. Entends-tu ?

Oui. Mourir si elle le demande. Devant elle.

— J'ai dit : donne seulement tes yeux.

Mais nom d'un chien… j'ai des hallucinations, c'est pire que si j'avais pris de la neige. Si quelqu'un pouvait venir me jeter un seau d'eau sur la figure, Si une vague pouvait entrer me tremper, et faire taire ce grillon qui comme un marteau-piqueur électrique déchire la tôle de ma tête. Par où est-il entré ? J'ai fouillé tous les coins de la cabine radio, le plafond, les trous, l'étagère aux livres. Il est venu avec les provisions du bord, caché quelque part dans les légumes. Avec les scorpions, à Colombo. Nous avons tué les scorpions, mais ce monstre invisible je ne peux ni le voir ni le saisir, et pourtant il est près de moi, à côté de moi, sur moi, en moi. Au début il me divertissait. Il me rappelait une nuit d'été. Les meules de foin, le thym et l'origan. L'herbe fauchée. Les étables où dorment les bêtes de somme. Le premier jour. Mais à présent j'ai compris que je peux perdre la tête. Idiot ! Qui est né fou n'a rien à craindre. Ah… La voilà. La folle dans les ruines du Vieux Port. *Lily*.

La guerre venait de finir. À Marseille. Tout le côté droit, depuis la mairie jusqu'au Fort Saint-Jean, détruit par les Allemands. Quelques poules étaient assises jambes croisées, dans les cafés de la Canebière. Rien que des nouvelles. Elles ressemblaient beaucoup à leurs mères. C'est alors que j'ai compris que j'avais vieilli. À la nuit tombante je suis entré comme un voleur rue Coutellerie. Cent mètres plus loin, c'étaient les ruines. J'ai trouvé Péglis. Il portait le même béret qu'avant la guerre. Il vendait des boissons dans un coin.

— Où sont les filles ?

— Est-ce que je sais ? On les a chargées sur des camions et on en a fait du savon en Allemagne. Sacré veinard celui qui s'est lavé avec un savon pareil. Il n'en est pas resté une.

— Pas une !

Il a essuyé le comptoir avec un chiffon.

— Si, une. Il aurait mieux valu qu'elle ne reste pas.

— Qui ?

— Lily.

— Où est-elle ? dis-moi.

— Quand il fera tout à fait nuit, prends le passage de la Mairie et va dans les ruines. N'aie pas peur, personne n'y va. Tu la trouveras par là à fouiller dans les pierres.

— Pourquoi ?

— Dis donc, en voilà des questions. Tu es flic, ou quoi ? Elle est folle, je te dis. Et puis file, y a du travail qui rapplique (quelques Arabes entraient). Et viens manger avec moi demain. Allez, va... tu es toujours aussi fumier ; tu as pas changé du tout. Débrouille-toi bien. Et attention qu'elle te morde pas.

Je butais contre les pierres, j'enfonçais dans la boue. J'ai glissé deux ou trois fois et je suis tombé. Par endroits je m'arrêtais et regardais autour de moi. Si ces pierres pouvaient parler ! Quelle force avait abreuvé cette terre, depuis l'époque des Phocéens.

J'ai vu les lumières s'allumer tout d'un coup. Le Pont Transbordeur reprendre sa place. Les portes s'ouvrir et se fermer. J'ai entendu les disques enroués et les chansons de 1929. J'ai senti la caresse de la *Pompéia* de Piver. J'ai entendu le cric-crac que faisaient les rideaux de bambou et de perles dans les bistrots.

À la même heure avant la guerre. J'ai vu ce pilotin de l'*Argonaute*, seize ans, avec sa casquette triestine, qui gardait ses sous à la main pour ne pas les perdre. Une femme l'attire doucement.

— Laisse tes sous quelque part. (Elle a pris une pièce de cent sous et l'a cachée dans un tiroir.) Après, si tu veux, tu me donne un franc.

Il ne se rappelle pas son nom. Il se rappelle seulement qu'il s'est coupé. C'est elle qui a été la plus effrayée. Elle a fait ce qu'elle pouvait pour arrêter le sang. Elle l'a ramené jusqu'au coin de la rue.

— Bois deux pastis et n'aie pas peur. Ça arrive à tout le monde.

J'ai ouvert les yeux et j'ai vu les ruines. J'ai encore heurté quelque chose, mais ce n'était plus une pierre :

— *Qu'est-ce que tu veux ?*

— *Toi.*

— *Va-t'en.*

— *Lily.*

— *Laisse-moi tranquille.*

— *Cannelle !*

C'est ainsi que nous l'appelions, nous autres Grecs, à cause de ses cheveux café. Ses jambes étaient du blanc le plus froid que j'aie jamais vu.

Elle a fait un pas pour s'en aller. Je l'ai prise par la main. Elle s'est mise à appeler « *Police... Police* ». Je l'ai lâchée. Comme elle s'en allait j'ai crié :

— J'ai rencontré Prosper... À Nouméa.

Elle s'est arrêtée. J'ai vu ses yeux briller, ses mains esquisser un geste de prière. Elle est venue près de moi.

— *Dis-moi vite.* Où est-il ?

— Il est sorti du bagne. Il a un magasin. Il demandait tout le temps après toi. Il m'a dit de venir te voir.

— Il est marié ?

Sa voix tremblait.

— Puisque je te dis qu'il reviendra. Dès qu'il aura la permission. Dis-moi Lily, comment ça s'est fait tout ce gâchis par ici ? Pourquoi ont-ils tout démoli ?

Elle m'a interrompu.

— Il a souffert ? Il a vieilli ?

— Il n'a pas changé.

— Ses mains portent la marque des chaînes ? Elles lui font mal ? (Je me suis rappelé les coups qu'elles lui avaient donnés, ces mains, l'argent qu'elles lui avaient pris, les cheveux qu'elles lui avaient arrachés.) Il a ses dents ? Ses cheveux ?

— Un lion, je te dis.

— Je ne te crois pas. Il t'a donné un souvenir pour moi ?

J'ai déboutonné ma chemise et décroché de ma flanelle, avec son épingle de sûreté, une petite médaille plate de la Vierge. La chaîne, je l'avais vendue sous l'occupation. Je la lui ai donnée. Elle l'a portée à ses lèvres et pressée dans sa main. Alors j'ai cessé d'avoir des remords, de regretter les mensonges que je lui avais dits. Elle s'est assise sur une pierre. Moi sur une autre en face d'elle. L'éclat de ses jambes crevait l'obscurité. Nous sommes restés longtemps sans parler.

— *Veux-tu faire l'amour avec moi ?*

— … Je veux te demander quelque chose.

— Tout ce que tu voudras.

— Comment ça s'est fait, ces destructions ? Pourquoi ont-ils tout démoli ?

— Voilà… Cette nuit-là je dormais avec un Arabe. Les haut-parleurs nous ont réveillés : il fallait prendre du pain pour un jour et descendre dans la rue. Y avait un sacré barrage. De tous les coins de rue sortaient des canons, des mitrailleuses, des fusils. C'était une pagaille sans nom. Les femmes descendaient pas lavées, pas peignées, affolées ; elles se cognaient aux maquereaux et aux tapettes. Deux terroristes espagnols qui se cachaient se sont brûlé la cervelle pour ne pas tomber aux mains de la Gestapo. Et un des vôtres aussi. J'ai vu l'ancienne patronne, Madame Mélanie, lancer ses bijoux dans la rue et se jeter du troisième étage. Jusqu'au soir ils ont trié. Ils embarquaient les uns pour les Baumettes, pour Fréjus, pour les camps, d'autres pour les fusiller. Quand le quartier a été vide, le feu d'artifice a commencé. Pendant dix jours ils ont démoli. Ils ont laissé ce pâté de maisons ici parce qu'il y avait deux ou trois vieux hôtels. Ils n'ont pas démoli non plus ce clocher, ni le *Château du Roi René*. C'est pas la faute à ces salauds, ce sont les nôtres qui le leur ont fait faire.

— Et les femmes ?

— On les a dispersées dans les cantines, dans les camps. Il y en a qui sont mortes des mauvais traitements. Pas une n'est revenue.

— Et Katina ? Qu'est-elle devenue ?

Elle a tressailli.

— *Bonsoir Nico.*

— Parle-moi de Katina… Je retournerai à Nouméa.

Sa voix est devenue rauque.

— Pourquoi me poses-tu des questions ? Je n'y suis pour rien.

Je lui ai donné une cigarette. Il y avait longtemps qu'elle n'avait pas fumé. Je lui ai pris les mains et je les ai caressées. Elle s'est mise à pleurer. J'ai essayé les prières. Elle s'est attendrie et a parlé.

— Katina… Tu l'aimais, je me rappelle. Pendant la guerre elle avait son magasin par ici, je travaillais avec elle. Elle cachait des Grecs qu'on poursuivait pour la politique. J'avais un Allemand et je le faisais cracher. Et tous les tuyaux que j'apprenais, je les donnais à Katina. Une nuit on venait de fermer et j'allais sortir par la porte de derrière. Katina m'a retenue. Elle a fermé à clef et m'a entraînée dans la cuisine. Elle était saoule. Elle faisait peur. Ses yeux noirs, ses cheveux… Elle méritait que tu l'aimes. Elle m'a prise par les cheveux et m'a jetée à terre sur les carreaux. Elle tenait le couperet à viande et faisait des moulinets avec au-dessus de ma tête. *Madonna mia.* Elle m'a relevée et m'a collée contre le mur.

« — On va se mesurer, ma vieille, qu'elle me dit. En femmes, pas en maquerelles.

« — Laisse-moi. Pourquoi en as-tu après moi ? Qu'est-ce que j'ai fait, dis ?

« — Tu es un faux jeton. Ce matin ils ont pris Mathios, comme il sortait par cette porte. C'est toi qui l'as donné. Et ne fais pas des signes de croix. Je vais te saigner comme un cochon et te jeter dans l'égout du coin.

« Alors on a frappé à la porte avec la crosse d'un pistolet. On s'est arrangées et elle est allée ouvrir. C'était Hans, mon type. Il m'a emmenée et on est partis. Le lendemain on l'a embarquée. Elle est passée à côté de moi avec les menottes. Elle m'a craché dessus…

« Nicolas. — Sa voix a pris un timbre grave, effrayant, comme si elle sortait d'une caverne, de beaucoup de cavernes.

« Nicolas. — Elle a pris une pierre et l'a portée à ses lèvres. — Sur ces ruines où je suis née, où je me suis ouverte, où je mourrai… Je n'ai pas donné Katina. Sur la vie de Prosper. C'est quelqu'un d'autre.

Il commençait à bruiner. Je me suis levé. Elle avait la tête sur les genoux. Je voulais l'aider à se relever.

— Non, je vais rester ici. Quand te reverrai-je ?

— Eh bien… quand je reviendrai. Dans quelques mois. Où faut-il que je te cherche ?

— Ici. Juste sur cette pierre. Tiens, prends un repère. En biais avec le clocher. Ici, rue de la Prison. Tu ne te rappelles pas ? C'est là où je suis assise qu'était la marche du magasin de Prosper, la marche où son couteau les a descendus tous les trois, l'un après l'autre. Mais il avait raison. Dis-lui que je l'attends. Ici. Bon voyage, Nicolas. J'attendrai.

Je suis souvent retourné à Marseille. Je n'ai pas cherché à la revoir. On s'est mis à creuser et à faire des fondations. On a même mis au jour un temple d'Apollon. Chantiers, poutrelles, ciment. En vidant une cuve de chaux vive, les maçons ont trouvé au fond une femme brûlée. Une femme dont les jambes étaient jadis plus blanches que la chaux.

Les femmes. À quatorze ans. Celles qui deviendront après les dernières des putains, celles qui se vautreront dans des draps sales, ou dans les rues, dans les parcs, sous les ponts, là où l'on fait l'amour debout, avec la courroie attachée au genou et passée à l'épaule en nœud coulant, dans les églises, devant les *calvaires*. Et celles qui ne se sont jamais vautrées et qui n'ont plus quatorze ans, qui ne coucheront jamais avec des hommes, qui ne songeront jamais à être adultères, à tromper, à trahir, qui ne se saliront jamais, elles sont toutes saintes et bénies.

Anthi… Ta place est parmi les saintes. Une nuit je t'ai dit :

— Tu as remarqué un petit homme entre deux âges, mal vêtu, qui vend des pois chiches grillés et qui regarde ta fenêtre du matin au soir ?

— Oui, il y a un an et plus. Qu'est-ce qu'il peut bien vouloir ?

— Ta charité. Appelle-le une nuit dans ta chambre.

— Tu es fou. Que veut-il de moi ?

— Ton courage.

— Goujat. J'ai toujours essayé de ne pas faire ce dont je n'avais pas envie. Il doit puer.

— Tant mieux.

Je croyais qu'elle allait se mettre en colère. J'ai vu son visage se rembrunir ; elle réfléchissait. J'ai regretté mes paroles.

Je n'ai jamais revu cet homme. Il a disparu. Je ne suis pas retourné chez elle.

Anthi… Il ne peut en être autrement. Et l'on appelle braves ceux qui ne craignent pas la mort.

Ah ! s'il pouvait un jour exister une femme baptisée à l'huile de poisson. La carène peinte au minium. Calfatée au goudron. Et que sa salive ait un goût de sel, que ses cheveux soient des algues, ses mains les bras d'une pieuvre. Et que ses yeux soient comme de l'eau. Ses jambes... non, qu'elle n'en ait pas : comme celle qui est dans la vitrine de l'Aquarium à... Non. Nulle part. Seulement dans mon rêve. Son nom, Marine. Son langage, celui que parlent les poissons.

Les pistons de la machine se sont arrêtés. Un tas de morceaux de fer graisseux. Aborder. Se mettre au plain... Nous les conduisons, les navires, ou ce sont eux qui nous conduisent ? On les appelle « ferraille », vieilles tôles. Il y a des navires qui portent un nom d'homme et qui sont féminins. Et l'inverse. Il en est d'autres qui vous détestent dès l'instant que vous mettez le pied sur eux. Ils vous chassent, vous bousculent, vous butez contre les tuyaux, les gouttières, et d'autres qui vous acceptent, qui font de vous une de leurs vis, de leurs rivets, de leurs chevilles.

Standard. Ferraille. Tu parles. Mettre trois sous de côté et faire la croix dessus pour toujours. Ne pas descendre au bord de mer. Ne plus s'en souvenir... Pourtant qui a jamais vu de plaies plus béantes que celles que fait sur leurs flancs la rouille ou le minium vieilli ? Qui a entendu plainte plus humaine que celle de la cheminée qui fait l'amour avec la brume, ou que celle que l'on entend dans la tempête, sans qu'aucune main ait tiré le filin de la sirène ? Elle hurle toute seule en épousant le vent.

Deux yeux, l'un d'eux est vert. Une émeraude. L'autre rouge. Un rubis. On les appelle feux de position. Feux de route. Ce sont des yeux. Les navires, on ne les conduit pas. Ce sont eux qui nous conduisent.

Anonyme : Autoportrait
À ma sœur Zénia

J'ai la nausée. Comme autrefois, quand j'étais enfant et que je craignais la mer. Quelle chose perfide que le mal de mer. Le vomissement, la bile. On devient un pantin, une chiffe. On n'a plus qu'une idée en tête : débarquer au premier port, à peine arrivé. On arrive ; on oublie tout et on repart. On commence à s'habituer. On le croit. Le roulis ne vous donne plus la nausée mais le tangage continue à vous déranger. Puis cela passe aussi. Reste à vous habituer au roulis et au tangage conjugués. Enfin c'est chose faite. On est muté, on change de navire. Il faut apprendre les mouvements du nouveau ; chaque bateau a les siens. Un marin de cargos aura le mal de mer sur un paquebot. Étrange maladie : le seul remède est la terre ferme. Les sourds, ceux qui ont perdu l'odorat n'ont pas le mal de mer. Les fous non plus.

Je me souviens d'un montagnard qui voyait la mer et y naviguait pour la première fois. De Volos à Kavalla, il neigeait, avec des bourrasques violentes. Au large de la presqu'île de Cassandra la mer était démontée. Tout le monde était affalé. Le plouc avait ouvert son sac et bâfrait un poulet. Je lui dis :

— Hé, pépé, t'as pas le mal de mer ?

— Qu'est-ce que c'est, ça ?

— Ben là, quand ça remue, ça te met pas les tripes à l'envers ?

— Le mulet aussi, il remue.

J'ai parié avec le commissaire que je ferais avoir la nausée au vieux. Plus le bateau remuait, plus il mangeait.

— Dis-moi, grand-père, c'est la montagne qui remue, ou c'est l'eau ?

Il est resté longtemps à regarder alternativement la terre et la mer. Finalement il a vomi.

— Toi aussi tu as le mal de mer !

Qui a parlé ? J'ai peur. C'est une voix que je connais, dont je me souviens. Je viens encore de l'entendre à deux reprises. Pourtant elle n'appartient à aucun de ces marins avec qui je navigue.

Qui a parlé ?

— Eh bien, toi qui fais avoir quand ça te chante le mal de mer aux passagers, qui navigues sur les mers depuis vingt ans, qui as passé vingt fois la ligne dans les deux sens, dis-moi : sur quel côté dors-tu ?

— La moitié de la nuit sur le côté droit, l'autre moitié sur le gauche.

— Et dans la tempête ?

— Sur le dos.

— *All right.* Tu avoues que tu as le mal de mer. Et à présent raconte-moi l'histoire de Marie-Laure.

— Qui es-tu ? Je ne te vois pas.

— Peu importe. Raconte.

— Laisse-moi m'asseoir.

— Non. Et ne t'appuie pas sur moi, tu me salis. Parle.

— Marie-Laure. Je ne me rappelle pas. Éloigne-toi. Je veux m'en aller. J'ai sommeil.

— Tu dormiras au port, pendant douze jours si tu veux, puisque tu peux dormir. Parle.

— Oui, attends… Tu penses à cette jeune Française, à Bandol, à la blonde qui ne se maquillait pas, ne jouait pas à la roulette, mais restait allongée sur le balcon de l'hôtel bon marché, n'est-ce pas ? Eh bien je ne sais pas. Je ne l'ai jamais revue. Ne me secoue pas ainsi. Je ne l'aimais pas. Je te le jure sur la mer où je navigue. Je ne… Je n'aime que la mer.

— Tu n'aimes même pas ton corps. Tu dis : « je » et le mot te remplit la bouche. Tu navigues parce que tu as peur de la terre ferme. Tu vas avec les putains parce que tu es timide. Tu as surmonté le dégoût par nécessité. Tu es couvert de tatouages ; c'est une mascarade. Tu ne les as pas fait faire par fidélité à la tradition des marins. Ils y vont tous un jour où ils sont ivres, et par la suite s'en repentent ; toi tu y es allé la tête claire : tu les as fait faire pour pouvoir les montrer. Cabot. Tu es prêt à tout instant à faire des cabrioles pour faire rire le monde. Tu es un clown de bas étage et…

— Assez. Suffit. Je te parlerai de Gretchita, d'Oraya, de…

— Marie-Laure.

— Donne-moi mon mouchoir.

— Tiens.

— Donne-moi la bouteille.

— Elle est cassée. Quand tu auras fini, je te donnerai un éclat de verre. Te voilà fixé.

— Alors… donne-moi une cigarette.

— L'humidité les a ouvertes. Le tabac s'est répandu.

— C'est bon, écoute. Je ne me rappelle que ses yeux : *aqua marina* ; les plus innocents que j'aie jamais vus. Cet hiver-là je gardais un yacht à Bandol. Elle m'a dit qu'elle travaillait depuis l'âge de sept ans dans un cirque, qu'elle s'était démis les jambes et ne pouvait plus marcher sur la corde raide. Elle travaillait trois mois par an dans les cabarets du Moyen-Orient. Elle était toute menue ; vingt ans au plus. Oui, j'étais amoureux d'elle. Je lui ai proposé de l'épouser. Elle a eu un rire étrange.

« — J'accepterais bien. Mais un jour il se trouverait quelqu'un pour rire à tes dépens.

« — Je ne te demanderai rien sur ton passé. Même si tu as été en maison, ça m'est égal.

« Elle m'a regardé avec terreur.

« — C'est bien pire. C'est mille fois plus affreux. Je ne peux pas te dire.

« J'ai essayé de la persuader que rien ne pouvait m'effrayer. À minuit je l'ai serrée de près. Nous sommes arrivés jusqu'au lit. Subitement elle s'est levée et m'a repoussé.

« — Va-t'en, et que je ne te revoie plus. File.

« J'avais entendu dire et je savais que la plupart des femmes font ainsi à ce moment-là. Quand on recule, elles vous envoient au bain, vous traitent d'idiot et vous les dégoûtez. Je l'ai entraînée sur le lit. Elle a tiré de sous l'oreiller un pistolet qui avait l'air d'un jouet.

« — Je te les colle toutes les six.

« Le coup du pistolet, je n'en avais jamais entendu parler. Il ne m'a pas fait peur. C'est son regard qui m'a effrayé.

« — Un mot, écoute… Un mot seulement.

« Je la tenais serrée. Elle s'est libérée. J'ai entendu un clac, une balle a sifflé à côté de mon oreille et s'est plantée dans le mur. Son autre main me montrait la porte. Sa poitrine était entièrement découverte. Une fois dans l'escalier, j'ai hésité. Un rai de lumière filtrait par l'entrebâillement de la porte. J'ai entendu sa voix, faible comme un murmure, douloureuse : « *Good luck... God bless you* ».

« J'ai entendu la porte se refermer avec précaution. Combien de portes... Suffit. Le reste ne se raconte pas.

— J'ai dit : achève.

— Alors relève-moi et conduis-moi un moment jusqu'à la porte. Je veux respirer.

Le jour s'était levé, la brume s'était dissipée. Tout était trempé. Les étoiles avaient disparu. Une seule vacillait encore. Elle s'appuyait sur la pomme du mât puis s'en écartait. À bâbord la terre de Chine commençait à poindre.

— Bon, que la moitié du péché t'appartienne et retombe sur ta tête. Au bout de cinq ans je l'avais oubliée. Complètement oubliée. Il ne me restait même pas la démangeaison que laisse un coup de couteau par temps de pluie. Même pas le nom. Un an avant la guerre, nous déchargions du bois à *Mex*. Mon vieil ami Hassan est venu avec sa carriole.

« — Où va chef ?

« — Aux étables.

«— Honteux, Mafich… Aller à Mavrouka. C'est bien.

«— Aux étables, Hassan.

« Nous nous sommes dirigés vers le canal de Mahmoudia. C'était à l'époque le spectacle le plus cher d'Alexandrie : une livre. À présent les étables n'existent plus. Nous sommes arrivés. Il montait une odeur de fumier qui vous piquait le nez. La carriole s'était arrêtée un peu à l'écart. Je suis entré avec un mot de passe. Deux ou trois vieilles touristes, une fille aux joues couvertes de taches de son et deux marins étrangers en uniforme étaient là, tous debout. Au milieu de l'étable, il y avait une piste entourée d'une barrière. Un Arabe vêtu d'une djellaba sale vendait des photographies et des cigarettes au haschish. Un autre encaissait les livres. Deux hommes ont amené en le tirant un âne du Nil, malingre, conçu comme on dit au mois d'août, et l'ont laissé au milieu de la piste. Une femme a sauté la barrière avec grâce et est venue le rejoindre. Elle portait un kimono noir brodé d'oiscaux rouges. Ouvert de haut en bas. Je ne peux pas en dire plus. Reviens demain, je te dirai la suite.

— *Go on, dirty mate.*

— Alors Marie-Laure est venue se placer devant l'animal tranquille et lui a caressé délicatement la tête.

……

« Les vieilles regardaient attentivement chaque détail avec leur face-à-main. La fille s'est caché le visage dans les mains et s'est enfuie en poussant des cris. Les deux marins riaient.

« — Hawaga ! m'a crié un Arabe. Ne jette pas ta cigarette par terre. Le foin va prendre feu.

« Une clochette a tinté doucement.

« — Hassan, suis cette voiture, ne la quitte pas d'un mètre. Tu auras double bakchich.

« Le fouet a claqué. Nous sommes entrés dans les ruelles. Nous avons passé la rue El Guénéné. Les femmes remuaient le ventre en nous criant : « Ouahat sélin ». Nous avons vu les lumières du Ramleh. Nous nous sommes arrêtés devant une boîte de la Corniche. Hassan voulait s'en aller.

« — Chef malade… La, la, filouch[1]. Moi j'attends jusqu'à bokra[2].

« Elle s'est assise sur un haut tabouret, me tournant le dos. Et une demi-heure elle a bu cinq whiskies sans soda. Moi autant. J'ai fait un signe au garçon. Il a eu un sourire moqueur.

« — Attends, mon service va finir, je t'emmènerai trouver quelque chose de mieux.

« — C'est celle-là que je veux.

« — Écoute, mon vieux… tu n'es pas dégoûté ?

1. Non, pas d'argent. *(N.d.A.)*
2. Demain. *(N.d.A.)*

« — Je croyais que tu pouvais. Si tu ne peux pas…

« — C'est bon, attends.

« Il me l'a amenée à la carriole. Nous sommes allés dans sa chambre, au Sporting.

« Quand nous nous sommes trouvés face à face, j'ai récité à haute voix un vers dont elle m'avait dit qu'il lui donnait la nausée :

« *J'ai une pitié immense pour les coutures de son ventre.*

« — Marie-Laure. Souviens-toi du coup de pistolet de Bandol.

« J'ai vu ses yeux s'agrandir. *Aqua marina.* Devenir une mer, un abysse, et je m'y suis noyé. À la porte m'attendait Hassan.

« — Babour[1] ?

« — Eïoua[2].

« J'ai appris que deux mois plus tard, on l'a trouvée pendue à sa jarretière dans un hôtel de bas étage, à Bandol.

— Et toi, pourquoi ne t'es-tu pas pendu ?

— Moi… je me suis pendu ce soir-là aux poutres vermoulues de l'étable. On ne m'a pas encore décroché.

1. Bateau. *(N.d.A.)*
2. Oui. *(N.d.A.)*

— Tu es un assassin.

— Non. J'ai une autre histoire…

— Tu me dégoûtes. Je file. Tu empestes.

— Non. À présent tu vas rester aussi longtemps que je voudrai. J'ai une autre histoire. Sans amour, sans signification, inique. Je veux te voir dégueuler sans qu'il y ait de tempête.

— Je ne veux pas. Je te plains beaucoup. Adieu.

— Fais comme tu voudras, je m'en fous. Que tu restes ou non, moi je me déchargerai de ce poids.

Le *Cafard*, trois cents tonnes. Nous partions de Marseille et ratissions la côte d'Afrique. Nous passions Gibraltar en cachette, le diable lui-même n'y voyait que du feu, et nous arrivions jusqu'à Casablanca. Un bateau comme on en fait peu ; il ne lui manquait que des roues sur les flancs. La forme de radoub n'avait jamais vu passer sa carène. On ne dératisait jamais. La nuit les rats chantaient comme des serins. Ils étaient de la taille d'un chat. Un chauffeur algérien a eu le nez abîmé par eux pendant qu'il dormait ; il est resté défiguré. Un Français l'oreille, un Maltais le sexe. Tu sais comment ils mâchent ? Délicatement, on ne le sent pas. Un jour on a lâché un chat dans la cale, on ne l'a jamais revu. Il fallait dormir avec le pistolet sous l'oreiller. Mais pas à cause des rats ; à cause de son voisin. Quant au menu : soupe de vermicelle et biscuit. Mais on se remplissait les poches ; il tombait de la galette en pagaille. Tous les deux mois on touchait Marseille et on y restait à peu près une semaine. J'avais une poule, Gaby, et claquais tout mon fric avec elle. Elle habitait une mansarde, dans les ruelles au pied des Accoules. Jolie fille mais pute jusqu'au bout des ongles. Menteuse, voleuse. Une nuit — nous devions partir à l'aube pour Alger — au lieu de me réveiller à quatre heures comme je le lui avais dit, elle m'a fait lever deux heures plus tôt.

C'était hiver. Pendant que je m'habillais, elle n'arrêtait pas de parler. « Tu m'apporteras ci et ça, n'oublie pas, marque-le. » Elle est venue sur le pas de la porte, la bougie à la main — la maison n'avait pas l'électricité — mais avant que j'aie eu le temps de descendre quatre marches, elle a refermé la porte et je suis resté dans l'obscurité. Je me suis fouillé pour trouver des allumettes, mais je les avais oubliées. Il fallait choisir de remonter ou de descendre. En suivant le mur à tâtons je me suis mis à descendre avec précaution. Rien ne bougeait. Il y avait une odeur de moisi. Mes yeux ont commencé à s'habituer à l'obscurité. Brusquement trois coups de pistolet ont sifflé à côté de moi, puis deux autres en bas de l'escalier. Quelqu'un est tombé sur moi, m'a pris dans ses bras, puis s'est effondré devant moi et s'est mis à dégringoler dans l'escalier. La porte s'est ouverte à nouveau et quelqu'un s'est mis à descendre en courant.

Je restais immobile, le dos collé contre une porte. Mes mains s'appuyaient sur une poignée glacée. Je l'ai tournée tout doucement, sans faire de bruit. J'ai fait deux pas en arrière. Je me trouvais à présent dans une chambre, et j'avais refermé la porte. Je me suis tâté depuis le revers de la veste jusqu'aux jambes : j'étais mouillé en beaucoup d'endroits. C'était quelque chose d'épais. Mes mains collaient. Je les ai approchées de mes yeux, de mon nez, sans toucher.

La chambre sentait la pharmacie. J'ai toussé, sans le vouloir. J'ai entendu un sifflement très faible. À deux reprises. Puis il s'est arrêté. Un jet de lumière est venu droit sur mes yeux. Je les ai fermés brusquement et me suis mis à osciller comme si j'étais ivre. Le faisceau de la lampe de poche s'était déplacé ; il m'a retrouvé et s'est arrêté un peu à ma droite. J'ai ouvert les yeux et j'ai vu. Une main blanche, comme suspendue en l'air, m'appelait. J'ai murmuré : « Je vous en prie… Abaissez un peu la lumière pour que je puisse venir. »

Un sifflement pareil à celui du cobra m'a répondu.

Aussitôt la lumière s'est abaissée. Elle est arrivée à mes talons et j'ai avancé vers le lit. Les couvertures se sont écartées et je me suis couché tout habillé, sans ôter mes chaussures, à côté d'un corps chaud. La lumière s'est éteinte. J'ai fouillé dans ma poche pour prendre une cigarette, mais j'ai senti une main qui me retenait.

Tout à coup j'ai entendu du vacarme dans la rue. Motocyclettes, coups de sifflet, aboiements. Le chahut montait dans les escaliers, approchait. La main a remonté les couvertures sur ma tête et m'a enveloppé dedans. Une odeur chaude m'a caressé. Un corps de femme. Cela chasse la peur, cela vous calme, vous protège. À côté de lui, sur lui, on oublie qu'un jour on agonisera. Elle m'a caressé le front. J'ai entendu qu'on ouvrait la porte sans frapper.

— *Permettez... Police.*

Combien étaient-ils ? Combien de temps sont-ils restés ? J'entendais leurs pas pesants. Ils ont ouvert une armoire, fouillé sous le lit.

— *Excusez, mon enfant...*

Et un peu avant que la porte ne se referme :

— *Pauvre Calamité.*

Leurs pas ont résonné à l'étage au-dessus. J'ai entendu Gaby jurer. J'ai dégagé ma tête, cherché mes gauloises. Elle m'en a encore empêché, comme en me grondant cette fois. J'ai senti sa main délicate me caresser. Mais elle ne m'a pas laissé l'embrasser. Et pendant tout le temps que nous luttions, il y avait ce sifflement — continu à présent — qui me donnait le frisson. Finalement je suis parvenu à l'embrasser. C'était un baiser vide, creux, qui semblait s'écouler par le bas et s'échapper. Le même silence de mort était retombé, sur la maison, sur la rue.

Quelle heure pouvait-il être ? Combien de temps étais-je resté ? Le *Cafard* allait appareiller. Un instant, une minute… Je trouverais la source du sifflement et je partirais. J'ai caressé le visage maigre de la femme. Petit nez, lèvres minces, menton minuscule. La gorge… Ma main s'est immobilisée sur un objet lisse, froid, métallique, une sorte de bague. J'ai mis le pouce de la main et j'ai bouché l'ouverture. Je l'ai maintenu un moment. J'ai senti son corps palpiter, secoué par un tremblement violent… Nous allions appareiller à l'aube… Je l'ai embrassée sur le front. Il était froid. J'ai descendu l'escalier obscur sans penser à rien. Meurtre, police… Balivernes. Simplement, je frottais doucement le pouce de ma main avec l'index. La rue était déserte. J'ai ramassé un mégot allumé et j'ai allumé ma cigarette. Une horloge a sonné six heures. Sans me presser, sans chercher je retrouvais chaque rue par la précédente. Une femme que j'avais vue à six heures du soir, pomponnée comme une mariée dans le froid, à jeun mais fardée, m'a regardé sans avoir le courage de me faire signe. Au coin de la rue une fenêtre s'est ouverte et une cuvette a versé sur moi ses eaux sales. Le Vieux Port. En face l'Abbaye de Saint-Victor. Le Pont Transbordeur… J'avais pris trop à gauche. Un homme en bleu de chauffe est passé à côté de moi en courant, a jeté un objet brillant, contourné le Fort Saint-Jean et s'est arrêté sur le quai. À ce moment-là, sur la rive d'en face, la trompette de la Légion a sonné. L'homme au bleu de chauffe s'est jeté à la mer. Dix brasses à parcourir. Il arriverait à temps. J'ai décidé de plonger à mon tour. Une barquette remplie de policiers lui a barré le chemin à une brasse du quai. J'ai reculé. J'ai entendu à côté de moi un rire qui puait le jeûne et le phosphore. J'ai détalé à toutes jambes. J'ai vu la cheminée du *Cafard* fumer. Cent mètres. Cinquante. Vingt. J'avais à peine gravi l'échelle qu'on a levé l'ancre. Miguel, le bosco, m'a bousculé, et je suis tombé sur un tas de cordages lovés. Quelqu'un m'a jeté un seau d'eau froide sur la tête. Il m'a semblé que j'étais noyé dans le fleuve Hudson, à l'aube, et que l'eau me berçait au milieu des préservatifs usagés.

Où as-tu pu oublier, sur quelle table de nuit, le talisman que ta mère t'avait épinglé à la flanelle, le matin où tu es parti pour la première fois ?… Il existe des arbres. Des jardins. Des montagnes. Des eaux douces qui s'écoulent, des cheveux de Vénus, des lits qui ne remuent pas, des femmes qui ne se fardent pas, des hommes qui ne jurent pas. Des chambres peintes en blanc à la campagne, sans rivets ni poutres métalliques au plafond. T'éloigner pour un peu de temps de ces objets que tu as pris l'habitude de tâter la nuit avant de t'endormir, de toucher, de flairer, de voir remuer jusqu'au moment où tu fermes les yeux.

« *Beatrice d'Este…* » Je pense à ta première nuit, quand tu t'es trouvée seule avec cet homme bardé de fer qui revenait de la bataille, qui puait le cheval, le vin et la guerre. Comment les filles qui se marient peuvent-elles dormir pour la première fois avec un homme qu'elles ne connaissent pas, dont elles n'ont jamais respiré l'haleine ? Comment ma mère a-t-elle pu ? C'est une chose qui me remue les tripes de dégoût. *Beatrice.* J'ôterai d'auprès de toi le portrait du jeune Florentin, car il te fait souffrir. Je le lis dans tes yeux. Ses mains. Tout a été fait dans ce portrait pour montrer ses mains. L'une qui pend, avec un doigt gauchi, et l'autre que l'on voit s'appuyer en partie — quatre doigts seulement — sur la manche. « *Andrea Foscari, mignon du Cardinal de Raguse.* »

Quand je suis revenu à moi, nous nous trouvions au large de Planier. Le commandant m'a abreuvé des pires injures pour mon retard. Je n'ai jamais fait pire traversée. Nous avons touché Alger, Ténès, Mostaganem, Oran, Tanger, Rabat, Casablanca. Nulle part, je ne suis descendu à terre. À chaque escale je faisais mes achats aux colporteurs qui montaient à bord. Quand nous arrivions dans un port, je m'attendais à ce que la police m'arrête. Pourquoi avoir peur ? Savais-je la vérité ? À Tanger j'ai décidé de me tailler ; je me suis ravisé au dernier moment. Un jour de printemps à midi nous avons vu Notre-Dame de la Garde déchirer de sa couronne le brouillard.

Je monterai pieds nus par la face arrière de la colline pour te faire mes dévotions. Mais sauve-moi de l'injustice... Libre pratique. Cinq heures ont sonné et l'un après l'autre tous les marins de l'équipage ont mis leurs habits de sortie et sont descendus à terre. Je restais assis devant la cuisine et réfléchissais. Personne n'est venu me demander. Allaient-ils m'arrêter aux grilles ? Sortir, rester ? Le cuisinier, un Algérien, ivrogne et fumeur de haschich, qui allait tous les jours trouver le steward avec une bouteille vide pour lui demander du vin pour la daube — jamais nous ne mangions pareil plat à bord du *Cafard* — est sorti sur le pas de sa porte, a épongé avec son tablier sale son visage grêlé de petite vérole et m'a dit :

— Grec, j'aime pas ta tête. Pour pas descendre à terre, t'as dû faire un mauvais coup.

Il s'est mouché et s'est essuyé les doigts à la cloison. Il a roulé une cigarette, en a tiré une bouffée et me l'a donnée.

— Même le jour de tes noces tu fumeras pas un truc pareil. Je viens à peine de la torréfier.

J'ai tiré une bouffée goulûment, puis une autre. Il m'a arraché la cigarette en jurant.

— Tu m'as rien laissé, bâtard de la Casbah.

Juste à ce moment-là passait le commandant. Il a flairé l'odeur. Il s'est arrêté devant moi. C'était un Corse entre deux âges, bon marin et meilleur homme encore. Sans qu'il jure ni insulte nous le respections tous. Que faisait-il à bord de ce vieux rafiot ? Il m'a dit :

— Demain matin, tu viendras faire solder ton compte. Tu es licencié. Le bateau va rester à quai. Je n'ai rien à te reprocher ; vous êtes tous de la même race de salopards. Si tu apprends que nous appareillons, viens me trouver au Café de la Samaritaine.

Cette douce lumière, cette grâce de Marseille, qui sépare le crépuscule de la nuit, s'attardait encore. Tel que j'étais, avec mon bleu de chauffe sale, j'ai sauté sur le quai.

Je me suis planté devant le douanier sans qu'il m'ait fait signe et je lui ai offert une cigarette. Je lui ai même fait la conversation. Pourquoi ? Pour jouer avec la peur. J'étais emmailloté dans un tissu de soie d'à peu près dix mètres de long et à l'intérieur j'avais arrimé deux kilos. Sans compter la part qui me reviendrait des marchandises volées dans la cale et que nous devions nous partager la nuit.

J'ai gravi les marches qui mènent à la Cathédrale et j'ai vu au bas de l'escalier le douanier en train de fumer. S'il m'avait pris ? Bah… Le lendemain j'allais me retrouver sans travail. Peu importait. J'avais de quoi me tirer d'affaire pour deux mois.

Quand je suis arrivé place de Lenche, la nuit était tombée. On entendait des cris d'enfants qui jouaient. Une petite fille restait à l'écart des autres et pleurait. J'ai tiré un chocolat de ma poche et le lui ai donné. Moi aussi je n'étais guère qu'un enfant. La fillette a pris le chocolat, l'a regardé un moment puis l'a jeté dans la boue et s'est remise à pleurer plus fort qu'avant.

Une femme pauvrement vêtue a pris sa gosse, l'a fait basculer et lui a donné deux tapes sur le derrière. Puis, se retournant vers moi, elle m'a injurié avec son accent traînant. Mauvais signe. Que les enfants ne veuillent pas de vous et que les grandes personnes vous chassent. Je me suis arrêté devant la glace d'un magasin et me suis regardé. J'ai sursauté de frayeur. Mon visage s'était allongé sous l'effet de la fatigue et de la peur.

Mes oreilles avaient l'air de deux petites cornes. Mes yeux étaient enfoncés dans des cernes noirs, mes lèvres enflées et blessées par le papier à cigarette. Une casquette de toile et un bleu de chauffe, qui jadis avait été bleu. La femme avait raison.

La peur… Un jour à la porte d'une grille, dans une douane, le gardien a arrêté un matelot.

— Que caches-tu sur toi ?

— Ben, deux mille cinq cents dollars. Peut-être plus, j'ai pas compté. Pas eu le temps.

L'autre l'a regardé avec un mépris souverain. Il l'a bousculé.

— Tu en as tout l'air. Rien qu'à voir ta figure. Ôte-toi de là, crétin !

Une douane indienne à plafond bas. Un matelot, en un clin d'œil, saisit le tampon de l'inspecteur pendant qu'il parle avec des passagers et marque une valise pleine d'alcools et de parfums : des droits énormes, une peine de deux ans de prison. Il approche de la porte de sortie. Il tremble un peu. Le gardien à turban kaki lui sourit, regarde le cachet et lui tape amicalement sur l'épaule.

Une autre fois, un marin attendait devant les grilles d'un port que vienne l'homme à qui il devait remettre vingt-cinq livres-or. Le bateau a donné trois coups de sirène insistants. Il a songé à les larguer dans la grille de l'égout. Il a fermé les yeux une seconde. À quelques pas de là, un fellah vendait des fèves. Il a tiré un journal, l'a roulé en cornet, a mis l'argent au fond, un papier froissé par-dessus pour le cacher et a crié : « Remplis. »

Le cornet s'est rempli jusqu'au bord. Il le tenait à deux mains par-dessous, il n'y avait pas d'autre moyen. Le gardien lui a fouillé les chaussures, a pris quelque fèves et les a mangées. Un peu plus loin un douanier en civil l'a fouillé à son tour, a pris quelques fèves et s'en est allé. Enfin il est arrivé au bateau. Les matelots hissaient l'échelle de coupée. Les douaniers de garde à la coupée l'ont encore fouillé et ont plongé des mains avides dans le cornet de fèves. Ils ont failli atteindre les livres. Le second leur à crié dans leur langue : « Finissez-en. Laissez-le passer. » Il a vu se dérouler l'échelle de pilote. Il a été inondé de sueurs froides : l'échelle de pilote se prend à deux mains. Les laisser tomber à la mer… Du bord on lui criait : « Dépêche-toi donc ! » Brusquement il a froissé le cornet dont le papier commençait à se désagréger et l'a fourré dans l'échancrure de son vêtement. Il portait un bleu de chauffe trop large serré à la taille par un bout de cordelette. Il est monté. Penchés sur le bastingage, les autres s'amusaient de lui. Il a sauté sur le pont. Les pièces tintaient joyeusement. Personne ne les a entendues. Tout le monde le regardait dans les yeux.

Les trois matelots, c'est étrange, avaient les deux mêmes yeux. Bêtes, délavés. Toujours endormis. Et l'on viendra vous dire que la peur ne se dissimule pas.

À Nikos Faméliaris

La rue de la Loge au temps de sa splendeur. Les filles faisaient le trottoir. Aucune d'elles ne m'a appelé. Je suis entré dans le magasin du Chinois et nous sommes passés dans l'arrière-boutique. Nous nous sommes mis d'accord. Je lui ai laissé le haschish et il m'a bourré les poches d'argent. Et à présent, Gaby. Mais comment gravir cet escalier ? Je me suis rappelé les mains mouillées, le sifflement. J'ai recommencé à me frotter le pouce avec l'index. Marchant comme un homme endormi, je suis arrivé devant la maison et me suis assis mort de fatigue sur la chaise du bistrot d'en face. Je n'avais pas faim, je n'avais envie ni de boissons ni de femmes. Je voulais seulement savoir. Délier les nœuds de la peur qui m'enserraient la poitrine. Titin, le garçon, sans que j'aie rien commandé, m'a apporté de l'anisette jaune. La puanteur insupportable qui montait de ses pieds m'a bouché les narines. Je ne décollais pas les yeux de la porte de la maison d'en face. La rue étroite bourdonnait. Elle ne tarderait pas à descendre ; c'était l'heure où elle faisait ses courses. À moins qu'elle ne se soit mise en maison, qu'elle n'ait cessé de travailler. Qu'elle ne soit morte. Si elle ne descendait pas dans cinq minutes, il faudrait que j'aille voir.

Un Indochinois est sorti en se boutonnant la braguette. Puis une vieille cocotte, une pédale qui se lissait les cheveux, ensuite un nain, une vieille, un matelot. Une femme a pris mon verre d'anisette, l'a bu et a allumé une cigarette prise dans mon paquet.

— Je m'assieds ?

— Non.

— Tu es guère aimable. Tu attends une femme ?

— Oui. Tu connais Gaby ?

Elle a ricané.

— *Mon enfant.* À tous les coins de rue y en a une, de Gaby. Moi aussi je m'appelle Gaby. *Alors, tu viens ?*

Je lui ai donné un franc et elle s'en est allée. Une horloge a sonné neuf heures… Personne ne faisait attention à moi. Pourtant il me semblait que tout le monde me regardait. Je me suis levé. Deux mètres me séparaient de la porte. J'étais comme un acrobate qui a perdu l'équilibre. J'ai eu la sensation de me trouver sur un caïque. La peste soit… C'est mon secret. Personne ne le connaît, pas même ma mère. Le voici : il m'est impossible de monter à bord d'un caïque. Cette planche étroite qui relie le quai au pont, je n'ai jamais réussi à la passer. Pourquoi ? Le pire qui pourrait m'arriver serait de tomber à la mer, et je sais nager. Pourtant je reste toujours planté devant elle, rempli de frayeur. Si quelqu'un à bord tient le bout d'un fil et moi l'autre bout, alors… je peux passer des planches de deux cents mètres de long. Si je lâche le fil, je suis sûr de tomber. En cet instant j'ai senti que je me trouvais au milieu de la planche, privé de fil. Je balançais. Quelqu'un dans sa hâte m'a poussé et je me suis trouvé à l'intérieur. J'ai gravi un étage. Un second. Un troisième. J'étais devant la poignée. La porte s'est ouverte et quelqu'un est sorti. Je m'attendais à ce qu'il s'affaisse à mes pieds. Il a descendu les marches deux à deux en sifflant. Une lumière éclairait d'en haut les quelques marches qui me restaient à gravir. J'ai frappé à la porte de Gaby. Elle n'a pas tardé à venir, vêtue seulement de bas noirs.

— *Chéri Nico.* Viens dans un quart d'heure, j'ai un client. Qu'est-ce que tu m'apportes ?

— Une bague.

— Donne-la-moi et va-t'en.

Je suis resté devant la porte. Dix minutes plus tard je suis entré.

— Assieds-toi. Attends que je me lave.

Elle est allée derrière le paravent. J'ai entendu l'eau couler. Elle est venue s'asseoir sur mes genoux. Elle portait la bague à pierre verte. Je rechignais pour accepter ses caresses.

— Tu resteras toute la nuit avec moi. Mais il faut que tu ailles faire les commissions, j'ai rien du tout ici. Fais un saut, ne sois pas long.

— Écoute, Gaby. Ça fait deux nuits que je n'ai pas dormi. Je n'ai pas le courage de monter et descendre des escaliers. Prends ça et va faire les courses.

Elle a passé une robe de chambre effilochée et s'en est allée.

Je suis resté seul, à regarder les photographies jaunies, les fleurs artificielles. Sur un réchaud, une casserole soulevait rythmiquement son couvercle. Je l'ai ôté. Au mur était pendu l'éternel bock. Sa canule s'appuyait sur la gravure qui représentait le Corse avec son chapeau de gendarme. En dessous, le bidet. Par bonheur on était au printemps et il n'y avait pas de raisin. C'est avec des raisins que nous avions passé l'été précédent. La dame bouchait le trou du bidet, le remplissait de glace et posait les raisins par-dessus. La glace fondait et nous mangions les raisins frais. Je suis allé jusqu'à la fenêtre. Elle donnait sur des toits délabrés. Dans un coin était posée la jambe de bois de Samra. Je l'avais souvent manipulée, quand je l'aidais à bord à y arrimer les Camel — elle en contenait cent cinquante paquets. Un jour nous y avions mis sans mal quatre kilos de neige. À présent il devait avoir une nouvelle jambe. Gaby avait travaillé longtemps pour pouvoir en commander à Paris une plus légère qui contiendrait davantage. Jamais on n'a fouillé Samra à la douane. Il avait perdu sa jambe à Ypres et portait la rosette sur le revers de son veston. Gaby est revenue les bras chargés.

— J'ai pris des rascasses et des galinettes. Va faire un tour, le temps que je cuisine.

J'ai refusé. Je me suis couché sans ôter mes chaussures. Au pied du lit était étendu en long le calicot — déteint — qui se trouve dans tous les lupanars du monde. J'ai vu Gaby retirer du feu la casserole et vider dans le lavabo ses garnitures qu'elle avait ébouillantées. Elle a rempli d'eau la casserole et y a jeté les poissons. Puis elle est venue s'étendre à mes côtés.

— Elle est jolie, la bague que tu m'as apportée. C'est de l'or ?

— Oui.

Elle m'a embrassé.

— Qu'est-ce que tu m'as apporté d'autre ?

— Un foulard.

— Où est-il ?

— Autour de ma taille.

— Dépêche-toi de l'enlever. Tu as dû en faire de la charpie.

Elle s'est mise en devoir de me déculotter. Ses mains s'affairaient goulûment.

— *Cochon.* Qu'est-ce que c'est que ces épingles de nourrice ? Oh, la jolie soie ! C'est pour moi ?

— Non. C'est une commande.

— *Mon loup.* Enlève-la alors, je te la garderai.

— Laisse. On l'attend pour ce soir.

— Mais… Tu ne veux pas rester avec moi ?

— Je ne ferai qu'un saut.

— *Mon vieux.* Quand appareilles-tu ?

— Sais pas. Je vais rester un mois ou deux.

— *Magnifique.* La nuit tu coucheras ici. Ça sera à l'œil. Enfin, pas cher. Pourquoi tu me parles pas ? *Tapette.*

— Je veux, comment dire… une chambre où je sois seul. À côté, à l'étage en dessous. Oui, pour être tout près. Mais oui, juste sous ta chambre, à droite en descendant.

— Ça ne tient pas debout. Elle est louée.

— Depuis longtemps ?

— Oui, depuis qu'on a trouvé Calamité morte. Ou plutôt non : assassinée. Tu vois, tu vas rester avec moi. L'été on ira à Cassis.

— Calamité ? Qui était-ce ?

— Paquita, *mon maquereau*. Une maîtresse d'école. Alors combien tu as fait d'argent ?

— Ben… à peu près sept mille francs. Et comment l'a-t-on trouvée, cette…

— Je te raconterai. Sept mille francs ! C'est beaucoup, ça ! C'est moi qui te les garderai. J'ai une boîte en fer. C'est toi qui auras la clef. Embrasse-moi. Comme tu as changé ! Tu es d'un froid…

— Alors pour la chambre, si tu pouvais demander un moment…

— Oh, tu m'énerves. Même si elle était libre je te laisserais pas y habiter. Y avait une malade. Pendant que tu étais absent elle est morte.

— Comment ça ?

— Il y a eu ce soir-là un meurtre à l'étage en dessous. On a tué un bosco brésilien. C'était la faute de la femme avec qui il avait couché. Voilà ce qui arrive quand on va avec des femmes qu'on ne connaît pas. Toi non plus tu ne fais pas attention, malin. L'assassin a eu le courage d'aller après ça dans la chambre de Paquita. Peut-être pour se cacher. On ne l'a pas trouvée blessée, mais ses draps et son corps avaient des espèces de taches. C'était du sang. Il semble que cette canaille a essayé de lui enlever son platine. Le monstre, tu te rends compte d'un courage ! Moi ça m'aurait débecquetée.

— Comment ça, son platine ?

— Paquita avait le larynx bouché. Pour qu'elle respire on lui avait passé une canule.

— Quelle maladie ?

— On n'a pas trouvé. Cancer, phtisie…

— Syphilis ?

— Non, elle ne nous ressemblait pas. C'était une brave fille, honnête. La brute l'a violée avant de s'en aller. Les médecins l'ont dit.

— On l'a arrêté ?

— Non. Ou bien il a eu le temps d'entrer à la Légion, ou bien il s'est tiré sur un bateau.

— Elle était belle ?

— Penses-tu. On aurait dit un ver blanc. Blonde, brave fille… Mais embrasse-moi donc ! Pourquoi restes-tu là comme un empoté ?

— Gaby, dis-moi : je suis enroué ?

— Oui ; qui sait ce que tu as pu fumer, ce que tu as pu boire pendant ton voyage.

Je me suis levé.

— Dans un quart d'heure je serai de retour.

— Bon, mais laisse ton argent ici. À pareille heure les rues ne sont pas sûres.

— Je vais justement me faire payer.

— Je viens avec toi ? Je voudrais pas qu'on te roule dans les comptes.

— Impossible. Éclaire-moi seulement avec ta lampe pendant que je descendrai l'escalier.

— Ma lampe ! Tu es saoul ou tu es cinglé ? Parole, ça va pas !

Elle a tourné le commutateur et l'escalier s'est éclairé. Elle est restée un moment sur la première marche.

— Ne sois pas long, *ma tapette.*

Je me suis arrêté devant la chambre de Calamité. Saisir la poignée un instant, la toucher seulement. Avec quelle main ? Avec les deux, alors. Quelqu'un va sortir. Un autre monte… J'ai laissé la porte de la rue entrouverte derrière moi. Dire qu'il y avait tant d'autres portes… Je ne l'ai jamais repassée. Je n'ai pas revu Gaby. Mais souvent, même l'été, les doigts de ma main ont froid, le bout des doigts, et je ne peux toucher aucun métal. Pas même de l'or.

Cocky, le perroquet, monta sur le toit de la cabine radio, replia ses ailes déplumées et cria :

— *Merde, Signor del mundo.*

Marmaro, la guenon, laissa tomber de sa bouche la lanière de son collier, qu'elle avait déchirée et lui dit :

— Vieux chaland, toi on ne t'attache jamais.

Un serpent se glissa près d'eux.

Cocky recula. Il mordit la descente de l'antenne et monta très haut. Marmaro approcha et demanda au serpent :

— Où es-tu monté à bord ?

Le serpent siffla :

— À Sabang.

— Tu mords ?

— Non, un sorcier m'a arraché les dents.

— T'auras du mal. Comment es-tu venu ?

— Dans un cageot de légumes.

— Pourquoi ?

— Je dormais, je l'ai pas fait exprès. Qu'est-ce que c'est ici ? Unc prison ?

— Un bateau.

Soudain le grillon chanta.

— Crécelle, dit la guenon. Si nous ne t'avions pas nous serions devenus fous. Tu rappelles…

— Terre… Terre…, intervint Cocky.

— Conard, murmura-t-elle ; depuis hier je le sentais. Et après ça tu fais le fier parce que le Portugais t'avait sur son épaule.

— Orospu. Kahpe. Kaltak[1] — Terre.

— À quoi bon, puisqu'on te laisse libre et que tu ne pars pas. Moi, dès qu'on accoste, je me barre.

— Comment t'a-t-on prise ? demanda le serpent.

— Avec un piège. Voilà deux ans.

— Heureuse ?

— Je n'en souhaiterais pas autant à mon pire ennemi. Hier un matelot m'a barbouillée de minium. Pourquoi ?

1. Injures turques. *(N.d.A.)*

— Polychronis, prends garde, ne te laisse pas dériver.

— *Querotiro. Puta quetaparios*[1].

— Ta gueule.

— Qui a grogné ? demanda le serpent.

— Rien… Un homme là-dessous.

— Il se meurt ?

— Penses-tu. Il est saoul.

— Qu'est-ce que ça veut dire ?

— L'alcool. On m'en a mis un jour dans mon eau. On danse, on hurle, après on dort.

— *Tabacos. Cigaros.*

— Cocky est un mordu de la cigarette. Il fume. Il laisse pas traîner le moindre mégot. C'est un maquereau, c'est pour ça qu'on l'aime à bord.

— *Omak… abouk.*

Il y eut un bourdonnement. Puis ce fut comme si un nuage descendait. Le grand oiseau tomba devant eux, les ailes ouvertes.

— Salut, enfoiré, dit Cocky.

— Tu es bien tombé, dit la guenon.

— Un épervier, je suis fait.

Le serpent se débina.

— D'où viens-tu ?

— De la terre ferme.

— Comment es-tu tombé ?

1. Injures espagnoles. *(N.d.A.)*

— Je voyageais vers les îles.

— Migrateur ?

— Je ne connais pas ce mot. Je m'en allais. On m'avait blessé. C'est la guerre, là-bas.

— Il y a des noix ? — Cocky se mit à descendre. — Des mangues, des ananas ? J'ai décidé de filer.

— Si vous mangez les morts, restez. Vous vous lasserez d'en manger. C'est encore la nourriture la plus saine. L'eau, les vignes, le riz, les arbres sont empoisonnés.

— Qui répand le poison ?

— Les Blancs.

— Qui fait la guerre ?

— Les Jaunes.

— Pourquoi font-ils la guerre ?

— Comment savoir ? Paraît qu'ils sont trop nombreux. Le pays est devenu trop petit pour eux.

— Mais puisqu'ils meurent ?

— Ils naissent aussi.

— Ils n'ont qu'à se couper les choses.

— C'est leur raison de vivre.

Le grand oiseau étendit les ailes. Il se renversa et tomba sur le pont, devant la porte de la cabine radio. Le jour se levait.

Le soleil. Un faisceau de lumière tombe en biais sur son visage. Il le dissout. Un autre, entré par le hublot, lui décompose le visage en cubes.

Il n'a plus de voix. Ses lèvres remuent seulement.

— Pourquoi n'es-tu pas parti ?

— *Shurrup you crook... fucken mate.* Potence et couteau. Pourriture et maladie. Tu te nourris de leur haleine. Tu engraisses et tu vis. Je te crache dessus.

— Je suis las de m'essuyer le visage. Qui es-tu ?

— « En mer. » Rappelle-toi ce livre à moitié déchiré que tu as trouvé sur un scriban à Asso. Plein de gravures. *Van Vreis et le petit Will. Le Baobab. Le Roi Dingo Bingo.*

— Nous nous sommes séparés un soir, voilà bien des années, sur un quai du Pirée, derrière la poupe des navires. Tu as chargé sur ton dos un sac de matelot, et moi je suis resté avec un livre à la main. Je n'ai pas osé te suivre.

— Oui, à présent je me souviens. Tu portais un chapeau en paille de riz retenu par un fin ruban. À Fiscardo. Tu avais une ligne et des hameçons et tu pêchais. Tu ne prenais que des poissons d'or et des jarrets. Jamais tu n'as appris à nager comme tes frères. À tes appeaux jamais ne s'est pris un merle, un canari. Rien qu'un coucou : tout le village en a ri. L'été à la campagne. Les autres enfants caressaient les fillettes en vacances. À minuit je t'emmenais en cachette, et en te tenant par la main je te faisais monter l'escalier branlant de Vassiliki, la femme de Leucade, dont la couche sentait le lait et le corps mal lavé. Nous ne nous sommes pas séparés. C'est toi qui m'as échappé. Lâche…

— Assez.

Il n'a plus de voix. Ses lèvres remuent seulement.

— Au secours.

TROISIÈME PARTIE

Anonimo XIV sec. Trionfo della Morte
À Eva Déli

Prends-moi par la main pour me montrer le monde. Le grand planisphère déchiré. La géographie perdue au milieu de livres inutiles. Le sextant sans lentilles. Nous les avons ôtées pour allumer nos cigarettes. La lunette brisée. Le parallèle gauchi. L'aiguille du compas, affolée, titube. Le loch, un requin l'a fendu, ou peut-être un chien de mer. La clepsydre ? Mais le sable ne parvient pas à passer. Alors mesurons la marche du soleil avec nos doigts. Lequel dc tous les soleils ?

— Un peu de biscuit…

— Tiens… Pourquoi craches-tu ?

— De l'eau.

— Il n'y en a plus.

— Tu m'as dit que tu t'ouvrirais les veines pour moi.

— Regarde, je les ai ouvertes : pas une goutte ne coule.

— Terre. Là, trois palmiers.

— Non. Cinq. Sept. Mille. Des milliers. Pas même à un demi-mille. Tout près.

— Donne-moi les avirons.

— Ils sont pourris. Complètement.

— Alors faisons le chemin à la nage.

— Regarde la gueule du requin : elle attend.

— Jette le biscuit.

— Il le vomit et le rejette sur nous. Tu vois bien… Attends, je vais sauter. Pour le rassasier. Tu auras le temps d'atteindre la côte. Le vent s'est levé. Vent contraire. On s'éloigne. Il pleut. Bois. Dors, je veillerai sur toi.

— Je dors. Il y a longtemps que je dors.

— Comme tes cheveux sont beaux. Laisse-moi les laver de leur sel.

— Non.

— Pourquoi glisses-tu de mes mains ? Où es-tu ? J'ai un nouveau tatouage à te montrer. Ne t'éveille pas… Là, comme tu es, je te mettrai en figure de proue. Petite fille. Prends-moi par la main pour me montrer le monde.

— Je n'ai pas de mains. Il n'y a pas de monde.

Deux absents. T'en souviens-tu ? L'un d'eux venait d'être nommé capitaine quand il s'est noyé. À Sigri. La mer a vomi un de ses souliers. Pointure quarante-cinq. Dans quel poisson peut bien voyager sa bague ? Le lendemain la mer avait tout oublié. Elle brillait comme un étang sous le soleil d'hiver. La veille au soir elle tordait le fer, au matin elle était repue. Elle n'était plus parée que de quelques taches d'huile, deux ou trois barriques et plusieurs planches éparses. Une casserole en cuivre voyageait sur un morceau de liège. Dix-huit d'un seul coup de filet. Personne dans l'écume. Une bouée de sauvetage blanche ornée de cordelettes heurtait un coffre de bois. Une de ces bouées où les passagers des courriers s'accoudent pour se faire photographier. Il y en a peu qui savent qu'elles ne sont pas là seulement pour la frime. Deux mots y étaient peints soigneusement en lettres noires : *Espérance*, *Le Pirée*. Le navire de la ligne a fouillé les parages jusqu'à la tombée de la nuit. Il a ramassé les épaves. Il les rapportera aux autorités du port. On le rayera du registre des navires et on écrira en marge, à l'encre rouge : « Perdu corps et biens au N.-O. des côtes de Mytilène, le 20 janvier 1939. » C'est tout.

L'autre… Commandant à vingt-neuf ans sur un cargo. Éveillé, vif, habile à la manœuvre. La théorie possédée sur le bout des doigts. Il s'est retrouvé à minuit avec une gîte de quarante-cinq degrés à tribord sur un banc de sable des mers du Sud. La route était juste. En eau profonde. Quand il a vu que le bateau ne se dégageait pas, il est entré dans le *charter room* et a tout repris à zéro. Il a mesuré, cherché de tous les côtés. Ce n'était la faute de personne. Une erreur de la carte ? Il est entré dans sa cabine et s'est tué. À ce moment-là le capitaine est venu frapper à sa porte pour lui dire que le bateau s'était relevé tout seul, qu'il n'avait pas de voie d'eau, et de monter donner la route.

Un Canaque a abordé avec sa barque — il n'aurait pas pu venir plus tôt, le saligaud ! — et a tout expliqué au capitaine. Tous les six ans à minuit, les eaux refluent en masse vers le large. Elles reviennent en trois heures. Avant l'aube. Il riait en disant ça et montrait ses dents blanches. *Every six years.*

Ce n'était écrit dans aucun livre. On l'a signalé après coup. Comme toujours.

Ils ont repris le large. Ils l'ont immergé en haute mer. Voilà ce qu'il est devenu, l'autre. Des milliers d'autres. Un fond rempli d'ossements et de parures. Des poissons sans yeux, sans couleur. Il y a aussi un coffret de fer plein de lettres, et au-dessus quelque chose d'effacé, une vague forme de main. Celle qui les a écrites dort maintenant dans le lit d'un autre. Elle halète sous le souffle d'un autre. Rien ne trouble son sommeil. Pas même la mer, qui vient de très loin et bat le seuil de la maison de pêcheurs. Si c'est une mère, elle cloue ses volets, les peint en noir au dehors et ne cuisine jamais de poisson. Si c'est une sœur… Un jour on s'arrête de pleurer. Il n'y a que la mère qui ne se lasse pas de pleurer, jusqu'à ce qu'elle ferme les yeux.

Les grandes personnes ne pleurent pas. Seulement il y a un nœud qui remonte, un lacet qui étrangle. C'est cela qui pousse les terriens à écrire des livres et les marins à sculpter et à gréer des caïques dans des bouteilles, ou à se peindre le corps. Quand les livres sont beaux, les caïques bien faits, les tatouages bien colorés, alors…

La mer près des côtes! Tous les égouts du monde descendent à la mer. Les éviers, tous les râles de la nuit. Comme les égouts.

Le bord de mer est plein de boîtes de sardines, de touffes de cheveux, de pieds de chaises, de vieilles savates. Plein de filles qui nagent et qui sont heureuses dans l'eau. Je vous en fais cadeau.

Le soleil monte. Une jonque immobile sur l'eau. Un matelot entièrement nu tient dans ses mains deux grands poissons ; il élève et abaisse les bras. Un autre, les mains en porte-voix, crie : « *Wota... wota.* » Ils échangent des poissons contre de l'eau. Le *Pythéas* passe à côté d'eux. Ses mâts de charge ont été levés de bonne heure, les filins et les treuils graissés, le ciment gâché devant les écubiers. Le bosco actionne le guindeau de proue, en vérifie le fonctionnement. Le capitaine Gérasimos s'arrête devant la chambre du radio. Il porte un casque colonial déglingué.

— Tu te rases ?

— Oui.

— Tu as fait le plein hier soir. Tu as pas attendu de descendre à terre.

— Que veux-tu dire ?

— Non mais sans blague, tu me prends pour un gosse, ou tu joues l'émigrant chinois ? Le steward t'a trouvé couché à la renverse dans la cabine radio. Raide. Il est venu me réveiller. Il a fallu te prendre en poids pour te ramener dans ta chambre. Bon Dieu, tu sais dans quel état tu étais ? C'était à te prendre par les pieds et à te flanquer à la baille, comme on dit.

— Pourquoi ne l'as-tu pas fait ?

— Prends pas la mouche.

— Mais non... Tu te rappelles Nikita, qu'une drague a remonté du fond de la vase à la Plata ?

— Suicide ?

— Oui. Il s'est lié pieds et poings et a sauté.

— Pas possible !

— Idiot, puisque je te le dis. Maintenant, comment il a ſait pour s'attacher avec ces nœuds, c'est une autre affaire. Et il paraît qu'avant de sauter il s'est cogné la tête avec un objet en fer.

— En tombant ?

— Non, avant de tomber.

— Et puis quoi encore ? Toujours des histoires à dormir debout. Me rappelle pas du tout. Pourquoi aurait-il fait ça ?

— Quand on prend des femmes à bord des cargos et qu'elles mettent à sécher leurs sous-vêtements et leurs linges sur les caillebotis et sur le bastingage, que peux-tu espérer ?

— Ah non alors ! Nous autres marins nous sommes réguliers. Nous ne levons pas les yeux.

— Nos femmes ne le sont pas. À la mer le sel et l'iode les dérangent. Elles sont indisposées deux fois par mois.

— Tais-toi.

— Je te jure. Des femmes de chambre et des blanchisseuses me l'ont dit à bord des paquebots. Et il y a encore cet autre radio qui est monté à la passerelle, à qui on a donné le mauvais café et qui est parti pour un monde meilleur. Vous avez tous une confrérie. Plus de trois dans chaque service. Il n'y a que moi qui sois seul.

— Tu n'es pas à prendre avec des pincettes aujourd'hui. Ne te remets pas à boire.

— Tu as trouvé une bouteille par terre ?

— Non. Tu as dû la boire aussi. C'est ton affaire, fais comme tu l'entends. Mais il ne faut pas nous ridiculiser aux yeux de l'équipage. Ah, j'oubliais : on a trouvé à côté de ta tête un grand oiseau venu de la terre, avec une patte cassée.

— De belles couleurs ?

— Oui : bleu ciel, vert et blanc, taché de sang.

— Vous l'avez lâché ?

— C'est le bosco qui l'a. Il lui a mis des attelles à la patte. Il l'a appelé Christophe, en l'honneur du saint patron de Pharsa.

— Quand arrivons-nous ?

— Dans trois heures nous mettrons en panne pour le pilote. À cinq heures nous serons probablement à quai.

— Très bien. Nous sommes vite arrivés.

— Vite ou pas, l'important est d'être arrivé. Il y en a qui partent et qui n'arrivent jamais.

— Oui… Belle journée. Ceux qui se sont noyés hier doivent s'en repentir aujourd'hui.

— Trêve de balivernes. Qu'allons-nous faire pour le pilotin ? Moi je ne peux pas mettre le nez dehors. Les consignataires, la sécurité, les arrimeurs et tout le tremblement. On ne peut pas le laisser sans soins. Ça a pris des proportions. Tu as le courage d'aller avec lui ? Il doit être contagieux, en plus.

— Tu parles comme ça m'impressionne. Si l'un des trente-trois — combien sommes-nous à bord ? — te dit qu'il ne l'a pas, amène-le, que je lui crache dessus.

— Tu exagères.

— Et s'il y en a un qui ne l'a pas, il l'attrapera ce soir.

— Tu le conduiras ?

— Mais oui parbleu, c'est promis. Vous avez ouvert l'eau ?

— Depuis ce matin. Va prendre un bain, ça te remettra.

— C'est pas trop tôt. On pue.

— Que voulais-tu que je fasse ? On ne meurt pas de saleté mais on crève bel et bien de soif. Tu t'imagines que ça m'amuse de me laver en trois fois dans un seau ?... Voyons où vous irez.

— On peut demander au médecin du service sanitaire ?

— Non.

— Au pilote ?

— Non plus. À un arrimeur peut-être, et encore mine de rien. Tu as dit que tu avais un *Shore leave*. Jette un coup d'œil dessus.

— Attends. *San Domingo*... *Santos.* Ça n'y est pas.

— Cherche à *Sw.*

— *Suva*... *Swansea.* Voilà : *Swatow.* Écoute :

« *Seamen's home : none.*

« *Seamen's agencies : none.*

« *Hospitals : none.*

« *Venereal disease physicians : none.*

« *Dentists : yes. Doctor Lin.*

« Charmant port. Il aurait dû choisir d'avoir mal aux dents. Attends, tu vas rire :

« *Note : Nothing of interest to bring men ashore. Vicious conditions. Avoid riksaw men at night.* Ha ha ! Juste ce qu'il nous faut. Dis ça à l'équipage, tu vas les voir s'envoler. Bon, tu vas tanner un Chinois de l'agence, j'attendrai que tu me donnes la réponse. Il faut en finir ce soir. Il me l'a déjà demandé trois fois pendant le quart, et depuis que je me suis levé il me suit comme un chien fidèle. Dès que vous aurez fini, viens me dire ce qu'il en est. Si je dors, réveille-moi, et si c'est oui prends tous les médicaments que te dira le docteur. Je voulais te proposer qu'on se partage les frais à nous deux ; on verra après.

— Oui, oui. J'avais pensé aussi à te le dire ; tu m'as devancé. Ah, nom de Dieu !

— Qu'est-ce qui se passe ?

— Je me suis coupé. Passe-moi le coton et

l'alcool. Sur l'étagère, à droite. Merci. Les coupures, j'en ai peur.

— Laisse couler, puis presse fort. Voilà. Pourquoi ne te sers-tu pas du rasoir ? C'est commode…

— Le rasoir… C'est léger, délicat. Par moments ça vous donnerait l'envie de…

Le bosco l'interrompit :

— On a défait les filets des mâts de charge, jaugé l'eau, ça va. J'ai vérifié les ancres, pour qu'elles soient parées. Tu as rien de spécial à ordonner ?

— Non. Préparez les halins. Les ballons et autres défenses, l'échelle de pilote.

— Tout est sur le pont. Paré.

— C'est tout. Les quarts cesseront comme d'habitude.

— Pour l'argent, qu'est-ce que je leur dis ?

— Demain midi. Les *over time* aussi, tout à la fois. Et n'oublie pas de leur dire de ma part qu'à terre c'est la guerre et qu'ils feraient pas mal de pas passer la nuit dans les maisons. Qu'ils aillent en bande, pas seuls. Qu'ils boivent pas d'eau, parce qu'elle est polluée. Et pas d'alcool non plus, parce qu'il est frelaté.

— Qu'est-ce qu'y boiront alors, de la pisse ?

— Ça les regarde. Comment va l'oiseau ?

— Il est parti. Il restait sans bouger, comme s'il était mort, et puis brusquement il a donné un grand coup d'aile ; il m'a flanqué la trouille. Le temps de le voir partir, il était déjà haut… Je vais manger.

Gérasimos demanda :

— Le sang s'est arrêté ?

— Oui. Tu ferais un bon pope, Méma, dans un village. Le dimanche tu rassemblerais les gens autour de toi. Ils t'apporteraient du pain à bénir.

— Blague à part, ça vaudrait mieux que de faire le boulot que je fais.

— Y a qu'un malheur, c'est que tu t'oublierais de temps en temps et que tu te mettrais à jurer et à sacrer.

— Les maquereaux de la place Omonia l'ont plus belle que nous. Le matin ils lisent le journal au lit, avec le café à côté d'eux. Tu sais ce que je pensais pendant mon quart ? Pour nous autres marins il n'existe pas d'enfer dans l'autre monde. Nous le vivons dans la ferraille, dans cette vie. Nous sommes pardonnés, quoi que nous fassions, avant qu'on nous pardonne.

— Ça t'arrive de communier ?

— Oui. Dans mon village.

— Moi jamais.

— Tu as raison. Ta bouche est souillée d'ordure. Y a qu'à voir ce que tu en fais.

— Toi aussi tu jures.

— C'est quand même pas pareil. Attends, tu

vas rire. Hier ce con de Spyros démontait son briquet sur le bastingage. Une vis lui échappe et tombe à la mer. Tu sais ce qu'il est allé trouver à injurier ?

— Je n'imagine pas.

— Le petit âne que montait le Christ pour entrer à Jérusalem.

— La canaille !

— Tu as connu un matelot qui s'appelait Spyros Trizatos, de Pylaros ?

— Non.

— Mon vieux, c'était pas croyable. Tu lui disais bonjour, il jurait. Le commandant lui a collé une amende d'un shilling pour chaque juron. « Je veux pas t'entendre jurer à bord », qu'il lui dit. Le soir ses amendes faisaient un mois de paye. Le lendemain matin il avait disparu. Et subitement on entend venir de la poupe une bordée de gueulantes et de jurons. C'était dimanche. On cherche sur le pont, rien. Les types se penchent sur le couronnement et qu'est-ce qu'ils voient ? Le matelot avait suspendu un échafaudage à la poupe, hors du navire ; il était assis sur la planche, balançait les jambes au-dessus de l'hélice, fumait et jurait. Il avait pendu son sac à côté de lui avec une cordelette. On lui crie :

« — Qu'est-ce que tu fais là, salaud ! Tu vas te foutre à la baille.

« — Ce que je fais, bande de vaches ? Que le diable vous entre dedans, et qu'il soit mâle et femelle. J'ai débarqué, et dites à votre fumier de commandant que je ne jure plus à bord de son bateau.

— Moi aussi, quand j'ai perdu quelque chose, je peux pas le retrouver si je commence pas par l'envoyer à tous les diables. Mais je ne dis pas de gros jurons.

— Tu ferais mieux de jurer pour de bon.

— Pourquoi ?

— Oh, ça nous mènerait loin. Allons manger.

— Je n'ai pas faim.

— Adieu.

Son nom en hébreu est Abaddon, et en grec il a pour nom Apollyon.

Apocalypse

La cloche sonna deux coups. Midi moins vingt. Dans le poste de proue, sur une table de bois brut, couverte de taches, Linatséros mangeait hâtivement. Polychronis mâchait un bois d'origan et Yakoumos, le charpentier, nettoyait son assiette de zinc avec un morceau de mie de pain. Quatre couchettes sur la muraille tribord et deux à la proue, en deux rangées superposées, défaites. L'homme de la mer Noire, assis sur une couchette haute était en train de se faire les ongles des pieds.

— Continue, Cosmas… Et laisse donc tes pieds tranquilles, tu nous fais suer à la fin.

— Bon. Bref, là-bas dans le Bario Chino, comme je vous disais, à Barcelone…

— Avant la guerre ? lança Polychronis.

— Ta gueule, andouille, lui dit Linatséros. Tu fais que l'interrompre. Sale manie.

— Oui, avant la guerre. J'avais bu pas mal de bouteilles de Madère. J'en accoste une là-bas dans les ruelles. Belle, un peu sèche. On se met d'accord.

— Combien ? demande Polychronis.

— Me rappelle pas. On monte, on se couche. Elle avait de ces dessous ! Rien que de la soie et de la dentelle.

« — Tu veux comme les femmes, ou bien…

« J'ai pas compris. J'y fous la main au panier et je tombe sur un brisant, mais alors un brisant…

— Qu'est-ce que c'était ?

— C'était un homme, tiens, un homme habillé en femme. *Maricon*, qu'on les appelle. Je me rhabille pour m'en aller, il s'ensuit une bagarre qui a révolutionné le quartier.

« — Tu vas me payer une passe pleine. Tu m'as mis au pieu. On t'a pas empêché de finir. Tu vas me payer.

« Et de pousser des cris de putois. Cette crécelle ! Moi je me suis barré, ça a pas traîné. Il doit être encore en train de jurer. Je lui ai foutu de ces beignes !

Linatséros alluma sa cigarette et sourit.

— Cherche pas à nous en faire accroire, Cosmas. À Cardiff, l'an dernier, tu as passé une semaine au trou, c'était quand tu avais distribué des bonbons aux petits garçons, dans Roath Park. À Rotterdam, si tu n'avais pas sauté dans le tram en marche, les gens seraient encore en train de te taper dessus. Au Danemark, la proue était pleine de sales gosses à qui tu refilais des timbres-poste. Je pourrais t'en rappeler d'autres. Mais à Barcelone tu t'es mis tout d'un coup à avoir honte ? Cherche pas à enfoncer ce clou, y se tordra mais y rentrera pas.

— Je dis pas le contraire, Linette, Mais écoute, je suis comme ça : je peux coucher avec une femme habillée en homme, mais je peux pas, comment dire… j'ai pas envie de me foutre au pieu avec un type qui porte des jupes. Ça se discute pas.

— Cause toujours, murmura l'autre.

— C'est pas comme de voir un gosse de quatorze ans en culottes courtes, qui a les cuisses rougies l'hiver par le pantalon de laine et par le froid. On appelle ça le caviar dans mon patelin.

Mets-toi ça dans la tête. Les femmes puent. Pouah.

Le charpentier referma son canif, ramassa les miettes de pain et dit sans regarder personne :

— Expliquez-moi une chose, parce que je m'y retrouve plus : j'ai lu dans un livre que celui qui a le premier vice a aussi le second.

L'homme de la mer Noire l'interrompit :

— T'as lu ça aux chiottes, espèce de buse.

— Oui, place Mohamed-Ali, le jour où je t'ai vu à la porte des pissotières attendre ton tour d'en empoigner quelques-unes.

L'autre se leva, rouge de colère.

— Un moment, dit Linatséros avec douceur. Explique-toi, Yakoumos.

— Ben... quand tu fais frire des poissons, comment tu les mets dans la poêle ?

— D'un côté... et puis de l'autre.

— Je te le fais pas dire. Et y a aussi un proverbe qui dit que l'édredon de soie, qu'on se le mette dessus ou dessous, il donne la même chaleur.

Ils éclatèrent de rire.

— Je vous pisse à la raie, rugit l'homme de la mer Noire. J'aurais voulu vous connaître quand vous étiez jeunes, on aurait un peu vu ça, bande de veaux, matelots de mes deux !

Il fit un geste d'insulte au charpentier et s'en alla.

— Ça lui passera, dit Linatséros. C'est pas la première fois. Il se met pas en rogne pour longtemps. Il recommencera de lui-même à nous adresser la parole. Le Turc ! L'autre jour le bosco lui a demandé pourquoi il se mariait pas. Il lui a répondu : « J'attends que l'évêque donne la permission de s'épouser entre hommes… » Et toi pourquoi tu te maries pas, Rozos ? Tu n'es plus jeune, qu'attends-tu ?

Le charpentier cracha à terre et frappa sur le bois de la table.

— J'ai juré de jamais baisser un froc béni par un curé. Et puis j'ai peur des cornes. Un jour on est arrivés au petit matin à Argostoli, avec *La Suprême*. Le cuisinier était en train d'égorger des béliers et jetait les cornes à la mer. Y en a une qui est tombée dans une barque. Le batelier la ramasse, la regarde bien et demande au batelier de la barque d'à-côté :

« — Bon sang, Lourétzos, qu'est-ce que c'est que ce truc-là ?

« Il avait pas plus tôt dit ça que les cornes se sont mises à pleuvoir dans sa barque. Lourétzos a mis ses mains en porte-voix et lui a crié :

« — C'est rien, Sigondo, mon vieux, c'est rien. C'est le commandant et l'équipage qui se peignent.

— Je l'ai entendu raconter. À propos, puisque tu t'intéresses aux culottes, la plus bizarre que j'aie jamais vue, c'est une Juive qui la portait. C'était rien que de la dentelle, des cordons et des rubans. Mes mains en tremblaient.

— T'avais qu'à la laisser l'enlever toute seule.

— C'est pas drôle.

— Avec ça ! On fume, allongé, et on regarde. Elle la laisse tomber. Puis elle la fait venir sur le pied droit, à ras des ongles, sans y mettre la main. Elle donne une secousse… Tout le plaisir est dans cette façon qu'elle a de la jeter.

— Chacun son goût. Tiens, ici en Chine, les filles portent des espèces de culottes en calicot, unies, jusqu'au genou, retenues par un ruban. Rien que de les voir comme ça, toutes gosses, ça vous rend triste.

— Plutôt que ces culottes en nylon qu'on vend même chez les épiciers, mieux vaut encore voir des culottes de calicot. Tu te rappelles ce que portaient encore il y a trente ans les mères de famille ?

— Non.

— Comment te les décrire ? C'étaient comme des braies bouffantes. Larges, fendues au milieu. Un coup de ciseaux.

— Mais comment t'en souviens-tu ? Tu devais pas être vieux…

— Depuis l'âge de neuf ans je ramassais tous les dessous de femmes que je trouvais dans le linge sale ou ailleurs pour les reluquer.

— Merde alors. J'ai jamais entendu parler d'un pareil vice.

— C'est le moindre. Y en a de pires.

— C'est vrai que moi aussi ça me plaisait de regarder. Y avait ce *ciné cochon* à Marseille. Puis le *Teatro Bataclan* à Buenos Aires, avec des gens en chair et en os. Et une femme qui venait à côté de toi dès qu'elle t'entendait haleter. D'un bout à l'autre du théâtre c'étaient que des gémissements…

— Dis, tu te rappelles les maisons où y avait des hommes, à Marseille ?

— Des qui en étaient ?

— Non, pas du tout. C'étaient les femmes qui venaient là pour leur plaisir. Écoute ce qui m'est arrivé. J'avais un ami chauffeur, Minas. Un type grand et fort mais cossard en diable. Il en avait marre de la pelle et du ringard. Il travaillait dans cette maison, avec une carte de la police et tout. Un jour je suis allé le voir en passant par la porte de derrière et nous nous sommes assis dans la cuisine. Le patron, un Espagnol, m'avait à la bonne parce que je lui donnais des cigares. Il me dit :

« — Entre voir au salon. Si une cliente arrive, tu t'en vas.

« Sur les canapés il y avait un Noir marocain, un Noir du Mexique et un ou deux Blancs. Tous en chemise bleue et pantalon blanc. Et voilà que tout d'un coup rapplique une bande d'Américaines. Avant que j'aie le temps de me défiler, y en a une qui me prend par la main. Elle avait le museau enveloppé dans une écharpe de soie. J'ai essayé de m'en aller, mais l'Espagnol m'a poussé et je me suis trouvé dans une chambre. Elle enlève son écharpe. Ah, la garce ! Plus de soixante-dix ans, et moche. Et en plus elle exigeait la manière du pays.

— Qu'est-ce que tu as fait ?

— Ce qu'elle m'a dit. En partant elle m'a donné un dollar.

— C'était encore trop. Tu as déjà été là où on va, charpentier ?

— Non, plus haut ; à Amoy.

— Tu crois qu'on trouvera des maisons ?

— Sais pas. On peut leur dire adieu ; partout on les ferme. Y a qu'à Beyrouth qu'il en reste. Pas étonnant qu'y ait de la vérole partout dans le monde. Tiens, regarde le pilotin.

— Oui, paraît qu'il s'est fait vacciner. Toujours à chuchoter avec le radio. Encore une belle ordure, celui-là. Ah Bon Dieu, Polychronis, arrête de te curer le nez, tu vas me faire dégueuler... Tu crois qu'on finira par mettre des médecins sur les cargos ?

— Quelle blague, Linette. Tu es fou ? Pourquoi faire ? Pour manger et faire leurs saletés ?

— Rien que de le voir, on se sentirait bien.

— Et moi je te dis que tu ne sais pas ce que tu dis, répondit le charpentier. J'ai été sur les paquebots et je les ai connus de près. Tu as vu un bon médecin aller à bord des bateaux ? Un jour un passager nous tombe malade sur la Ligne. Un colosse, un type de quarante-cinq ans. Trois jours plus tard on l'a envoyé mesurer le fond de l'océan Indien.

— C'est qu'il devait mourir. C'était quand même pas la faute du médecin…

— Il avait une pneumonie. Il lui a même pas fait une de ces nouvelles piqûres. Il avait la flemme. Un autre passait son temps affalé dans un fauteuil, à lire des livres qui parlaient d'arbres. Quand tu lui demandais une aspirine il te faisait la gueule. Tu lui disais :

« — Docteur, j'ai mal au côté.

« Il poussait un profond soupir « Ah ! » et il te disait :

« — Moi aussi j'ai mal au côté.

« Une nuit à Gênes un ouvrier tombe dans le grand bassin. On réveille le médecin. La première chose qu'il dit, c'est :

« — Ah, il a bien choisi son moment pour tomber. Comment je vais faire pour descendre ? Je vais tomber comme lui.

« Il était vieux, en plus. Il tenait plus debout. D'en haut on criait : « Prenez le docteur en poids. »

Il a fallu se mettre à trois pour le descendre. Trois autres ont remonté l'ouvrier. Mort.

« Une autre fois une dame, dans les premières, l'a fait appeler.

« — Docteur, qu'elle lui dit, j'ai…

« Il l'a pas laissée achever. Il a soupiré :

« — Ah, moi aussi.

« — J'ai une hémorragie, docteur.

« Un truc de femme, tu comprends ?

Linatséros éclata de rire.

— Tu exagères.

— Et il avait des distractions avec ça, le vieux vicelard. On s'était planqués une nuit pour le voir faire. Tu aurais frissonné. Tu as entendu parler de la balançoire ?

— Le truc avec les poulies ?

— Non, tiens : tu te laisses tomber…

Quatre coups doubles frappés rapidement interrompirent leur conversation. Les trois hommes se précipitèrent sur le pont.

La cloche avait à peine fini de sonner que deux hommes en sueur, sales de charbon et d'huile, s'avancèrent sur le panneau de la cale numéro un. Ils portaient des pantalons de toile bleue, des flanelles sans manches toutes trouées et des pantoufles noires. L'un des deux, Rémouscos, s'assit sur l'hiloire et s'épongea le front avec son mouchoir de chauffe. Il devait avoir cinquante ans, mais en paraissait soixante. Boiteux, le visage creusé, un corps maigre, brûlé par le feu. L'autre, l'homme de Ténédos, qui avait le même âge, solidement bâti, mordait le coin du mouchoir ajouré qu'il portait autour du cou. Ses bras étaient couverts de tatouages.

— Pourquoi tu t'assieds ? dit le type de Ténédos. Allons nous laver. On peut pas manger comme ça.

Rémouscos se leva avec peine et alla dans le poste de proue. Un léger vent de terre soufflait. Le graisseur qui quittait le quart et le chef de chauffe, un vieux débauché qu'on appelait la Chaisière[1], s'accoudèrent au bastingage, regardant la terre.

— Oh là là, ce qui va se passer ce soir, murmura le chef de chauffe. Vaselinez-vous, on arrive. Moi j'en prends deux.

— C'est ça, mets le paquet, ricana le graisseur. Après on te frictionnera à l'alcool et tu resteras trois semaines au lit, comme l'autre fois à Lomé. Tiens, tu es trop con.

— Moi ! fit l'autre avec colère. Moi ! je suis

1. Nom d'une célèbre patronne de maison close à Athènes, du temps du roi Othon (1832-1862), ainsi nommée pour les nombreuses chaises qu'elle mettait à la disposition de sa clientèle. *(N.d.T.)*

prêt à parier. Je rends des points à des types de vingt ans.

— Prends plutôt quelques photographies, du genre que tu sais, c'est bien assez pour toi. Tu es plus bon qu'à faire une patronne, dans l'état où tu es. Tu te rappelles la Jardinière ?

— Si je me la rappelle ! Je l'ai eue pendant deux ans. Et Papyro à Corfou, et Citronelle, et Gros-Cul à Syra, et la Batelière et Doubina. Ça c'étaient des patronnes. C'était pas comme celles d'aujourd'hui.

— Et la Chaisière, celle-là tu l'as encore mieux connue. Du temps d'Othon.

— Putain de ta mère, sac à merde. Tiens, prends toujours ça.

Et il lui fit un geste d'insulte.

Le soutier, un petit homme maigre de Syra, les appela.

— Venez manger…

Rémouscos s'assit sur le panneau de la cale, le type de Ténédos à côté de lui, et ils se mirent à manger à la même assiette, de la viande et du riz.

— Tu manges rien, bon sang, dit le second au bout d'un moment. Je fais trois bouchées quand tu en fais une.

— Tu appelles ça de la nourriture… On aura des lettres. Tu crois que le pilote les apportera ?

— J'en sais fichtre rien. Encore une calamité ces lettres qui sont toujours en retard. Souvent mouillées, pas moyen de les lire. Et le pire c'est qu'il peut t'arriver une enveloppe avec les lettres du voyage d'avant pendant que les nouvelles restent au fond d'un tiroir à Port-Saïd. Personne ne s'intéresse à nous. Rends-toi compte. L'an dernier j'ai fêté Pâques chez moi. Nous nous sommes mis à table avec ma bourgeoise. On frappe à la porte. C'était le facteur. Une lettre couverte de tampons et de ratures. Admire le chassé-croisé : Savizo, Rosario, Halifax, Motzi. Nulle part elle ne m'avait atteint. « Déchire-la », me dit ma femme. « Non, je lui dis, ne la décachette pas, je l'emporterai et je la lirai un jour de fête, en mer, quand je serai resté longtemps sans rien recevoir. » Nous avons ri...

— Pas de quoi rire, murmura Rémouscos. Je vais devenir fou, je crois. Ça fait cinq mois que j'ai rien reçu.

— Tu as eu un télégramme en mer, mon pauvre vieux.

— Ça m'avance à quoi ? « Sommes en bonne santé. » Est-ce que je sais si elles disent vrai ?

— Et en voyant la lettre tu comprendrais si on te dit des mensonges ?

— Ah, la lettre c'est pas pareil. S'il est arrivé quelque chose — touchons du bois — et qu'on te le dise pas, tu le comprends. Je les reconnais de loin, les lettres de ma fille. Faut voir comme elles sont calligraphiées. Et elle dit de ces choses !… Dans sa dernière lettre elle m'écrivait : « Papa chéri, ne te fatigue pas, mange bien, amuse-toi », et un peu plus bas : « Dans quelques années je te soulagerai. Tu resteras allongé dans une chaise longue et tu ne feras rien. » Ce qu'elle va trouver…

— Elle est grande ?

— Elle va vers ses treize ans. Les grandes peuvent toujours se mesurer à elle. Elle, ce qu'elle veut, c'est des livres. Et pas des feuilletons ou des saletés de revues. Des livres savants. Il y a deux ans, l'hiver où je suis resté un mois avec elles, tous les soirs elle me faisait la lecture. Ah ! le chagrin m'enverra dans l'autre monde, mon vieux…

— Tais-toi, malheureux. Pourquoi dis-tu ça ?

— Parce que… parce qu'elle est… comment te dire ? J'étais absent sous l'occupation. Je l'ai laissée à quatre ans. Comment voulais-tu que s'en sorte une femme seule avec une gosse ? Feuilles de choux et haricots blancs. Si elles avaient eu toutes les conserves que j'ai jetées à la mer pendant la guerre. Les privations, quoi. En plus elle s'est blessée au tibia. À présent il y a longtemps que la plaie s'est fermée, seulement voilà, elle est restée… enfin elle marche pas très bien de la jambe gauche. « Ce n'est rien, qu'elle me dit, je ne m'en soucie pas du tout, papa… »

Le soutier arriva avec une casserole de café. Il la posa à côté d'eux.

— Terminé ?

— Oui.

— Je vais vous laver vos assiettes en même temps que la mienne. Je peux bien faire ça pour vous, on va arriver.

Il ramassa les assiettes et s'en alla. L'homme de Ténédos caressa ses grandes moustaches.

— On peut le tourner comme on voudra, c'est un sale coup. C'est moche. Mais y a pire. J'ai élevé un grand gaillard, un colosse — enfin, à dire vrai, c'est la mère qui élève l'enfant. Pendant qu'elle accouchait, moi je fumais un narghilé. C'est ça qui est pas juste. Il faudrait qu'on sente nous aussi quelques lancées au-dessous du nombril pendant que nos femmes accouchent. Il avait trois ans quand je suis revenu de voyage. Il a la tête dure, qu'elle me dit. On en vient pas à bout. Je l'ai rabrouée. Il avait une fronde et s'en servait pour faire sauter les chapeaux des gens. Un jour il a pris des noix, les a fendues en deux, les a vidées, y a versé du goudron fondu et a ferré trois chats avec. La nuit on les entendait sur le carrelage, tac tac tac, tac tac tac, on aurait dit des chevaux. Je l'ai pris par la douceur et je lui ai expliqué. Pendant trois jours il a bataillé pour leur nettoyer les pattes. À dix-huit ans il était le meilleur cœur du quartier. Il travaillait comme charpentier. Il laissait jamais un mendiant avoir faim. À vingt ans, sous l'occupation, un Allemand lui a flanqué une calotte, place Omonia, parce qu'il l'avait bousculé. Alors mon fils d'un coup de tête lui a mis la figure en bouillie, l'a déculotté et lui a fourré son pistolet dans le cul. Jusqu'à la crosse. Tu imagines ce qui s'est passé. Ils ont été trois à vider leur pistolet sur lui. Ils en ont fait une passoire. On m'a dit qu'au moment de mourir il leur a tiré la langue pour se moquer d'eux… Rémouscos, j'aimerais mieux qu'il soit boiteux des deux jambes. Aveugle, paralytique. Mais au moins l'avoir, le voir… Tu dis ?

L'autre baissait la tête. La chatte du navire avait sauté sur ses genoux et se frottait contre lui.

— Que fais-tu de beau, Diamandis ? demanda le radio. Le pilotin se retourna, interdit.

— Je m'escrime à repasser une chemise, seulement tu parles…

Il avait étendu une couverture sur le *gross bunker* et par-dessus, une chemise humide. Il tenait avec deux morceaux d'étoupe une bouteille remplie d'eau de condensation brûlante —

vieille technique des marins — et s'efforçait de défroisser la chemise.

L'autre s'arrêta un moment et le regarda à la dérobée. Il vit sous la sueur du front des marques rougeâtres. Les cheveux blonds s'étaient clairsemés. Le visage s'était allongé.

— Je me prépare. On va y aller ?

— Sans faute. Demain à pareille heure nous serons — les mots s'arrêtaient dans sa gorge — nous saurons. Laisse cette bouteille, ne te fatigue pas pour rien. J'ai une chemise de soie que je n'ai jamais portée. Elle ne me va pas. Viens, je vais te la donner.

— Mais..., dit le pilotin.

— Puisque je te dis que je t'en fais cadeau. Viens.

— Attends. Si... je veux dire si j'ai... si je suis malade, il faudra que je reste au port ?

— Mais non ! C'est une maladie qu'on passe debout. On prendra des piqûres. C'est moi qui te les ferai.

— Elles coûtent cher ? Je dois recevoir cinq livres papier. Ça suffira ?

— Diamandis, quand tu deviendras commandant ou capitaine, et que le pilotin ou quelqu'un d'autre aura besoin de toi, que ferastu ?

— Mais...

— Il n'y a pas de mais. Viens.

— Hé, à la proue ! Échelle de pilote et remorque sous le vent, cria la passerelle.

— Parées, répondit le lieutenant Panaïs du bossoir.

Le commandant portait une tenue de lin blanc, quatre larges galons sur chaque manche et des palmes d'or sur la visière de la casquette. Cinquante ans, grand, pléthorique, un rose cendré sur les joues et des cernes jaunes autour de ses yeux bovins. Son double menton pendait dans l'échancrure du col montant de sa vareuse.

— Lentement, dit-il au capitaine, qui tenait le manipulateur du chadburn.

— Stop, dit-il peu après.

La machine stoppa. Le *Pythéas* ralentit.

— Tout droit… Comme ça.

— Comme ça, répéta Linatséros.

Le bateau pilote accosta.

— Diamandis, amène le G et hisse le H.

— Café pour le pilote, et cognac, ordonna le commandant.

Le Chinois monta à la passerelle.

— Tsingoua Ho. *What engine ? Draff ?*

— *Twenty three af.*

— *O.K. Dangerous cargo.*

Le commandant se pencha et lui dit quelque chose à l'oreille. Le Chinois sourit.

— *How many tugs want?*

— *Two.*

— *Speed?*

— *Eight.*

— *All right.*

On passa l'aussière aux remorqueurs.

— *Starboard* dit le pilote.

— La barre à tribord, dit le commandant. L'ancre bâbord parée à mouiller.

Le navire entra dans le chenal. Le vent sentait le fumier, le varech pourri et la guerre.

À droite et à gauche, des centaines de sampans à l'ancre. Un cadavre vêtu de kaki descendait au fil de l'eau. Il partait pour le large — à moins de se prendre dans les herbes du fleuve. De très loin arrivait le bruit de la canonnade. Les appontements de bois apparurent. Salis d'inscriptions, comme dans bien des ports. À présent on pouvait lire. Les matelots qui peignent la coque des navires ont coutume d'écrire sur les madriers, face au large.

En hollandais : « Nous avons accosté avec un cercueil vieux de cinquante ans. Vive la Hollande. »

Plus bas, en grec : « Sale port. Le vin monte à la tête. Les femmes sont voleuses, puent et ont des morpions. »

Plus loin, en français : « À dix mille milles de la place Pigalle. Sale… »

Une autre encore : « La nuit ayez sur vous des couteaux. »

— Nous approchons, pourquoi ne riez-vous pas ? m'a demandé un jour une voyageuse, comme nous entrions à midi dans un port, après une longue traversée.

Je l'ai regardée sans comprendre.

— *Sorry*. Je me suis mal expliquée. Je veux dire : Pourquoi n'êtes-vous pas joyeux d'arriver ? Vos yeux sont les mêmes qu'au moment où nous avons appareillé.

— Peut-être parce que ce n'est pas le *home port*, ai-je répondu.

— Sûrement. C'est cela. J'aurais dû comprendre.

J'ai pensé alors que si je ne lui avais pas dit la vérité, du moins lui avais-je dit quelque chose de juste. Bien des années plus tard une Indienne m'a posé la même question, au moment où nous apercevions les lumières du Pirée en revenant du Sud. Par bonheur à ce moment-là on m'a appelé pour le service… Le port d'attache : le pire du monde. On revient. Dès l'avant-port l'employé vous demande. Il vous parle à demi-mots.

— Ça veut dire… que je débarque ?

— Oui.

— Le bateau va rester à quai ?

— Non.

— Alors un autre va venir à ma place ?

— Oui.

— Bon, vous n'auriez pas pu envoyer un message en mer, pour que j'aie mes affaires prêtes pour débarquer ? Dans trois heures nous partons… enfin je pars. Dis-moi, qu'est-ce que j'ai fait pour qu'on me vire ?

— Est-ce que je sais ? Ordre du bureau. Moi je fais ce qu'on me dit, je suis qu'un employé.

Alors on s'assied comme hébété et on regarde autour de soi. On a vécu dans cette cabine pendant six mois, un an. À présent on y est étranger. On ouvre les tiroirs, on remplit d'abord son sac, puis la valise, le petit sac. On a fini, mais il reste un tas de menus objets. On les fourre eux aussi dans ses bagages. Il faut laisser quelque chose dans un coin — vieille habitude des marins. Je laisserai ce flacon d'iode, cette série de bismuth entamée, qui sait… D'autres laissent un demi-shilling ou une paire de chaussettes dépareillées. On descend du quai. De quelque part pend la manche de votre tenue, avec ses galons. On peut les porter le lendemain pour aller se promener place Syntagma. Si c'est le Carnaval, ça peut encore aller. Et même… Ils sont rapiécés, tachés. D'huile, de peinture, de sel, de sueur. De sang. « Racontez-nous une histoire de marins. » Eh bien, en voici une, madame. Le lendemain on va à la corporation et on s'inscrit en dernier, derrière deux cents autres qui attendent un embarquement. On vous dit : « Tu viens de travailler ». Mon cul. Il vous reste trois francs cinquante. Le marin débarqué est un débris. Il le devient le lendemain dès qu'il s'éloigne à un mille de la mer. On reste assis pendant des mois sur un banc de jardin public et l'on use son fond de culotte. On coupe la cigarette en deux, on supprime complètement le café. Il vous reste le chapelet[1]. Il se rompt à son tour et vous perdez la moitié des grains. À être sans travail, mieux vaut se trouver en terre étrangère. Vos amis et connaissances ne vous voient pas et ne hochent pas la tête. Les vôtres ne se fatiguent pas de vous. À Cardiff. Au *Sailor's Rest.* L'assiette et le couvert fixés à la table par de fines chaînettes. On sert la soupe avec un ustensile qui ressemble beaucoup à une seringue de lavement. La nuit on dort tout habillé, pour ne pas perdre ses vêtements. Les voleurs ne sont pas ceux de la confrérie, ce sont des étrangers, qui ne sont pas marins mais se mêlent aux marins. Quand il y a du soleil, on s'étend sur le gazon de Roath Park et l'on contemple les canards. Pas de danger qu'une femme vous aborde. Alors on se met à jouer aux dés, en faisant le badaud dans *Bute Street*… Un

1. Le chapelet passe-temps des Orientaux. *(N.d.T.)*

jour avec un shilling un homme a gagné cinq livres. Il ne les a pas mises dans sa poche. Il s'arrêtait à chaque pas, les comptait et n'en croyait pas ses yeux. À un coin de rue un Cubain les lui a arrachées des mains — en plein midi — et s'est enfui en courant. L'autre est resté à regarder ses mains calleuses. Puis vient le jour de s'en aller. On est recru de fatigue pour avoir trop gravi d'escaliers. On reçoit un papier et le martyre commence : Maison du Marin, Émigration, Sûreté, Médecin, Capitainerie du Port… Me trouvera-t-on en règle ? Enfin on en voit le bout. On reçoit une avance et on rembourse ses dettes. On monte l'échelle de pilote et l'on est comme un cadavre. On appareille. On navigue. Et l'on vit toujours dans l'angoisse d'être licencié. Une manie, direz-vous. C'est bien possible. Une fois un matelot avait lutté pendant deux ans pour embarquer. À peine avait-il reçu le papier qu'il l'a déchiré et est retourné dans le jardin de Terpsithéa. Au soir tombant il s'est tué de ses propres mains.

— Mouille l'ancre bâbord.

Le bosco lâcha le frein du guindeau et l'ancre descendit en faisant un grand vacarme. Il ponctuait d'un coup de cloche le passage de chaque maillon. Un… deux… trois…

— Retiens un peu.

— Retiens.

— Relève.

— Relève.

— Tiens bon.

— Tiens bon.

— Le remorqueur de poupe à tirer davantage.

Le remorqueur tira.

— Les aussières à quai.

Deux halins ténus furent lancés sur le quai, entraînant derrière eux les gros cordages. Quatre ou cinq Chinois capelèrent les aussières sur les bittes.

— Embraque devant et derrière. Mettez les *springs*. Embraque plus lentement.

Le navire accosta doucement contre le môle de bois. Le capitaine rencontra le bosco au pied de l'échelle de la passerelle.

— Tout est paré ? Les feux ?

— Tout.

— Les entonnoirs pour les rats ?

— Aussi... On a apporté les lettres ?

— Oui, le pilote.

— On les a distribuées ?

— Tu me bassines toi aussi, comme les autres, Vanghélis. Je le lui ai dit deux fois : les hommes attendent. « Qu'ils attendent », il me dit. Je lui dis : « Donne-les-moi, je les distribuerai moi-même. » « Non, je te dis, non. »

— La crapule ! Tu sais pourquoi y fait ça ? — Qu'une mule l'envoie dinguer des quatre fers à la fois ! — Rien que pour faire suer le monde.

— Pour décoller les timbres-poste.

— Allons donc.

— Je te jure. Que je meure avant de descendre à terre. Tu ne savais pas ?

— Le médecin est sur le quai, cria quelqu'un.

Ils partirent en hâte.

— Descends la coupée.

L'échelle de coupée descendit en grinçant.

Peu après le capitaine sortit du carré et appela le bosco.

— N'amène pas la quarantaine. Tout l'équipage à se rassembler sur la plage arrière pour le vaccin.

— Encore un emmerdement. La variole ?

— Non. La peste.

— J'y vais.

Le capitaine restait immobile, se grattant le front. Un lieutenant apparut, venant de la poupe.

— Vous l'avez distribué ?

— Plus tard.

— Il peut bien les garder. Pour ce que ça me fait…

— Alors pourquoi demandes-tu ? Pour dire quelque chose ?

— Par habitude.

Il s'éloigna et s'accouda au bastingage. Le capitaine partit en boitant. Deux chauffeurs, l'aide-cuisinier et un soutier arrivèrent devant la porte du salon. Ils frappèrent deux coups secs.

Le steward du commandant, un grand maigre à cheveux blancs qui louchait, entrouvrit la porte.

— Qu'est-ce qu'y a, vieux ?

— Nos lettres.

— Il peut pas à présent. Il parle avec le pilote et le médecin.

Le soutier avança la main et tira une enveloppe de la pochette du steward.

— Et ça, qu'est-ce que c'est ? Va lui dire de les donner, et dare-dare, sans quoi on ira les prendre de force.

La porte se referma.

— Maquereau... Taré... Ce qu'y te faut, c'est qu'on te fasse nager un bon coup.

La porte se rouvrit.

— Allez dire aux autres de venir tous ici, au lieu d'aller sur la plage arrière, pour le vaccin et pour le courrier.

— J'ai une lettre ? Tu as vu quelque chose ? demanda l'aide-cuisinier.

— Je sais pas.

Ils commencèrent à entrer deux par deux, sans tumulte. Ils ressortaient avec une manche retroussée, tamponnant avec un coton leur bras endolori. Certains avaient en main une lettre. Ils s'égaillèrent, chacun s'isolant dans un coin. Un homme lisait à haute voix, un autre remuait simplement les lèvres, quelqu'un souriait. Rémouscos sortit la tête basse. L'aide-cuisinier l'aborda.

— Toujours rien ?

Il ne répondit pas.

— J'en ai eu cinq, dont deux de l'an dernier. Tu veux qu'on partage ?

Il alla vers la proue, s'assit sur une bitte et tira une cigarette de sa poche. Le matelot de Ténédos lui donna une tape légère sur l'épaule.

— Que le Bon Dieu pardonne à tes morts, lis-moi cette lettre.

Rémouscos la prit, et dans la faible lumière qui restait encore, se mit à lire. Sur le bastingage, sur le gaillard de proue, sur la plage arrière, une foule d'oiseaux s'était rassemblée.

Sur le quai attendaient deux hommes de l'agence, quelques douaniers, un « pilote de terre[1] ». Ils portaient tous, sur leur pantalon, une chemise blanche qui leur descendait plus bas que le genou. L'un d'eux s'était approché d'un hublot et avait engagé la conversation avec le

1. Rabatteur. *(N.d.T.)*

Noir de la machine. Le douanier le chassa avec des insultes.

Une femme vint au pied de l'échelle de coupée. Elle tenait à la main une fleur, un Soleil de Chine. Un chien appuya sur elle ses pattes de devant.

Se réveiller et se trouver dans un pays où l'on vient pour la première fois. On se frotte les yeux, qui sont rougis et fatigués. On voit trouble. Des hommes que l'on n'imaginait pas. On s'attache à eux. À force de les fréquenter, on ne fait plus qu'un avec eux. On s'en va. On se souvient d'eux quand on reste pour un temps chez soi, à l'heure où l'on se couche pour dormir. Le souvenir n'a de valeur que quand on sait que l'on repartira pour un nouveau voyage. Le pire des reniements, le plus grand désespoir est de jeter l'ancre dans son pays et de vivre de souvenirs.

Il existe dans une église gothique des stalles où, quand on les retourne, on voit gravées des représentations obscènes. Plus obscènes que celles des temples de pierre, aux Indes. L'artisan anonyme a travaillé pour son plaisir. Il était las de travailler pour les autres, pour la foi, pour des idées. Il ne l'a pas fait pour jouer, mais pour signer. Il n'est rien qui soit impossible en ce monde. La chose la plus invraisemblable, la plus effroyable, il suffit que quelqu'un y ait songé.

Le meilleur café que j'aie bu de ma vie, je l'ai bu à Moka. Le meilleur thé à Colombo. Quand j'en ai demandé une troisième tasse à l'Indien qui me servait, il s'est fâché : « Tu veux donc perdre tout ce que tu as gagné », m'a-t-il dit. Le pire café que j'aie jamais rapporté à ma mère avait été acheté à Moka. Le pire thé que j'aie acheté l'a été à Colombo. Dans les mêmes magasins où je les avais bus.

Le peintre Pétridis, réfugié de Russie, qui cirait des chaussures à Drapetsona[1]. Il avait peint son caisson et disait qu'il l'avait fait selon la technique qu'on lui avait enseignée à l'École Polytechnique de Moscou. Une petite gouache. Il décorait un papier de boucherie avec quelques olives, du pain noir, et à côté quelques noyaux. Le sujet était autre : c'était la lampe au verre brisé ; mais elle était trop grande pour entrer dans le cadre. Elle restait pendue au mur, et éclairait la table en biais.

Crépuscule d'hiver à Martigues. À mon côté la fille parlait sans arrêt. Filets suspendus, maisons de pêcheurs. Des étoiles de mer et des hip-

1. Quartier populaire du Pirée. *(N.d.T.)*

pocampes séchés cloués sur les portes. Il ne faut pas avoir de femme avec soi quand on veut connaître un paysage, entendre de la musique, visiter un musée. Il ne vaut même pas la peine de partager avec elles notre lit. Debout contre le bord, comme les soldats, comme les matelots. « Achetons des huîtres. Regarde : *La Venise provençale*... Nous mangerons chez Crespi. »

C'est dommage. Elle n'avait pas vu l'ombre qui avait surgi du canal et marchait à nos côtés. C'était celui qui depuis l'enfance avait senti l'humidité sur ses doigts grêles, le brouillard dans ses narines nerveuses. Le coffret de couleurs était suspendu à sa taille, il portait le chevalet sous le bras. Il avait peint très jeune la brume de l'étang qu'il avait aimé plus que les rivages de sa patrie, et s'était épuisé.

Tais-toi. Écoute donc. Apprends. Fille stupide. Adorable. Tes cheveux se débattent encore avec la couleur qui subsiste. Le gris plomb lutte avec la pourpre, à présent il l'absorbe. Alors il s'agenouille soudain, ouvre son coffret, et sur l'envers duveteux d'une flanelle de laine peint les chalands pourris, l'odeur de poisson et tes cheveux. Il est sombre, comme jadis dans la triste maison aux barreaux, en Attique. Le peintre du Missolonghi de la Provence, Michel Oeconomou.

Les matelots sont des acrobates. Ils portent des bleus de chauffe, ou des tenues kaki déteintes, couvertes de petites taches rouges, ou bien vertes, noires, blanches. Ils peuvent monter à la corde jusqu'au sommet du mât sans jamais se servir de leurs jambes. Ils peuvent se tenir un instant suspendus par les dents, marcher sur un cordage tendu, pendant qu'au-dessous d'eux roule la mer. Leurs mains sont couvertes de traces de blessures et de morsures du métal. Certains ont perdu un doigt. Il s'est pris dans une poulie, un filin, un treuil. Il est resté par terre, encore chaud pour un temps. Le chat l'a reniflé et s'en est allé. Le chien du navire l'a reconnu et l'a léché. Le mousse l'a balayé avec les autres ordures.

J'ai entendu bien des matelots, quand ils se préparaient pour une manœuvre difficile, dangereuse, dire lentement en se frottant les mains :

— Fends-toi encore un coup, Marie.

Le nom change d'une bouche à l'autre. Il devient Hélène, Théodora, Espérance. C'est le nom de leur mère. En cet instant deux êtres souffrent : la mère et l'enfant. Et la mère souffre deux fois plus, bien qu'elle se trouve au loin. C'est une deuxième naissance, reliée par un fil à la mort.

Quand le navire jette l'ancre au large d'un port, en rade, dans un fleuve, ils s'assoient sur le panneau de la cale et font des tresses à trois, cinq ou neuf torons. Parfois ils tressent de la cordelette autour des bouteilles et la peignent. Ils aiment les couleurs. Le bosco les mélange et trouve la teinte juste. Avant de peindre, ils commencent par jouer. Ils dessinent quelque chose pour s'amuser. Ils ont beau se laver, ils sentent une odeur rance d'huile de poisson, de rouille, et de ce poison qu'on appelle aqua forte. L'odeur qu'aiment les prostituées et les mères des marins.

Quand vous voyez à la campagne un homme le dos appuyé contre un mur, en train de fumer ou d'égrener son chapelet, c'est un marin qui a pris sa retraite. Il a, comme on dit, acheté du solide.

À Port-Soudan il existe une race de Noirs grands et secs, qui ont une touffe de cheveux frisés sur la tête et une petite fourche de bois pendue au cou pour se gratter. Ils ne sont vêtus que d'un caleçon et déchargent les navires.

Je me trouvais étendu dans ma cabine, avec deux ventilateurs en marche, épuisé par une chaleur indicible. L'un d'eux est apparu dans l'embrasure de la porte.

— Moi Idoménée, fils *Iskender*... Donner vêtements.

Je lui ai donné une vieille flanelle. Il m'a serré

contre lui et m'a embrassé. J'attendais qu'il s'en aille.

— Vouloir papier.

— Mais pourquoi donc ?

— Anglais croire volé. Taper.

Je lui ai donné son certificat. Il ne s'en allait pas.

Vouloir tampon. Je l'ai mis. Un peu après un autre est arrivé.

— Moi Calchas.

Il a pris des chaussures, un papier. Après lui sont venus Agamemnon, Protésilas, Philippe. La nuit, dans un ruelle sordide, j'ai rencontré l'un d'eux, qui m'a reconnu.

— Moi Criton... Toi venir.

On m'avait dit qu'on ne fait pas de mal aux Grecs dans cette région, jusqu'à Djibouti. Je l'ai suivi. Nous sommes entrés dans une cabane. Une fille nous a accueillis. Elle portait à la taille une serviette blanche qui la couvrait jusqu'aux genoux, et arrangeait ses cheveux devant un miroir. Une veilleuse brûlait devant une icône.

— Ma sœur... Très bon... Maria.

La fille s'est retournée et m'a souri. Elle avait des dents admirables. Ils m'ont donné une boisson qui sentait le poivre et la noix muscade. Criton a allumé le feu et a mis à chauffer une marmite pleine d'eau. J'étais assis sur une caisse vide. Je me suis levé.

— Si elle ne te plaît pas — m'a fait comprendre l'ami — nous allons ailleurs.

Il paraissait blessé. Je me suis rassis et me suis mis à attendre qu'il vide les lieux. La fille a étendu une couverture par terre, s'est assise et m'a fait signe de venir la rejoindre. Criton a jeté quelques grains dans un encensoir et la cabane s'est remplie de fumées. Il s'est agenouillé en nous tournant le dos et s'est mis à psalmodier.

Un long moment s'est écoulé. Je me suis levé pour pisser. Le descendant du Macédonien dormait à genoux. La fille m'a donné à boire du breuvage qu'elle avait préparé. Ma bouche s'est remplie de flammes. Au point du jour nous avons bu tous les trois, assis par terre, une infusion de mauve. Je me demandais s'il fallait payer. Je lui ai donné dix shillings. Elle s'est levée, a fouillé dans une boîte et m'a rendu un *half crown.* Je lui ai dit de le garder. Elle l'a porté à son front et l'a posé sur ses cheveux, exactement comme font à Céphalonie les mères des marins, quand leurs enfants leur donnent le premier argent qu'ils ont gagné sur mer. Puis elle a pris ma main et l'a posée sur sa poitrine, sur ses lèvres, sur son front. Elle était jeune — quinze ans — et s'appelait Amira.

Êtes-vous jamais arrivé sur le quai quand votre bateau a déjà appareillé pour une traversée de dix mille milles, que la nuit est venue, que la brume est tombée sur le fleuve et que vous vous trouvez à trois heures de votre consulat ? Pas un sou en poche, le paquet de cigarettes vide. C'est la plus lourde faute que puisse commettre un marin. Pendant des années on vous montre du doigt. « Ce type qui a raté son bateau, à l'époque, à… »

Veille de Noël. Si ivre que l'on soit, on reprend ses esprits en un clin d'œil. On s'assied sur une bitte de fer et l'on réfléchit. Les dockers, la journée faite, passent devant vous, indifférents. On tend l'oreille, dans l'espoir d'entendre la langue de son pays. On sort des quais et on traîne dans le quartier ouvrier. On voit les lumières derrière les vitres embuées, les petits rideaux de dentelle. Une porte s'ouvre et une odeur de maison, de cuisine, vient battre vos narines. En ce moment votre mère sort du four les courabiés[1] et pense à vous. Elle a pleuré de bonne heure mais elle le cache. Elle a fait un mauvais rêve : elle a vu un navire sous les arbres. « Quand laverai-je encore son linge ?… » Le linge sale, taché, trempé d'eau de mer.

1. Pâtisserie orientale que l'on prépare notamment pour la Noël. *(N.d.T.)*

Quelque part joue un piano. On fouille dans ses poches pour la troisième fois. À vos pieds brille un shilling. On se penche. On s'est trompé. Il pleut. On trouve un abri de la première guerre, on y entre. L'air empeste mais il fait chaud. On bute sur des gens qui jurent. On s'endort assis par terre. On se lève dès que le jour point. Un homme en train de rouler une cigarette vous regarde et pousse un juron. On sort et on bat la semelle. On trouve un mégot humide... Cinquante mètres plus loin flotte un drapeau blanc et bleu.

Neuf heures et quart.

— Gérasimos, nous partons.

Le capitaine acheva l'addition, posa le porte-plume et se leva. Le radio portait un costume froissé et un feutre vert. Le pilotin restait debout à la porte.

— Bon, tu connais les nouvelles. À trois heures du matin nous levons l'ancre. Ils voulaient nous faire partir plus tôt, mais il n'y a pas assez d'eau pour sortir avant trois heures. Deux pieds de moins et il n'y en aurait pas assez pour nous maintenir à quai...

— Mais, où allons-nous ?

— À Formose, parbleu. Tu ne vois pas qu'ils ont abandonné ce coin ? Il tombera sans combat.

— Mais ce canon, tu n'entends pas ?

— C'est loin. Tu vois bien qu'ils ont allumé toutes les lumières, comme si c'était fête. Tu as vu les bateaux de guerre anglais à l'entrée du chenal ?

— Non.

— Ils sont quatre. Prêts à recueillir les autorités et quelques compatriotes.

— Les hyènes ont flairé le cadavre.

— Les mouches ont flairé la merde, tu veux dire.

Diamandis toussa.

— Bon, perdez pas de temps. Et attention à la sirène : quatre longs au sifflet. Attends. Qu'est-ce que c'est que ce machin que tu as sur la tête ? Jette ça.

L'autre recula.

— Touche pas. Il me porte bonheur.

— Une antiquité. Tu préférerais pas un chapeau ?

— Quand j'achète un chapeau, je débarque : je tombe malade ou on me licencie.

— Balivernes. Faites vite. Les autos sont réquisitionnées. Prenez deux pousse-pousse et grouillez-vous. Bonne chance.

La lumière de la cabine s'éteignit. Gérasimos descendit et fit un tour du bateau, de la proue à la poupe. Il l'aimait cette vieille ferraille, bien qu'il l'injuriât à chaque instant. Il la soignait comme la prunelle de ses yeux. Il connaissait ses défauts et ses vertus. Il aimait l'équipage, bien qu'il se querellât avec lui. Il était honnête et droit. « La mer, disait-il, il ne faut pas lui tenir tête. Il faut lui montrer de l'estime. Et la devancer. »

Il avait été torpillé deux fois pendant la guerre. Il aimait une de ses cousines germaincs, mais nc l'avait jamais avoué. On l'avait mariée à un bon à rien, qui la battait. Il conservait dans sa montre une photographie d'elle, quand elle était jeune.

Il s'accouda au bastingage humide et alluma une cigarette. Il se souvint d'elle, qui jouait sur la mandoline *Tes lèvres de corail*... Evanthie ! Il tapa du pied pour dissiper l'ankylose. Il avait été estropié par une piqûre qu'il s'était faite lui-même en mer, et qui avait touché par erreur une veine. La cigarette à peine terminée, il remonta dans sa cabine, tira le rideau et se coucha à la renverse sur le canapé, tout habillé, en laissant la lumière allumée. À terre un oiseau de malheur se mit à ululer. On entendait dans la chambre voisine le commandant qui allait et venait, parlant au chef mécanicien.

— Tu fais que rouspéter, disait-il. Nous avons charbonné cinq fois pendant cette traversée. Chaque fois je te compte quarante livres et plus. Sans parler des matériaux.

— Tu es pas à plaindre non plus, dit le mécanicien. Cadeaux de l'agent, cadeaux des fournisseurs d'eau douce.

— Dis pas de sottises. Nous transportons du matériel militaire. On dirait que tu ne le sais pas.

— Et sur l'avitaillement ?

— C'est ça, dis tout de suite que je vole sur les provisions de bord.

— C'est un bien grand mot. Enfin, on a fait que bouffer de la morue.

— Me fait pas chier, nom de Dieu, cria le commandant en frappant du poing sur la table. Tu as jamais manqué de quoi que ce soit ? Ça t'est arrivé de demander quelque chose et de ne pas l'obtenir ?

— J'dis pas, grogna l'autre sèchement. Mais l'équipage…

— Qui ça ! Est-ce que quelqu'un s'est plaint ? Tu dis n'importe quoi.

— Oh, c'était histoire de causer…

Le commandant baissa la voix.

— Quand on est décidé à voler… Pendant la guerre d'Espagne un type d'Ithaque a vendu trois fois sa cargaison. Tantôt aux Rouges, tantôt aux Franquistes.

— Bravo, ça c'était du travail. Voilà ce qu'il me faut. Y a pas mèche ?

— Penses-tu. J'ai même pas idée… C'était pas la même guerre.

Le capitaine leva les pieds et les mains vers la cloison qui le séparait d'eux et leur fit un geste d'insulte avec les quatre fers. Après quoi il s'assoupit.

— Il l'a bouclée, le salaud, murmura le matelot de garde du pont, Linatséros, commc s'il sc parlait à lui-même.

— Oui, répondit le matelot de garde de la machine, Antoine Mal-au-Crâne, qui avait attaché un chiffon à une ficelle et taquinait la chatte. Dans mon village on dit pas que ça porte malheur, sauf s'y vient se poser sur un toit pour ululer. Moi j'y crois pas à ces trucs-là.

— Ah oui ? Eh bien écoute, parce que tu es nouveau et qu'il faut que tu apprennes. À l'aube, après que la brume s'est dissipée, le jeune steward, Douroudous, est monté à la passerelle avec les cafés. Brusquement il se met à pousser des cris :

« — Capitaine Panaïs, regarde.

« — Quoi donc, fumier ? lui dit le vieux.

« — Là, une tortue.

« — Tais-toi, abruti, regarde pas de ce côté.

« Le môme comprenait rien.

« — Mais c'est vrai, capitaine, tiens.

« Le vieux s'est pas retourné pour regarder. Il s'est gratté à deux mains.

— Il avait fait quelque chose qu'y fallait pas, le jeune ?

— Mais oui, parbleu, marin de paquebot. C'est le pire porte-guigne de tout ce qui flotte sur l'eau. On s'en occupe jamais.

— Pour ce que ça fait…

— Ah, on a bien fait de t'appeler Mal-au-Crâne. Qu'est-ce qu'il te faut ! On avait pas plus tôt mouillé qu'on nous a dit de lever l'ancre. Tu appelles ça un bonheur ?

— Je vois pas le rapport.

Ils étaient assis près de la coupée. Sur le panneau de la cale il y avait une assiette de sardines et d'olives. On entendit monter quelqu'un. Linatséros se pencha pour voir.

— Compliments. On a des visites. Tu es rasé ?

L'autre lâcha sa ficelle et approcha. Une femme était montée et s'était arrêtée sur le caillebotis de la coupée. Elle puait la violette et l'ail.

— Qu'est-ce qu'elle veut ? demanda Mal-au-Crâne.

— Elle est venue nous prendre les mesures. Toi alors, t'es bouché à l'émeri. Si elle te plaît, prends-la ; la laisse pas attendre à la coupée.

— Tu crois que… C'est bien ?

Linatséros lui fit signe et elle approcha, souriante. Ses cils espiègles battaient.

— Où c'est que je l'emmène ?

— Dans votre poste de proue. Ou dans la cambuse, encore mieux. Et mets pas le feu, dans la bagarre. Fumez pas.

— Et si on me demande ?

— Va donc, je te dis, espèce de saligaud. Je suis là.

Il se dirigèrent vers la cambuse.

— Joyeuses noces, leur cria l'autre.

Il s'assit sur un escabeau, tournant le dos à la terre, et se mit à fredonner.

La chatte descendit l'échelle de coupée et disparut derrière un hangar. Mal-au-Crâne revint et se pencha à l'oreille du matelot.

— T'aurais pas...

— Cherche dans mon placard, numéro quatre. Dans une boîte de Camel. Tu veux pas que j'aille aussi lui trouver le...

Une voix cria sur le quai.

— L'homme de garde !

— Qu'est-ce que c'est ?

— Descends prendre des cigares pour le commandant.

Il avait gravi la moitié de l'échelle ; c'était Polychronis.

— Dans le papier qu'est-ce qu'il y a ?

— Deux gâteaux, un pour toi et un pour Mal-au-Crâne.

— Bons ?

— Frais en tout cas. Ils sentent le soja.

— C'est ouvert, à terre ?

— Oui, quelques sales boîtes. Mais il y a de ces femmes. Et pas chères.

— Pauvre vieux, on t'a flanqué de corvée.

— Te frappe pas. Je fais des économies. Allez, va ; et n'oublie pas les cigares. Il les veut tout de suite.

— Entendu.

Il partit et revint bientôt en maugréant.

— Tu fumais sûrement pas les mêmes dans ton patelin, crasseux. Des Havanes. Tu crois qu'il m'en aurait donné un, le sagouin ? Tout ce qu'il sait faire c'est d'emmerder le monde.

Il s'assit sur une caisse. À peine assis, des hurlements stridents le firent bondir sur ses pieds.

— Qu'est-ce que c'est que ça ?

Il comprit. Il appela la chatte, mais elle restait invisible.

— Ah ! la roulure, la peste sournoise. Elle s'est taillée.

Il l'appela encore, par son nom. Rien. Mal-au-Crâne arriva tout essoufflé.

— T'aurais pas deux shillings ?

— Attends. (Il fouilla dans ses poches.) Tiens. Vous remettez ça ? Embarque aussi ces gâteaux, ça te donnera des forces. Et grouille-toi.

Il se remit à appeler la chatte. J'espère que ce damné Chinois va pas me l'estropier...

Il se rappela Rocambole et Ririka. Son visage

s'assombrit. Il avait réussi à les sauver de la maladie du fer. Ils grandissaient. En 36, on avait mené le *Haralambos* de la compagnie Yannoulatos à Tyne pour le vendre à la ferraille.

— Lâche-les, lui avait dit le commandant à Rotterdam, ils nous attireront des ennuis avec les Engliches.

Il n'avait pas obéi. Comment les abandonner seuls sur les quais ? Il les avait cachés dans un panier et prenait soin de leur faire mettre le nez dehors toutes les nuits. On les avait découverts. Linatséros devant et l'inspecteur du *Sanitary* derrière. Ils avaient descendu l'échelle de la machine. Il leur avait passé au cou deux petits lacets et les avait jetés de ses propres mains dans les feux. Il se souvint d'eux et se hérissa… Il s'accouda au bastingage humide. Mal-au-Crâne n'en finissait pas. Des clients pareils, on leur ferme la porte au nez dans les claques, les patronnes les appellent timbres-poste.

Les marins de paquebots le dégoûtaient. Il avait passé une lune parmi eux. Ils lui faisaient pitié aussi. Ils revenaient de la nuit passée à terre en faisant de ces têtes ! « Je l'ai trouvée en quarantaine », disait l'un de sa femme. « Il lui a pris mal au rein et on n'a rien pu faire », disait un autre. « On est allé lui dire que j'avais mis une fille dans ses meubles à Volos, et elle m'a chassé du lit », disait un chauffeur.

— Si j'avais la meilleure cocotte, lui avait dit le père Thodoros, l'adjoint du bosco, elle me coûterait moins cher que ma femme.

— Pourquoi ?

— Drôle de question ! On arrive dimanche à midi et on repart l'après-midi. Je vais chez moi, on passe à table, on mange. Les enfants restent là et ne bougent pas. L'heure passe. Dix drachmes à l'aîné pour le cinéma. Il file. Quinze au second pour aller faire du vélo, il se tire. Dix au plus jeune pour le match, il s'en va. Reste la fille.

« — Va voir ta tante.

« — J'ai pas envie.

« — Ma chérie, fais un petit saut pour aller me cueillir de la camomille.

« — J'en ai cueilli, père, et je l'ai mise à sécher.

« Elle raffole de gâteaux.

« — Ma petite fille, va chercher un bon gâteau. Ne va pas dans le quartier. Prends l'autobus et va là-bas, à côté du Théâtre Municipal.

« Fais l'addition, Linatséros. Le billet de cent drachmes y passe.

Mal-au-Crâne arriva en toussant, la Chinoise à ses côtés.

— Tu veux la prendre ?

— Non, non, laisse-la partir.

Elle leur dit adieu. En descendant elle heurta

la chatte qui revenait. Elle se pencha, la prit dans ses bras et l'embrassa. La chatte se mit à ronronner comme une usine.

— Adieu. Et si tu t'es séchée d'ici l'année prochaine, écris-moi… Viens ici, minette. (Il la serra sur sa poitrine.) Toi au fond, tu as pris ton plaisir. Tu griffes, pouffiasse.

— C'était une Chinoise ? demanda Mal-au-Crâne.

— J'en sais rien. Au-dessous de la ceinture les femmes n'ont pas de patrie.

— Pourquoi ?

— Oh, tu me cours…

— Une femme pareille ! C'était la première fois…

— Elle était fille peut-être ?

— Écoute. Parole ! Tu vas voir ce qu'elle m'a dit.

— Et en quelle langue ? Si y avait pas le grec on serait muets. Allez, va préparer deux cafés, et trêve d'âneries. Et demain boucle-la, sans quoi tu te feras engueuler.

De la terre arriva une chanson lointaine, accompagnée de guitare et de mandoline.

« We saw Cassandra sprawling in the streets. »
À Thanassis Karavias

Défais avec les dents les coques des filins enchevêtrés. Monte à la cime du mât et fais trois tours sur le ventre sur la pomme blanche et vermoulue, comme faisaient les matelots qui depuis des années sont morts.

La clarté des étoiles. La route coupait en deux une rizière. On voyait par endroits les lumières de cabanes bâties sur des pilotis enfoncés dans la boue. Une indicible odeur de cadavre arrivait brusquement, disparaissait et plus loin revenait encore, plus forte et plus insupportable. Parfois celle d'un homme, parfois celle d'une bête. Quand on passait près d'une maison, il montait une puanteur d'urine et de merde. Sur les rochers des vautours étaient juchés. Un chien perdu restait au milieu de la route, ne sachant vers où aller. On n'entendait que les respirations profondes que prenaient les deux coolies, attelés aux pousse-pousse.

Sur l'un d'eux était assis le marin, son chapeau vert rabattu sur les yeux. À chaque instant il le relevait pour voir briller la chemise blanche du jeune homme qui était assis sur la première voiture. Soudain toutes les étoiles descendirent très bas, si bas qu'elles cachèrent l'une des voitures à l'autre : des vers luisants.

Le pilotin avait de la fièvre. Ses tempes battaient. Il gardait la main dans la poche de son pantalon et tâtait. S'il avait pu, il aurait gratté une allumette pour voir. Depuis la veille, ça commençait à diminuer, et à faire mal. Le chancre ne fait pas mal, il l'avait lu. À présent ce devait être gros comme le feu d'un ver luisant, du plus petit de tous. Tiens, cela ressemblait à une pierre précieuse qu'il avait vue — il y avait bien longtemps — à *Kasado Shima*; il n'avait pas eu assez d'argent pour l'acheter. Un jour il se rappellerait tout cela et rirait. C'était la faute à ce type qui était là derrière lui, à ce type qui croyait tout savoir, et au capitaine, qui avait peur de son ombre. Il avait envie d'arrêter le coolie et de revenir en arrière. D'aller retrouver les autres. Une maison apparut à l'endroit où se terminait la rizière de droite. Le pousse-pousse s'immobilisa brusquement, et le second à la suite. L'un des coolies siffla en mettant les doigts dans la bouche.

Une femme sortit, tenant deux seaux d'eau. Elle les posa à terre. Les coolies s'agenouillèrent et burent, sans faire le moindre bruit.

— Diamandis, que vas-tu faire là derrière ?

— Un moment, je vais pisser.

— Tu pisseras là-bas. Viens, on s'en va.

— J'ai soif, pleurnicha le pilotin. Demande-leur un peu d'eau.

— Il ne faut pas répondit l'autre doucement. Courage.

Les Chinois reprirent leur place. Ils repartirent dans le même ordre. Ils couraient plus vite. La route se faisait plus large, et à droite il y avait une série de hauts pylônes. Diamandis se mit à les compter. Les voitures avançaient rapidement. La seconde vint à la hauteur de la première. Elles semblaient aller en promenade. Les coolies se mirent à parler. Ils ne faisaient pas plus de bruit que deux tourterelles qui s'embrassent.

— L'eau, dit le plus jeune.

— Je l'entends. Un affluent du Han.

— On pourrait les y jeter.

— Il ne faut pas.

— Tu as peur. Ce ne seraient pas les premiers. Pas un des leurs ne nous a vus les prendre.

— Ils n'ont pas d'argent.

— Ce n'est pas pour l'argent. Seulement parce qu'ils sont Blancs.

— Si c'étaient des terriens, je ne refuserais pas.

— Qu'est-ce que ça change ?

— Eh bien… Comme nous traînons les hommes, ils traînent la ferraille sur la mer.

— Avec les mains ?

— Pire. Avec leur âme.

Le pont de bois se mit à grincer sous leurs

pieds. Les Blancs dormaient profondément, rêvaient. Le jeune coolie s'arrêta.

— Avance, dit le vieux.

— Tu as peur.

— Possible. À ton âge j'ai tué trois consuls blancs à Pékin.

— Tu as été à Pékin ?

— J'y suis resté quatre ans. Je travaillais dans une maison close.

— Tu as couché avec des Blanches ?

— Souvent.

— Comment sont-elles ?

— Répugnantes. Une vieille de chez nous, avec dix enfants, est trois fois plus étroite qu'une Blanche de vingt ans.

— Pourquoi ?

— L'eau. Tu ne savais pas ? Si elles buvaient l'eau de nos fleuves…

Ils avaient passé le pont. Le jeune homme s'arrêta encore.

— Tu as buté sur une pierre ?

— Non. Rentrons, je te dis.

— Écoute. Le jeune marin est malade. Tu es allé à l'école ?

— Jamais.

— Eh bien, apprends qu'on ne tue pas les malades.

— Eux les tuent.

— Je parle pour nous. Malheur à nous si nous leur ressemblions.

— C'est bon, marchons.

Diamandis rêvait. Tous les dragons qu'il avait vus dans la ville le poursuivaient, le rattrapaient, le léchaient de leur langue de feu. Il y avait aussi une femme avec eux. Elle les commandait. Ses cheveux étaient de petites vipères, ses yeux des grottes remplies d'aspics, son corps depuis la taille jusqu'aux pieds était fait de glaise, d'argile, de boue. Ses mains… Elles ressemblaient aux mains de sa mère, avec cette mince bague à pierre verte, qu'elle posait sur le marbre de la cuisine quand elle voulait faire la vaisselle.

L'autre dormait… Avec les Phéniciens à Sidon. Un jour à midi, à Esnoun, on vend des femmes. Une jeune fille, enlevée à Mytilène, cache de ses mains sa nudité. Un vieux seigneur de Boushir lui tâte les jambes, en bas, plus haut, puis la poitrine. Elle s'abandonne, baisse la tête et pleure. Le vieux compte l'argent. Le marin jette un sac d'or à ses pieds, la recouvre de sa tunique. Ils embarquent tous deux pour la Grèce.

C'est un poignard. Des épées, des stylets. Ils ne sont pas tenus par des mains. Ils tombent en pluie. Ne reste-t-il vraiment sur son corps aucune place pour le dernier qui étincellera ?

Il se réveilla et se frotta la main. Une cicatrice qu'il aimait. Il errait une nuit sur les quais de

Rotterdam. Une fille appuyée au pied d'une grue mangeait des bananes pourries. Un cageot, venu du bateau blanc qui déchargeait un peu plus loin, était posé à ses pieds. La grue voisine, qui fonctionnait, l'éclairait de son projecteur, la laissait dans l'obscurité quand elle tournait et l'éclairait à nouveau. La fille était laide, sa robe tachée de boue. Le marin qui portait la flanelle l'a abordée.

— Comment tu t'appelles ?

— *Dédée.*

— Viens manger à bord.

— Je veux pas.

— Attends, je vais t'apporter de quoi.

— Non. Je la connais, votre gentillesse. À la fin tu me jetteras sur ton pieu. Tourne-toi comme ci, mets-toi comme ça. À présent dans le… Je vous connais. Pas plus tôt vous avez fini, vous allumez une cigarette et vous vous retournez même pas pour regarder. C'est un matelot qui m'a eue la première fois. Il m'a donné des perles fausses. Ça l'amusait de me voir pleurer. Il m'avait saoulée. Il a pris sa cigarette allumée, couchée comme j'étais avec les genoux en l'air, et il me l'a fourrée dedans à l'envers. Il a appelé son camarade et ils se sont mis à jouer à pair-impair en m'arrachant les poils des cuisses. Pouah, crevez tous, bande de pourris.

Il a essayé de lui caresser les cheveux. De la

consoler. Elle lui a saisi la main et l'a mordue comme un chien enragé. Il ne l'a pas retirée. Il avait mal mais il l'a laissée. Il l'aimait, cette cicatrice. Elle démangeait parfois, et il se souvenait. C'était la femme la plus vraie qu'il ait jamais rencontrée. Il se rendormit.

Les deux marins virent en rêve qu'ils faisaient un faux pas en descendant un escalier.

Les deux pousse-pousse s'abaissèrent au même instant. Le pilotin sauta le premier. Au milieu d'un terrain clôturé, à gauche de la route, s'élevait une maison grise à étage, dont les fenêtres étaient éclairées. Les coolies s'allongèrent sur le dos.

— Je vais compter les étoiles, dit le plus jeune.

Et le vieux :

— Moi, les vers luisants.

L'infirmière les fit monter dans un petit hall et disparut. Ils restèrent longtemps debout. Il y avait du chèvrefeuille dans un vase sur une table basse, au milieu de la pièce. Des dessins à l'encre de Chine accrochés au mur. Une lithographie de Cézanne : *L'Assiette bleue.* Plus loin, l'Aurige de Delphes. La fille revint.

— Vous pouvez vous asseoir, dit-elle, le docteur va venir.

Elle était belle comme une poupée de porcelaine. Sans maquillage. On éprouvait de la joie rien qu'à la voir. Elle repartit. Les autres restèrent devant la bibliothèque.

— Tu lui as tapé dans l'œil, Diamandis. Tu as vu ces sourires ! Que ferais-tu si elle se jetait à tes pieds ?

Diamandis essaya de sourire. Une porte s'ouvrit derrière eux. Le docteur Ma Touan s'inclina.

— Grecs ?

— Oui.

— À votre disposition.

Il parlait anglais, de façon un peu nasillarde. Le radio — dans un anglais que n'aurait pas envié un Nègre — lui expliqua la situation le plus brièvement possible. Il hocha la tête, posa la main sur l'épaule de Diamandis et le conduisit dans le laboratoire.

— Vous, attendez ici, je ne serai pas long.

— Écoutez, docteur, je crois que...

— Soyons sérieux, voulez-vous ? dit le Chinois en refermant la porte.

— T'as pas l'air commode, murmura le radio.

Il approcha de la bibliothèque et tira un livre. Il le feuilleta et le referma vivement en se renfrognant. Il le remit en place.

— La peste soit... je peux regarder dans n'importe quelle pathologie, je tomberai toujours sur mon cas.

Il prit un autre livre et se mit à lire.

Lo mio maestro disse : Questi è Caco,
che sotto il sasso di monte Aventino
di sangue fece spesse volte laco…

— Je me suis encore fait avoir.

Il tourna un grand nombre de feuillets.

Lo corpo mio gelato in su la foce trovò…

La Chinoise était près de lui, le visage triste.

— Un moment. Le jeune homme… votre ami, vous demande.

Il la suivit dans le laboratoire. Il vit Diamandis assis sur un tabouret, tête basse, se tenant les genoux. À côté de lui était posé un verre de limonade.

— Diamandis… Qu'est-ce qu'il y a ?

— Ça lui passera, dit le médecin. Nous avons un peu gratté avec le platine, et il a eu mal. Vous autres marins, vous êtes timides devant la maladie. Allons, bois.

Il lui donna le verre et se dirigea vers l'étuve. Il leur tournait le dos. L'infirmière sortit. Le radio déboucha un flacon qui se trouvait à côté de lui sur une tablette de verre, et dont l'étiquette portait une tête de mort. Il y plongea l'index, qu'il se fourra dans une narine. Il fit de même pour l'autre narine. Il reposa le flacon à sa place et mit ses mains dans ses poches. Il inspira fortement... Diamandis était revenu à lui.

Le médecin revint auprès d'eux.

— Il vous faudra attendre au moins deux heures. Passez au salon. Voulez-vous du café, du thé ?

— Du café, si c'est possible.

— Je vais venir vous tenir compagnie.

— Mais... quand dormez-vous ?

Il sourit.

— L'après-midi, trois heures.

Il devait avoir trente-cinq ans, était d'une taille au-dessus de la moyenne et avait de belles mains fines. Il consulta le chronomètre à son poignet.

— *Just eleven*, murmura-t-il.

Le pilotin prit un *Geographic Magazine* et se mit à le feuilleter. L'autre fourra son doigt dans son nez et ferma à demi les yeux, observant Diamandis qui tournait les pages sans lire. « Que diable fais-je ici à pareille heure, songea-t-il. Moi, personne ne m'a accompagné quand je l'ai attrapée. J'ai été seul pour recevoir la douche froide. En ce moment je pourrais caresser une Chinoise au lieu de... » Il regretta brusquement ce qu'il avait pensé. « À mesure que je vieillis je deviens mesquin, mauvais. » Il se rappela un autre pilotin. Il devait avoir le même âge que celui-ci. La graine de lin avait pris feu dans la mer Rouge et on avait ouvert les cales. Il avait glissé et était tombé comme une masse jusqu'au fond. Quand on avait déchargé, un mois plus tard à Motzi, on avait hissé sur le pont une momie. Il avait eu le courage d'approcher, de voir. Il ne restait que ses cheveux blonds. Il l'aimait, comme il aimait celui-ci, comme il aimait tous ceux qui naviguent pour la première fois. Comme ces filles que leur mère lui donnait à accompagner sur le *Corinthia*, et qu'il gardait auprès de lui pendant toute la traversée, à qui il touchait le front pour voir si elles n'avaient pas de fièvre, qu'il soutenait quand elles vomissaient, qu'il conduisait à la gare Saint-Charles prendre le train pour Paris — et quand elles manquaient le train, il dormait à l'hôtel dans la chambre voisine, pour qu'elles n'aient pas peur. Elles portaient des toques et de petits tailleurs, qui sentaient la naphtaline. Avec aucune d'elles il n'avait songé à mal. L'une un jour l'avait harcelé pour qu'il la conduise dans la rue des femmes de mauvaise vie. Il l'avait menée dans un bistrot des ruelles de l'Opéra. Les femmes, qui n'avaient pas de travail, avaient fait cercle autour d'elle. L'une était venue lui apporter des bonbons, toutes la complimentaient pour son français. Leurs mains la frôlaient comme pour la caresser. Elles l'avaient reconduite jusqu'à la rue en la tenant dans leurs bras, lui avaient baisé les cheveux. Tandis qu'ils s'éloignaient, elle serrait sa main dans la sienne. Avant d'arriver à la Canebière il l'avait entendue se moucher. « Tu as pris froid », lui avait-il dit. « Non, non... Mais elles ne sont donc pas si mauvaises », lui avait-elle répondu en pleurant.

Aucune de ces filles ne lui avait jamais écrit le moindre mot.

Il ouvrit un *Life*... « *Can can in Paris* ». Il le jeta loin de lui. « Qui me l'a dit ? Quel vendu, quel maquereau... Que la fille de Blanche a jeté le froc aux orties et est allée danser le can can à Montevideo. Après tout que m'importe ? La fille de Mytilène est morte l'an dernier à Athènes, en couches... Tout ce que je touche pourrit. Ne meurt pas : pourrit. » Il ouvrit un *Paris Post* et se mit à lire. *Parfums de Coty.* « La fille d'Anvers. Son oreiller, ses draps sentaient le *Styx.* Puis ensuite... Non, ce n'est pas possible. Pourtant je m'en souviens très bien, si je refuse de l'avouer : c'est encore *Styx* que portait la femme qui m'a arrêté le jour où je ramenais les dahlias et les gâteaux à l'hôtel, pour celle que je n'ai pas connue, et dont j'avais partagé les draps. La grosse femme laide, avec la sanguine sur la bouche, sur le visage, sur le front... Cette femme. La même. Ce n'est pas possible. »

Le médecin apparut devant eux, souriant. Le radio se leva, Diamandis fit de même.

— Cela prend du temps. Ne soyez pas pressés, asseyez-vous.

— Vous avez voyagé ? demanda le radio pour meubler la conversation.

— Oui. J'ai vécu deux ans à Berlin. Ensuite je suis allé en Angleterre, puis en Amérique, pour peu de temps.

— Vous avez fait vos études là-bas ?

— Il le fallait bien. On ne pouvait pas faire autrement, dit-il avec amertume. Et pourtant mon grand-père, qui était médecin empirique, pouvait guérir ce que ni moi-même ni les Européens avec les nouveaux remèdes ne peuvent guérir.

— Quoi, par exemple ?

Le visage du médecin s'assombrit. Il dit, les dents serrées :

— Le premier malade du monde a été un Chinois. Et naturellement le premier médecin aussi.

— Mais les Grecs ?

— Les Égyptiens, les Grecs... L'Écriture Sainte est venue des milliers d'années plus tard. Vous connaissez peut-être très bien la géographie, mais il faut connaître aussi un peu d'histoire. Vous avez dit tout à l'heure que vous étiez Grecs. Je veux bien le croire.

— Pour me faire plaisir ?

Il sourit.

— Je le crois sans réserves. Mais dites-moi pourtant : comment se fait-il que les Blancs dont l'effigie est gravée sur les anciennes monnaies d'or, sur les vases, ou sculptée dans le marbre, ne ressemblent pas du tout aux hommes qui vivent aujourd'hui en Europe ? Vous ne me rappelez pas du tout le Macédonien. Si en revanche vous prenez la plus vieille monnaie chinoise, vous trouverez dessus mon portrait fidèle.

L'autre n'était pas en état de se fâcher. Il demanda, en évitant de regarder son interlocuteur :

— Le cancer ?

— Vous allez trop vite. Au siècle dernier le spirochète faisait deux fois plus de victimes que n'en fait aujourd'hui le cancer. Et de façon plus atroce. À présent il est oublié. Vous arrivez tous deux de l'autre côté de la mer, vous vous êtes effrayés sans raison. C'est l'affaire de dix jours.

— Cela se guérit à coup sûr ?

— Oui. La nouvelle… Vous avez du courage ? Suivez-moi, vous seul.

Il ouvrit une porte et avança dans l'obscurité. Du hall venait un peu de lumière. Au milieu de la pièce on distinguait un lit chirurgical recouvert d'un drap. Le Chinois appuya sur un bouton et le réflecteur inonda le lit de lumière. Il rabattit le haut du drap avec une pince. Une masse de chairs gâtées apparut, là où aurait dû être le visage. Pas de nez, ni d'yeux. Pas du tout de lèvres. Une bouillie. Une vaste plaie ouverte. Quelques boucles châtain retombaient à droite et à gauche.

Ils entendirent tout à coup un sanglot, comme le son lointain d'une corne de brume sur la mer. Le médecin se retourna vivement.

— Va nous attendre au salon, dit-il sèchement au pilotin. Je ne t'ai pas dit de venir.

Il referma la porte.

— Lupus…, murmura le radio.

— *Still mate*, ne dites pas de sottises. Le lupus se guérit. Cette maladie-ci est vieille comme la Chine. Elle ne détruit que le visage. Regardez.

Il retira le drap jusqu'aux pieds. Un corps mince, gracieux, intact.

— Aucune marque, poursuivit le Chinois. Observez bien. Pas la moindre.

— Recouvrez-la, dit l'autre ; elle doit avoir froid…

Le docteur Ma Touan l'interrompit brutalement.

— Elle a cessé d'avoir honte et d'avoir froid une heure avant que vous n'arriviez.

— Elle était Chinoise ?

— Mais vous ne voyez donc pas ? Vous auriez dû comprendre du premier coup, rien qu'en voyant le bassin. Elle était Française. Du Nord. Elle a fait le tour de tous les hôpitaux américains. Elle a essayé tous les nouveaux remèdes, sans résultat. C'est hier qu'on me l'a amenée.

— C'est de cela qu'elle est morte, donc…

Il ne répondit pas. Il se contenta de le regarder sévèrement. L'autre baissa les yeux, comme s'il avait honte.

— Si vous êtes ici demain à midi, venez, je vous dirai le nom de la maladie et son remède.

— Mais comment est-ce possible ?

— Il y a un vieillard au bord du fleuve, qui sait. Il viendra à l'aube. Il est mon ami. Le microscope ne révèle rien. Comprenez-vous ?

Une bombe explosa dans les parages. La maison fut ébranlée. Le médecin pointa le doigt vers le nord.

— Ils descendent. Ni eux, ni les autres qui s'en vont, n'aiment l'homme. Les affamés au bout du compte ont raison.

— Pourquoi ne partez-vous pas ?

— Je vous demande pardon, c'est mon affaire. Venez.

Il éteignit le réflecteur. Le radio ferma les yeux et resta immobile. Le médecin le prit par les épaules et le guida. Ils entrèrent dans le hall. Diamandis n'y était pas. Ils s'arrêtèrent devant le Cézanne.

— Vous l'aimez ? demanda le médecin.

— Oui. Nous avons progressé depuis…

— Ce sont eux qui ont progressé. Picasso,

Kandinsky, Klee. Des génies. Tant qu'ils ne parlent pas de peinture.

— Que voulez-vous dire ?

— Depuis Giotto jusqu'à Dali tous les grands peintres ont été les pires professeurs. La vérité a été dite par quelques marchands qui les entouraient.

— Vous avez raison.

— Un peintre médiocre peut nous expliquer avec des mots comment il travaille. Un créateur jamais.

— Pourquoi donc ?

— Il est ivre. C'est seulement alors qu'il peut prendre dans ses mains un morceau de papier, un paquet de cigarettes vide, un mouchoir, les tourmenter un moment tout en parlant, les chiffonner, à sa manière, et les abandonner. Si celui qui les trouve n'est pas aveugle, il sentira le souffle, jouira de la forme. Sinon il les jettera aux ordures. Vous me comprenez ?

— Presque.

— *Sorry.* J'ai à faire.

Il entra dans le laboratoire.

« Où a bien pu passer le gosse ? » pensa le radio. Il eut envie de se gratter sous l'œil mais se retint. Il s'était souvenu. Il entendit des pas dans l'escalier. Le pilotin entra, souriant. Son visage rayonnait.

— Je suis allé avec la… Elle m'a montré une collection de papillons. Tu veux la voir ?

— Non.

— Il va falloir attendre encore longtemps ?

Le médecin et l'infirmière passèrent devant eux et descendirent l'escalier. À peine le bruit de leurs pas avait-il disparu que le radio se leva et ouvrit la porte du cabinet.

— Où vas-tu ?

— Je vais voir… Je te dirai… Fais gaffe.

Il revint une minute plus tard ; ses narines remuaient.

— Tu as vu ? J'ai… ?

— Tâche de dormir. Moi j'ai sommeil. J'ai pas eu le temps de voir.

Le pilotin le regarda, interloqué. Il retira sa chemise blanche et la suspendit sur le dossier de la chaise, avec soin. Elle était froissée, trempée d'humidité. Il s'assit sur une autre chaise, croisa les bras. Son menton reposait sur sa poitrine. Il s'endormit.

À Tatiana Milliex

Catherine… La fille de Glasgow aux cheveux roux. Elle avait embarqué à minuit, dans l'avant-port de Melbourne. Le vent du cyclone qui tourbillonnait sur la Tasmanie avait rompu deux fois les aussières et avait failli nous écraser sur les appontements de bois de Williamstown. Elle portait un ciré rouge à capuchon. Elle a remis ses papiers au contrôle et a descendu en hâte l'escalier de la première classe. Je l'ai remarquée. Un petit visage tout rouge ; un nez pas plus gros qu'un dé à coudre. Je l'ai entendue injurier les porteurs. La porte de sa cabine s'est refermée avec un tel vacarme que le steward de quart en a perdu contenance.

Nous avons appareillé à l'aube. Aucun pilote n'est monté pour nous faire sortir du port. Nous avions à bord quatre-vingts passagers. Jusqu'au cap Leeuwin nous n'en avons pas vu un seul. Pendant cinq jours nous avons voyagé comme sur un cargo. Les stewards servaient les passagers dans les cabines.

— Y a quelqu'un qu'a fait des infamies au port, grognait le bosco. Pour que ça calme, faut flanquer les pédérastes à la baille.

— Alors on commencera par toi, lui a crié un jeune steward.

Le pont était désert. Seule l'Écossaise, avec un manteau épais et des bottes de caoutchouc, allait et venait de la proue à la poupe, fumait comme un pompier, engloutissait quatre ou cinq Drambuie par jour et tirait la langue à la mer.

— C'est ce porte-guigne qui fait durer le gros temps, m'a dit un matin Androyannis. Elle est sonnée, je te dis. Hier matin elle m'appelle dans sa cabine :

« — Apporte-moi des filets de hareng.

« J'y porte. Elle les renifle.

« — Remporte-les, qu'elle me dit, et flambe-les.

« Je retourne.

« — Donne-moi mes chaussures.

« — *Take, please.*

« — Pas celles-là.

« Y en avait sept paires sous le lit. On jouait à la devinette. J'avais envie de lui cogner la tête avec. Écoute un peu ce qu'elle fait, la pute, tous les jours. Elle laisse le robinet d'eau chaude ouvert et elle s'en va. Hier je lui ai fait la remarque. « Ça me plaît », qu'elle me dit. Quand elle appuie sur le bouton de la sonnette on dirait qu'elle le cale avec une épingle. Pour un peu elle tirerait un coup de pistolet, comme un compatriote à elle, capitaine de corvette, quand y voulait appeler son steward. Y a de quoi rougir, mais je vais te dire, puisque t'es un pays. Hier matin, quand elle est allée prendre son bain, je suis entré faire la cabine. Une vraie tabagie. C'était plein de mégots par terre, et sur la couverture elle avait fait deux trous avec la cigarette, qu'on aurait passé la tête à travers. Sa culotte était sur l'oreiller. Comment te dire ? Elle tenait debout. C'était comme un ciré, à force de crasse. Je l'ai soulevée avec un bâton et je suis resté à la contempler. Je vais pour arranger l'oreiller. Il était trempé... une mare. Si trois personnes avaient pleuré dessus, il aurait pas été aussi mouillé. Elle m'a fait pitié. Une môme comme ça, dix-sept ans. Qu'est-ce qu'elle peut bien avoir ?

... Où peut-il être à présent, Androyannis ? Il m'aimait plus qu'on ne peut dire. Il était futé, malin en diable. Il vous vendait des algues pour des rubans de soie et on lui disait encore merci. Et il avait tout le temps des secrets qu'il vous chuchotait à l'oreille. « Le couple du quatre a fait la bamboula, cette nuit ; ils ont déglingué la couchette. La Française du dix-huit a ses règles. Le Polonais est topographe. Si tu voyais son drap : une carte de géographie. Il dort sur le dos, le sagouin. La vieille Australienne, avec les lunettes, ça fait sept jours qu'elle est pas allée aux chiottes, elle va crever. Le Belge, là, y pisse dans le lavabo. » Il fourrait la main dans sa poche. « Tiens, mon vieux, prends une poire pour le quart. »

Nous sommes arrivés à Freemantle. Je m'étais habillé et m'apprêtais à descendre l'échelle de coupée. J'avais le bras gauche en écharpe. Avant que j'aie pu descendre la première marche, quelqu'un m'a tiré par le bras. Je me suis retourné. L'Écossaise était devant moi et me regardait de ses yeux bleus et profonds. Elle tenait à la main un paquet de lettres et une demi-livre.

— *Sorry.* Vous pouvez me les poster ?

— Donnez-les à l'agent.

— Il est parti. Je l'ai raté.

Je lui ai tourné le dos. Elle m'a rappelé.

— Faites-moi plaisir.

J'ai pris les lettres et me suis remis à descendre. Au milieu de la coupée, je l'ai entendue crier :

— Rapportez-moi les lettres.

J'ai marmonné sans me retourner : « … de ta mère, cochonne », et j'ai sauté sur le quai.

Une heure plus tard je l'ai vue dans un magasin chinois, en face de la poste, en train de boire du lait.

L'après-midi nous avons appareillé pour Colombo. Quatre jours plus tard nous étions au large des îles Cocos. Calme plat. Quittant le froid polaire, nous étions entrés dans la chaleur tropicale. Nous laissions nos cabines ouvertes, pour qu'elles s'aèrent.

Dès la fin de mon quart je suis allé me coucher. Mes jambes tremblaient. J'allais entrer mais je me suis arrêté. Devant la petite table, l'Écossaise était assise. Elle avait étalé devant elle plus de cent reproductions de peinture, mélangeant fresquistes et cubistes, Renaissance et Impressionnisme, Lautrec et Raphaël. Le sang m'est monté à la tête. Je m'apprêtais à l'injurier. Elle s'est levée et m'a tendu la main.

— Je t'attendais, m'a-t-elle dit avec un sourire angélique. Je voulais te remercier. Assieds-toi.

J'ai obéi comme un collégien. Je suis certain que j'ai même souri.

— J'ai fouillé dans tes livres. Il ne fallait pas ?

— Mais si. Tu peux choisir. Tu veux boire un verre ?

— *Whisky and milk.*

Le steward a apporté le plateau.

— Et toi, tu ne bois pas ?

— Non.

— Pourquoi ?

— J'ai bu ma ration pour le restant de mes jours.

— Dommage. Nous ne nous entendrons pas.

— Où débarques-tu ?

— À Gênes. Si je ne change pas d'avis. J'ai terminé mes études cette année et je fais mon premier voyage. Je suis allée dans les Indes Néerlandaises et en Australie. À présent je veux aller au Brésil, et plus bas. Mon père m'a ouvert un crédit d'un an.

Elle allumait une cigarette après l'autre. Elle changeait brusquement de sujet de conversation et parfois perdait le fil. Tout ce que ses doigts touchaient, ils le réduisaient en miettes. Elle avait bien dû allumer cinquante fois mon briquet, un Ronson que je ramenais en Grèce pour l'offrir en cadeau.

— Quand arrivons-nous à Colombo ? me demanda-t-elle.

— Après-demain soir.

— Tu descendras ?

— Et comment !

— Tu connais la ville ?

— J'y suis allé dix-huit fois.

— Tu veux que nous sortions ensemble ?

— Volontiers.

— À quelle heure es-tu de quart, la nuit ?

— De douze à quatre.

Elle s'est levée et m'a tendu la main. Elle était en short. Elle avait des jambes maigres, couvertes d'un léger duvet roux.

— *Night.* Je voudrais être un garçon.

— Pour devenir marin ?

— Non. Vous me dégoûtez.

J'ai pensé à elle une ou deux fois pendant mon quart. Elle me plaisait beaucoup. Si elle le voulait, elle me le dirait avant que nous arrivions à Colombo. D'elle-même. Mais que pouvait-elle me trouver ? Elle était entourée d'un tas de beaux garçons.

Dès la fin de mon quart, je suis allé prendre

un bain. Je suis rentré dans ma cabine et j'ai saisi le commutateur. Une main a écarté la mienne.

— Ne crains rien. C'est moi, Catherine. J'ai à te parler.

Je l'ai vue à la clarté de la lune s'étendre sur ma couchette. Je me suis assis sur le bord. Elle a pris ma main dans les siennes.

— Je t'écoute, lui dis-je.

— Il faut que tu m'aides.

— Si je peux…

— Pas d'histoires. Il le faut.

Sa voix, jusque-là suppliante, était devenue courroucée. Elle a attiré ma main et l'a appuyée sur son ventre.

— Tu entends ?

— Oui. C'est la conduite d'eau du petit-cheval. C'est comme ça qu'elle bat.

— Idiot. Tu ne comprends pas… C'est le bébé.

J'ai retiré ma main.

— Que veux-tu de moi ?

— Je te l'ai déjà dit. Que tu m'aides.

— Explique-toi.

— Il faut que je m'en débarrasse.

— Tu t'es trompée de porte. Le médecin…

Elle m'a fermé la bouche avec la main. Elle s'est redressée.

— Je regrette de te l'avoir dit. J'ai eu la main heureuse. Demain, tout le bateau le saura.

J'ai pris le thermos et lui ai donné à boire.

— Que veux-tu que nous fassions ?

— C'est à toi de me le dire.

— Bains de pied et quinine.

— Sottises. J'ai pris du *progynon.* Il ne veut pas se décoller.

— J'ai trouvé. Tu vas rester en Grèce, dans une île. Ton mari est à la guerre. Quand tu seras délivrée, tu laisseras le bébé dans une maison que je te dirai. Tu enverras de l'argent pour qu'on le soigne.

— Imbécile, murmura-t-elle. Je l'ai eu avec un Noir.

— Alors nous irons à Aden. J'y ai de bons compatriotes. Nous trouverons un médecin. Il y a des Français aussi. Tout ira bien.

— À Aden… tu es fou. Il faut en finir à Colombo.

— À part quelques prostituées et quelques Noirs qui vendent des pierres précieuses, je ne connais personne qui puisse nous aider.

— Nous sommes deux. Un troisième serait de trop, et dangereux. Nous irons seuls. Nous ouvrirons un annuaire et nous trouverons un médecin. Les Européens sont exclus.

— Pourquoi ?

— Le frère de mon père est une personnalité de Ceylan. Rends-toi compte s'il l'apprenait.

— Les médecins ne parlent jamais.

— Tu ne sais pas ce que tu dis. Tu préfères peut-être qu'on aille trouver mon oncle pour qu'il nous aide ?

— Bon. Comme tu voudras.

J'ai baissé la tête. Elle m'a caressé les cheveux.

— Donne-moi ta parole, m'a-t-elle dit au bout d'un moment.

— Tu l'as.

— Tu as peur ?

— Non. Dans un an, si je m'en souviens, j'aurai peut-être peur ; ce soir et après-demain je n'aurai pas peur. Va-t'en à présent, il va faire jour.

Elle s'est levée.

— Tu veux que je t'embrasse ?

— Non. Après-demain, quand nous en aurons fini.

— Comme paiement ?

— Tais-toi, tu es folle.

En partant elle m'a répété :

— Alors c'est entendu. Dis-moi oui.

— Oui. Que le diable t'emporte. Oui.

J'ai entendu ses sandales claquer sur le pont.

« Je te la casserai, ta figure. Mais finissons-en d'abord. »

La mousson agitait les palmiers cet après-midi-là, sur les rivages de Colombo. Nous avons mouillé au crépuscule. Le temps d'avoir la libre pratique, huit heures ont sonné. Les haut-parleurs ont annoncé :

« Appareillage à trois heures du matin précises. Ne vous éloignez pas du quartier européen. »

Catherine a été la première à descendre l'échelle de coupée. Elle portait une blouse blanche et un pantalon. Je portais le même feutre vert et une veste américaine imperméable.

— Prends ton ciré, lui dis-je, il va pleuvoir.

— Oh, cesse donc de jouer les anges gardiens.

La vedette nous a débarqués sur le quai de la douane. La belle Tamoule du Tourisme, qui vendait du thé, nous a salués. À peine sommes-nous montés que les va-nu-pieds nous ont entourés. « *Change money... wanta gems, gold.* » La cafeteria du *Grand Oriental* était déserte. Les garçons couverts de dorures et pieds nus. Nous avons pris l'annuaire de la ville et nous sommes mis à chercher.

— Voilà, dit-elle en pointant son index, troisième ligne. On a trouvé. Marque-le sur un bout de papier et filons.

J'ai fait signe à un garçon. Catherine m'a tiré par la manche.

— Ne demande rien. Viens.

Nous sommes montés dans un taxi. Je n'ai dit au chauffeur que le nom de la rue. Il s'est gratté la tête.

— Si tu ne te rappelles pas, je peux monter m'asseoir devant pour te guider. J'y suis allé souvent.

L'Indien fit signe qu'il se souvenait.

Nous sommes entrés dans le quartier indien. Nous avons dépassé une place, un nouveau temple bouddhique, un grand magasin de fruits et primeurs. Nous sommes arrivés dans la campagne.

— Il va être drôlement content de nous voir, dis-je à haute voix.

— *Yes.* Il nous attend depuis ce matin. Il est indien ?

— Par sa mère. Son père est anglais. Il est au Gouvernement général. *No more,* dis-je au chauffeur. Voilà l'*Ivor Garden.*

— Je dois attendre ? demanda-t-il.

— Non, nous allons passer la nuit ici chez notre ami. Tiens.

— *Chankiou.*

Nous avancions à l'aveuglette, en suivant les grilles du parc. Le chauffeur nous a éclairés avec ses phares. « Tire-toi, eh con, abruti… » Les lumières se sont éteintes et on a entendu son moteur s'éloigner. Catherine m'a pris le bras. Sa main tremblait un peu.

— Je ne vois pas de lumière, dit-elle.

— Ne sois pas trop pressée. Dès que nous aurons dépassé le parc nous y verrons.

Nous avons traversé un petit groupe de maisons aux lumières clairsemées.

— La voilà, dis-je. C'est la première.

C'était une maison à étage, sans lumière. J'ai allumé mon briquet pour lire. J'ai cherché la sonnette. J'ai tiré sur un petit cerceau de fil de fer et il s'est fait à l'intérieur un grand vacarme, comme si l'on avait heurté simultanément un grand nombre de gongs. La porte s'est ouverte. Une petite lampe éclairait faiblement l'escalier. Nous sommes montés. Une deuxième porte s'est ouverte. Nous avons avancé et sommes entrés dans une pièce bien éclairée. Sur les murs étaient suspendus un alligator, un cobra et un oiseau. Sur le vaste et lourd bureau, dans un vase de cuivre, une grande fleur à pétales jaunes exhalait un parfum suave et insoutenable. Il y avait encore un gros livre ouvert, un sextant brisé, un horoscope. À côté, épars sur une étagère, quelques instruments du genre de ceux que possédaient les médecins à bord des baleiniers en 1850.

Un homme était assis face à nous derrière le bureau, où il appuyait ses coudes, et regardait une boule de verre posée sur un socle de bois, qui changeait de couleurs. Il ne nous a pas accordé la moindre attention, n'a pas même levé les yeux.

— Allons-nous-en, chuchotai-je à l'oreille de Catherine. Ce n'est pas l'homme que nous cherchons.

Elle m'a retenu. Nous avons attendu debout au moins cinq minutes. Brusquement il a levé la tête et nous a regardés.

— Je vous attendais, nous dit-il comme pour nous gronder. Vous êtes en retard.

Il était gras, basané, avec des mains épaisses et barbares. Il portait une robe jaune comme les prêtres de Bouddha, ouverte jusqu'à la taille. En dessous il était caché par le bureau. Entre ses seins glabres et pendants glissait une pierre bleue enfilée sur un cordonnet crasseux.

— Passe derrière le paravent, dit-il à la fille, et déshabille-toi.

Je lui ai offert une cigarette. Il l'a prise et l'a fourrée dans un tiroir.

— Je suis prête, cria la jeune fille.

Le médecin est allé la rejoindre. Il était petit de taille, avec de gros mollets. Pieds nus.

— *Nick.* Viens toi aussi, j'ai peur.

J'y suis allé.

— Tu es enceinte de quatre mois, lui dit-il.

— De deux mois et demi, répondit-elle avec colère.

— De quatre, répéta calmement l'Indien.

— Peu importe, murmurai-je.

— C'est au contraire très important. La tête de l'enfant va bientôt être aussi grosse que la mienne.

Nous sommes retournés dans le bureau. Le médecin s'est planté debout derrière la lourde table. Il a posé ses mains à plat dessus, les doigts écartés, et a consulté la boule de verre.

— Alors, dit l'Écossaise, vous vous en chargez ?

— *Sure.* Dans un quart d'heure j'en aurai terminé. Cette nuit vous resterez ici. Demain à midi vous vous sentirez bien, légère.

— Impossible. Il faut que nous partions dès que vous aurez fini.

— C'est dangereux. Je vous donnerai mon pousse-pousse.

— Vos honoraires ? demanda-t-elle aimablement.

— *Twenty five golden.*

Catherine s'est retournée et m'a regardée, ahurie.

L'Indien est allé jusqu'à la porte, l'a fermée à clef, a mis la clef dans la poche de sa tunique et est revenu derrière son bureau. J'ai hasardé une réponse.

— Nous n'avons pas autant d'argent. Si ça peut se faire avec vingt-cinq livres papier, commencez tout de suite. Sinon il faut que nous partions. Comprenez-vous ?

— Ne t'inquiète pas, me dit-il, je vais te donner quelqu'un qui te conduira au bateau. Le temps de les rapporter, j'aurai terminé.

— Comment, quel bateau ?

— Celui qui vous a amenés et qui doit partir à l'aube. Tu as le temps.

« Nous sommes dans le pétrin », pensai-je.

— C'est impossible, docteur. Viens, Catherine. Adieu.

L'Indien n'a pas fait un geste. Seuls ses yeux remuaient.

— Vous connaissez la loi du pays ?

— Oui, et toi aussi, j'imagine.

— C'est différent. C'est vous qui m'avez fait la proposition. Supposez que je refuse et que je vous dénonce. Vous êtes à ma merci.

Il se pencha et regarda la boule.

— Ouvre, docteur, lui dis-je. Tu plaisantes sans doute.

— Absolument pas. Tu me compteras l'or et dès que j'aurai terminé vous vous en irez.

— Mais enfin, en quel honneur… Tu as de l'argent ? demandai-je à la fille, qui était désemparée.

— Vingt-cinq livres-papier et un peu de monnaie. Et toi ?

— Dix livres-papier.

— Trente-cinq billets verts, dis-je.

— *Twenty five golden*, répéta-t-il en pesant ses mots.

— Un moment, que je réfléchisse.

La canaille a eu un sourire de satisfaction. J'ai fourré la main dans ma poche. Je n'avais plus mis cette veste depuis Naples. Le sorcier a ouvert un tiroir et a jeté un coup d'œil dedans. Il a avancé la main et ôté le cran de sûreté. Alors, subitement, le bureau s'est renversé et l'Indien s'est retrouvé dessous à plat ventre, la jambe droite coincée sous le meuble pesant, avec un pistolet tombé à un pan de sa main.

— Prends-le, dis-je à la fille. Vite.

Catherine s'en est saisie. Le singe rugissait comme un fauve blessé. Un stylet napolitain luisait devant lui.

— À présent amène la clef, charogne.

— Libère ma jambe. Comme ça je ne peux pas.

Le stylet lui a égratigné le nez. J'avais un genou à terre

— La clef.

— Attrape.

Il l'a lancée loin de lui. Il faisait des efforts désespérés pour libérer sa jambe.

La fille tenait le pistolet et regardait autour d'elle, comme hébétée.

— Tu as des ciseaux ?

— Oui.

— Coupe en vitesse le fil du téléphone. Dès que j'ouvrirai la porte, tu couperas le fil électrique sur le mur. Tiens les ciseaux avec un mouchoir.

Elle a fait comme je lui avais dit. J'ai ouvert la porte. Elle a coupé le second fil. Nous sommes sortis et avons fermé à clef. J'ai mis la clef dans ma poche.

— Gratte une allumette, me dit-elle.

— Il ne faut pas. L'escalier est là.

Nous l'avons descendu. Nous sommes sortis.

— Un moment, que je souffle un peu.

— Marche. C'est pas le moment. Tu souffleras plus loin.

Un coolie en pantalon blanc est apparu au coin du parc. Il venait droit vers nous. Nous avons obliqué. Je l'ai vu entrer par la porte d'où nous étions sortis.

— Et à présent, filons droit devant nous, nous verrons bien où ça nous mènera, lui dis-je.

Le vent était tombé. Il y avait encore des éclairs fréquents et des coups de tonnerre. Nous courions. Elle commençait à haleter.

— Donne-moi la main.

— Je ne peux pas, je tiens le pistolet.

— Quoi ! jette ça en vitesse.

Elle l'a jeté dans le ruisseau.

Nous courions. Tout était désert. Nous avons atteint le marché... Nous sommes tirés d'affaire, pensai-je. J'avais vu les lumières de Fort-Colombo.

— Par ici. À présent je connais le chemin. Encore un effort. Cours.

La pluie de la mousson était suspendue au-dessus de notre tête. Catherine s'est arrêtée brusquement. Je l'ai poussée. Elle m'a retenu.

— Qu'est-ce qu'il y a ?

— Du sang.

Je ne comprenais pas.

— Je perds du sang, je te dis. Crétin.

J'ai été pris de sueurs froides.

— Beaucoup ?

— Un ruisseau.

De grosses gouttes de pluie se sont mises à tomber. J'ai jeté ma veste sur ses épaules.

— Ôte ta chemise.

J'ai obéi.

Elle l'a déchirée promptement de haut en bas. Elle s'est retirée à l'écart. La pluie commençait à tomber à seaux. Je regardais autour de moi avec désespoir. Cinquante mètres plus loin se dressait le grand temple de pierre. Toujours ouvert, jour et nuit. Pour les voyageurs, les gens trempés de pluie, les fugitifs, les malades, les fous.

— Regarde, lui dis-je. C'est là qu'on va aller. (Je lui montrais le temple.) Tu peux marcher ?

— Je ne peux pas faire un pas. J'ai mal.

Je l'ai prise dans mes bras et j'ai avancé. Elle était légère, mais je ne venais pas à bout de la porter. Nous sommes enfin arrivés au temple. Je l'ai fait entrer par la petite porte, qui n'avait pas de battants, et l'ai déposée sur un siège de pierre. Il faisait noir. Il y avait une odeur de grotte. La jeune fille respirait avec des gémissements. J'ai allumé mon briquet. Catherine s'est mise à hurler comme une bête. J'ai vu alors que nous étions trois. Devant nous se tenait Salaya, la mendiante du temple. Le seul ami que j'eusse à Colombo. Toutes les fois que j'étais passé par la ville, ne fût-ce que pour une heure, j'étais toujours allé la voir pour lui faire l'aumône. Elle m'a appelé par mon nom. Si en cet instant j'avais vu ma sœur, je n'aurais pas été aussi joyeux.

— Nous sommes sauvés, dis-je à l'Anglaise.

— Je meurs, murmura-t-elle.

Ses mains étaient froides, son pouls à peine perceptible.

— Attends, m'a dit la vieille. Ne crains rien, j'ai compris.

Elle a disparu dans l'obscurité. J'ai entendu la fille pleurer. Je lui ai pris les mains. La vieille est arrivée, traînant la jambe.

— Attention, ne le renverse pas. Donne-le-lui à boire. Vite.

J'ai donné à Catherine le gobelet de bronze. Elle l'a bu goulûment.

— Et ça, a poursuivi la vieille en tenant un objet à la main, il faut le lui mettre. L'enfoncer complètement, jusqu'au bout.

— Mets-le-lui toi-même, Salaya, lui dis-je ; je t'en prie.

— Moi ? Jamais. Je nc dois pas. Ça souille à jamais. Elle me l'a donné et s'est éloignée. Elle s'est assise par terre.

— Donne-moi ton mouchoir, dis-je à Catherine.

— Je n'en ai pas. Je l'ai jeté. Il était trempé.

Un long moment s'est écoulé. On n'entendait que la pluie.

— Comment te sens-tu ?

— Mieux. On dirait que ça s'est arrêté. (Elle a tenté de se lever.) Ah… mes reins me font mal à mourir. Encore un moment.

J'ai entendu la voix de la mendiante.

— Sérang, va à Fort-Colombo. Ramène deux pousse-pousse. Demande Fernando et Antonio, ils ont été baptisés par les Portugais. Ils sont des vôtres.

— Ne t'en va pas, pleurait l'Écossaise. Ne me laisse pas seule avec cette vieille pie. Elle me fait peur. Elle va me faire du mal.

« Je t'arrangerai de la belle façon, pensais-je en m'en allant ; je te cracherai dessus, je te tirerai des coups de pied dans les tibias. Mais finissons-en. »

La pluie s'était arrêtée. Un quart d'heure plus tard j'étais de retour. Salaya attendait devant le temple. Catherine à côté d'elle, un peu à l'écart. Je l'ai aidée à monter.

— À présent je pourrais même aller à pied, m'a-t-elle dit ; je me sens bien.

Nous sommes restés quelques secondes, la vieille et moi, l'un en face de l'autre. J'ai voulu lui tendre la main. Elle s'est reculée vivement. J'ai tiré une liasse de billets.

— Tu es souillé, me dit-elle. Jusqu'à la mort. Je ne peux plus rien recevoir de tes mains. Jamais.

J'ai laissé l'argent sur un banc de pierre.

— Viens le prendre ici.

— Rien ne peut le purifier.

— Que Dieu te bénisse.

Je suis monté sur le pousse-pousse. Je l'ai vue se confondre avec la nuit.

— Salaya, criai-je, *thank you.*

— *Go to hell.*

Le bureau de Négris était ouvert. Des hommes de l'équipage, des Grecs, discutaient avec les va-nu-pieds.

— Prends mon sac, dit-elle avant que nous n'entrions dans la douane.

Un douanier m'a regardé et a éclaté de rire.

J'ai vu tout à coup en face de moi un petit homme en pantalon kaki, nu jusqu'à la ceinture, avec un feutre vert sur la tête, ruisselant de pluie. J'ai buté sur lui. J'étais tombé sur un miroir dans le pavillon du Tourisme.

Nous nous sommes séparés sur le pont.

— Elle t'a mis sur les genoux, m'a crié le commissaire. Tu en trembles encore.

Je suis allé dans ma cabine et me suis allongé sur la couchette. J'avais toujours son sac. J'ai songé à le lui descendre, mais je me suis ravisé. J'ai fermé la porte et je l'ai fouillé.

Il contenait une liasse de vingt-cinq livres-papier et trois rouleaux de quinze : quarante-cinq pièces d'or, avec l'effigie de Saint Georges brandissant la lance. Dans un étui de cellophane j'ai vu la photographie d'un Maori immense qui tenait en mains un filet de pêcheur.

Androyannis m'a apporté ma veste pendant mon quart de l'après-midi.

— Donne-moi son sac, m'a-t-il dit.

— Enfin, pourquoi ne vient-elle pas le reprendre elle-même ?

— Elle est au paddock. Elle s'est pas levée du tout. Très en beauté, aujourd'hui. Elle resplendit.

— Pourquoi ne s'est-elle pas levée ?

— Elle s'est fatiguée hier soir. Paraît que tu

l'as épuisée, tellement tu l'as fait marcher. Dis-moi, vieux…

— Je te dirai ça une autre fois. Vous avez servi le repas ?

— On vient juste. Elle s'en est mis plein la lampe. Depuis ce matin elle bouffe comme un goret. Elle m'a fait cadeau d'une boîte de chocolats. Je l'ouvre. Ils étaient tous abîmés par la chaleur. Je le lui dis. « C'est quand même pas ma faute ! » qu'elle me répond. Quelle éducation ! Si elle avait gardé des porcs, ça serait pas pire. On dirait qu'elles lui sont venues aujourd'hui.

— Elle t'a demandé quelque chose ?

— Non, mais pour pas se lever… Tu veux de l'ananas ?

— Plus tard.

— Je lui fais une commission ?

— Donne-lui le bonjour.

Le soir je l'ai vue danser avec un Américain efféminé qui portait une chemise multicolore. À minuit elle est venue me trouver pendant mon quart. Elle avait les traits un peu tirés.

— Salut, Nick.

— Salut, assieds-toi.

Elle s'est approchée.

— Embrasse-moi.

Je l'ai embrassée sur la joue. Elle embaumait la jeunesse.

— C'est comme ça qu'on embrasse dans ton patelin ?

— Oui. Sa sœur.

— Est-ce que j'ai l'air d'être ta sœur ? On s'est drôlement bien débrouillés hier. Sauf que tu as eu peur.

— Oui, un peu.

— Un peu, tu parles ! Si tu avais vu ta tête au moment où l'Indien a glissé. On aurait dit que c'était ta jambe qui était coincée.

— Comment a-t-il fait pour glisser ?

— J'en sais rien. Pas compris.

— Va dormir. Vite.

— J'ai pas sommeil.

— Alors va-t'en. J'ai à faire.

Elle m'a regardée, interdite. J'ai fait fonctionner l'émetteur et appelé Colombo. Quand j'ai terminé, elle était partie. Nous ne nous sommes pas parlé de cinq jours. Le jour où nous devions arriver à Aden, elle est venue me trouver.

— Nous sortirons ensemble ?

— Sais pas. J'aurai à faire.

L'après-midi je me promenais au pied des rochers graisseux de Steamer Point. Aboulafa Dionyssis, de Caravado, le messager, m'a arrêté.

— Je vais venir vous rejoindre. Je suis arrivé hier de Calcutta. Va vite dans le bistrot de Photis, y a une Anglaise qui te demande. Elle a remué ciel et terre pour te dénicher.

J'ai pris un taxi pour aller à Sheikh Othman. On y trouvait de jolies filles noires. Je me suis arrêté devant un magasin pour acheter des perles de verre. Quand je suis remonté en voiture, j'ai trouvé l'Écossaise blottie dans un coin.

— Je te dérange ?

— Non… mais je vais au village. J'ai une course à faire.

— Je viens avec toi.

— Viens. Tu attendras un moment dans la voiture.

— Bon.

Nous sommes arrivés. Je me suis absenté un quart d'heure. Quand je suis revenu la nuit était déjà tombée. Comme le taxi venait de se mettre en marche, une jeune Noire nous a rattrapés. Elle tenait à la main mon briquet et mon mouchoir.

Nous descendions vers Steamer Point. Nous ne parlions ni l'un ni l'autre. Devant le *Crescent Hotel*, Catherine a dit au chauffeur d'arrêter. Elle a entrouvert la porte et mis un pied à terre.

— Viens avec moi.

— J'ai à faire.

— Je sais, je me suis mal conduite. Mais aussi, c'est de ta faute…

— Conduis-toi toujours ainsi, tu iras loin.

— Je veux te parler.

— Et moi je ne veux pas.

— Tu le regretteras.

— Va-t'en.

— C'est bon. Je m'en vais.

Elle est descendue et s'est arrêtée sur le trottoir de la place. Ses yeux lançaient des éclairs.

— File, dis-je au chauffeur.

— Esclave ! m'a-t-elle crié en s'en allant. Larbin !

Le lendemain à midi nous étions au large d'Abou Zabal. Le khamsin nous remplissait la bouche de sable. Androyannis est venu dans la cabine radio, tenant à la main une boîte plate. Il est resté debout à côté de moi.

— Elle t'a télégraphié ? me dit-il.

— Qui ça ?

— L'Anglaise. Elle a pas voulu te réveiller cette nuit. Elle est venue prendre son fourbi au petit jour. Paraît qu'elle avait trouvé un ordre de l'agence Cory, d'attendre l'*Himalaya.* Il passe aujourd'hui. Elle m'a laissé ça pour toi. Salut.

J'ai ouvert la boîte. Elle contenait une chemise de nylon blanc.

À Grégoris Békakis

Diamandis se leva et enfila sa chemise. Son compagnon fit quelques pas en se frottant les yeux. Il battit la semelle pour se dégourdir les jambes, consulta sa montre. Une heure et quart. Les cendriers étaient pleins de mégots. Il ouvrit la fenêtre. La fumée s'échappait comme un nuage chassé par la bourrasque. Il se pencha et vit les deux coolies assis dos à dos, en train de fumer. L'humidité le fit frissonner.

— Diamandis, tes cigarettes.

— Finies.

La porte s'ouvrit. Le médecin tenait à la main une enveloppe.

— Vous vous êtes ennuyés ?

— On a failli. Combien vous devons-nous, docteur ?

— Rien.

— Mais… ce n'est pas possible.

Il tapota légèrement sur l'épaule de Diamandis.

— J'ai dis : rien. Vous êtes libres. Bon voyage.

— Elle était belle ? demanda à brûle-pourpoint le radio, en désignant du doigt la porte de la salle d'opération.

Le médecin tira de la poche de sa blouse un passeport et le lui tendit ouvert. L'autre le prit. Ses yeux s'agrandirent, sa bouche se tordit.

Mélusine !

Le passeport lui échappa et tomba. Il sortit en se tenant la tête à deux mains. Diamandis le suivit, ahuri. Le docteur Ma Touan se pencha sur la balustrade de bois de l'escalier et dit à voix basse :

— Ce n'est pas ma faute. C'est vous-même qui avez demandé à le voir. *I will see you again.*

Les coolies se levèrent. Le radio s'approcha du plus vieux.

— Eh bien, dis-moi donc, suppliait le pilotin. Donne-moi l'enveloppe.

— Filons à présent. Nous sommes en retard.

Il monta sur le pousse-pousse. Le jeune homme le tira par la manche.

— Quand nous arriverons.

Le pousse-pousse partit. Bientôt l'autre le rejoignit.

— Oui ou non ? cria le pilotin.

Son ami fourra l'enveloppe dans sa poche-revolver, sans répondre.

Ils entrèrent dans la ville, traversèrent des ruelles étroites, éclairées de petites lanternes rouges. Une femme se mit en travers de leur chemin et arrêta les pousse-pousse. Ils descendirent. Elle portait un kimono noir brodé de rouge et décoré de petites paillettes d'argent et d'or, qui scintillaient sous les lumières de la rue. Elle tenait à la main une lampe à huile à trois mèches.

Le radio lui prit la cigarette des lèvres et tira

une bouffée. Elle riait. Les deux marins payèrent les coolies, qui ne s'en allèrent pas ; ils se mirent simplement un peu à l'écart. Les yeux de la femme s'agitaient au milieu d'une épaisse couche de fard vert et blanc. Une porte s'ouvrit à côté des deux hommes et une autre femme apparut. Elle leur fit signe.

— Moi je vais rentrer à bord, pleurnicha le pilotin. Mais avant, dis-moi.

La femme le saisit par une main, son ami par l'autre. On entendit des clameurs stridentes, des sanglots de femmes, non loin de là. Les femmes et les coolies déguerpirent. Des avions lançaient des fusées éclairantes. Les deux marins coururent vers l'endroit d'où venait le tumulte. Ils virent des Chinoises à demi-nues batailler pour faire sortir d'une porte étroite un énorme paquet, le déposer à terre et disparaître. Ils se penchèrent sur lui et l'éclairèrent de leur torche électrique. Le jeune homme poussa un cri :

— Le lieutenant Panaïs !

Il lui ouvrit la chemise et dégagea la poitrine. L'autre lui tâta le pouls et lui toucha le front. La sirène du *Pythéas* se mit à hurler.

— Il est déjà froid. Il a cessé de vivre. Prends-le par les pieds, dit-il au pilotin.

Ils l'emportèrent en le traînant et atteignirent la place où étaient les camps militaires. Les avions piquèrent et mitraillèrent. Plus loin, d'autres bombardaient. La place basculait et tournoyait. Ils posèrent le mort à terre.

— Hé, du bateau grec! cria le pilotin, mettant les mains en porte-voix. Hé, vieux!

Les balles sifflaient près d'eux. Puis il tomba un silence de mort.

— Allons-y, Diamandis ; les pieds...

Deux soldats, pistolet au poing, les arrêtèrent.

— Mort?

— Non, il est du bateau. Il a eu une syncope.

— Suivez-nous à l'infirmerie.

— Il faut que nous l'emmenions avec nous. Nous partons. Aidez-nous.

— À l'infirmerie, glapit le Chinois en agitant son pistolet.

On entendit à nouveau des moteurs qui piquaient. Les soldats partirent en courant. Le radio s'agenouilla et ferma les yeux du vieil homme. Il retira avec peine la bague du doigt glacé. Le rubis étincelait tandis qu'il la donnait au pilotin.

— Garde-la.

Comme il se relevait, une enveloppe blanche glissa de sa poche-revolver et tomba dans la boue.

— Et à présent courage.

Ils s'arrêtaient à chaque instant pour reprendre souffle. Là c'était de la gadoue, plus loin des pierres. Subitement le lieutenant Panaïs leur échappa des mains et s'aplatit sur le sol.

Ils passèrent le pont de bois et arrivèrent sur le quai. Le *Pythéas* n'était plus amarré que par une aussière. Seule l'échelle de pilote pendait encore.

— Vous avez pas trouvé d'autre moment pour aller chez les putes ? cria le commandant de la passerelle. Grouillez-vous, nous partons.

Ils déposèrent le mort à terre et restèrent là, haletants, levant les mains. Le capitaine se pencha sur le bastingage.

— Qu'est-ce qui se passe, bon sang ? Dépêchez-vous… Que charriez-vous ?

— Le lieutenant Panaïs. Viens vite. Descendez la coupée ou amenez une élingue.

— Panaïs…, cria le capitaine d'une voix rauque.

Il s'engagea sur l'échelle de pilote. Il sauta sur le quai, se pencha.

— Il est blessé ?

— Non.

— Il est déjà froid. Pauvre vieux, Panaïs…

La coupée descendit en grinçant. Le commandant descendit avec l'ingénieur mécanicien. Derrière eux le steward, tenant une boîte à la main.

— Il respire ? demanda le commandant.

— Il s'est éteint, dit Gérasimos.

— Vous avez un papier ? Un médecin l'a vu ?

Les autres ne répondirent pas.

— Il a bien choisi son moment, celui-là, dit l'ingénieur.

— La loi nous oblige à le laisser ici, dit le commandant, et il jeta un regard à l'ingénieur.

— C'est ça, rugit le capitaine, en pâture aux corbeaux. J'emmerde la loi et…

— Deux matelots à quai, cria le commandant.

— Que personne ne descende, dit sèchement le capitaine. Nous le monterons à nous deux. Ne perdons pas de temps.

Sans dire un mot, le commandant inclina son corps de colosse et saisit le mort par les pieds. Gérasimos monta à reculons, en le tenant par la tête. Les marches étaient en biais, abruptes ; il fallait poser le pied sur le rebord. D'en haut, les matelots de quart, penchés, murmuraient.

Ils le déposèrent sur le *gross bunker*.

— Un peu d'eau, dit le commandant, suffoquant. J'en peux plus…

— Une toile cirée neuve, ordonna le capitaine. Il restera couvert jusqu'à ce que nous ayons gagné le large.

— Je sais foutre pas comment on va faire pour sortir, avec les bouées éteintes et sans pilote, dit le commandant. Dans un chenal pareil…

— En tout cas on va pas rester plantés là comme des bornes. Diamandis prendra seul le quart de huit à douze et le lieutenant Pandélis le quart du vieux.

— Oui, dit mollement le commandant. Mais maintenant qui va décapeler les aussières ?

— On s'est entendus avec deux types à terre. Montons. Le télégraphe sonnait comme la clochette d'une chèvre.

— Lève l'ancre.

— Déborde devant.

La proue du *Pythéas* déborda à bâbord.

Sur le quai les aussières furent décapelées par deux femmes en robe du soir. Quand elles eurent fini, elles agitèrent leur mouchoir en signe d'adieu.

Melbourne 15-8-1951 S/S Cyrenia
Tyrrenian Sea 21-12-1952 S/S Corinthia

DU MÊME AUTEUR

Aux Éditions Denoël

LE QUART, 2006 (Folio nº 4812)

COLLECTION FOLIO

Dernières parutions

6703. Dave Eggers — *Une œuvre déchirante d'un génie renversant*
6704. Nicolas Fargues — *Je ne suis pas une héroïne*
6705. Timothée de Fombelle — *Neverland*
6706. Jérôme Garcin — *Le syndrome de Garcin*
6707. Jonathan Littell — *Les récits de Fata Morgana*
6708. Jonathan Littell — *Une vieille histoire.* Nouvelle version
6709. Herta Müller — *Le renard était déjà le chasseur*
6710. Arundhati Roy — *Le Ministère du Bonheur Suprême*
6711. Baltasar Gracian — *L'Art de vivre avec élégance. Cent maximes de L'Homme de cour*
6712. James Baldwin — *L'homme qui meurt*
6713. Pierre Bergounioux — *Le premier mot*
6714. Tahar Ben Jelloun — *La punition*
6715. John Dos Passos — *Le 42e parallèle. U.S.A. I*
6716. John Dos Passos — *1919. U.S.A. II*
6717. John Dos Passos — *La grosse galette. U.S.A. III*
6718. Bruno Fuligni — *Dans les archives inédites du ministère de l'Intérieur. Un siècle de secrets d'État (1870-1945)*
6719. André Gide — *Correspondance. 1888-1951*
6720. Philippe Le Guillou — *La route de la mer*
6721. Philippe Le Guillou — *Le roi dort*
6722. Jean-Noël Pancrazi — *Je voulais leur dire mon amour*
6723. Maria Pourchet — *Champion*

6756. Franz-Olivier Giesbert — *La dernière fois que j'ai rencontré Dieu*
6757. Paul Greveillac — *Maîtres et esclaves*
6758. Stefan Hertmans — *Le cœur converti*
6759. Anaïs LLobet — *Des hommes couleur de ciel*
6760. Juliana Léveillé-Trudel — *Nirliit*
6761. Mathieu Riboulet — *Le corps des anges*
6762. Simone de Beauvoir — *Pyrrhus et Cinéas*
6763. Dōgen — *La présence au monde*
6764. Virginia Woolf — *Un lieu à soi*
6765. Benoît Duteurtre — *En marche !*
6766. François Bégaudeau — *En guerre*
6767. Anne-Laure Bondoux — *L'aube sera grandiose*
6768. Didier Daeninckx — *Artana ! Artana !*
6769. Jachy Durand — *Les recettes de la vie*
6770. Laura Kasischke — *En un monde parfait*
6771. Maylis de Kerangal — *Un monde à portée de main*
6772. Nathalie Kuperman — *Je suis le genre de fille*
6773. Jean-Marie Laclavetine — *Une amie de la famille*
6774. Alice McDermott — *La neuvième heure*
6775. Ota Pavel — *Comment j'ai rencontré les poissons*
6776. Ryoko Sekiguchi — *Nagori. La nostalgie de la saison qui vient de nous quitter*
6777. Philippe Sollers — *Le Nouveau*
6778. Annie Ernaux — *Hôtel Casanova* et autres textes brefs
6779. Victor Hugo — *Les Fleurs*
6780. Collectif — *Notre-Dame des écrivains. Raconter et rêver la cathédrale du Moyen Âge à demain*
6781. Carole Fives — *Tenir jusqu'à l'aube*
6782. Esi Edugyan — *Washington Black*
6784. Emmanuelle Bayamack-Tam — *Arcadie*
6785. Pierre Guyotat — *Idiotie*
6786. François Garde — *Marcher à Kerguelen.*
6787. Cédric Gras — *Saisons du voyage.*

6788. Paolo Rumiz — *La légende des montagnes qui naviguent.*
6789. Jean-Paul Kauffmann — *Venise à double tour*
6790. Kim Leine — *Les prophètes du fjord de l'Éternité*
6791. Jean-Christophe Rufin — *Les sept mariages d'Edgar et Ludmilla*
6792. Boualem Sansal — *Le train d'Erlingen ou La métamorphose de Dieu*
6793. Lou Andreas-Salomé — *Ce qui découle du fait que ce n'est pas la femme qui a tué le père* et autres textes psychanalytiques
6794. Sénèque — *De la vie heureuse* précédé de *De la brièveté de la vie*
6795. Famille Brontë — *Lettres choisies*
6796. Stéphanie Bodet — *À la verticale de soi*
6797. Guy de Maupassant — *Les Dimanches d'un bourgeois de Paris* et autres nouvelles
6798. Chimamanda Ngozi Adichie — *Nous sommes tous des féministes* suivi du *Danger de l'histoire unique*
6799. Antoine Bello — *Scherbius (et moi)*
6800. David Foenkinos — *Deux sœurs*
6801. Sophie Chauveau — *Picasso, le Minotaure. 1881-1973*
6802. Abubakar Adam Ibrahim — *La saison des fleurs de flamme*
6803. Pierre Jourde — *Le voyage du canapé-lit*
6804. Karl Ove Knausgaard — *Comme il pleut sur la ville. Mon combat - Livre V*
6805. Sarah Marty — *Soixante jours*
6806. Guillaume Meurice — *Cosme*
6807. Mona Ozouf — *L'autre George. À la rencontre de l'autre George Eliot*
6808. Laurine Roux — *Une immense sensation de calme*
6809. Roberto Saviano — *Piranhas*

6810. Roberto Saviano	*Baiser féroce*
6811. Patti Smith	*Dévotion*
6812. Ray Bradbury	*La fusée* et autres nouvelles
6813. Albert Cossery	*Les affamés ne rêvent que de pain*
6814. Georges Rodenbach	*Bruges-la-Morte*
6815. Margaret Mitchell	*Autant en emporte le vent I*
6816. Margaret Mitchell	*Autant en emporte le vent II*
6817. George Eliot	*Felix Holt, le radical.* À paraître
6818. Goethe	*Les Années de voyage de Wilhelm Meister*
6819. Meryem Alaoui	*La vérité sort de la bouche du cheval*
6820. Unamuno	*Contes*
6821. Leïla Bouherrafa	*La dédicace.*
6822. Philippe Djian	*Les inéquitables*
6823. Carlos Fuentes	*La frontière de verre.* Roman en neuf récits
6824. Carlos Fuentes	*Les années avec Laura Díaz.* Nouvelle édition augmentée
6825. Paula Jacques	*Plutôt la fin du monde qu'une écorchure à mon doigt.*
6826. Pascal Quignard	*L'enfant d'Ingolstadt. Dernier royaume X*
6827. Raphaël Rupert	*Anatomie de l'amant de ma femme*
6828. Bernhard Schlink	*Olga*
6829. Marie Sizun	*Les sœurs aux yeux bleus*
6830. Graham Swift	*De l'Angleterre et des Anglais*
6831. Alexandre Dumas	*Le Comte de Monte-Cristo*
6832. Villon	*Œuvres complètes*
6833. Vénus Khoury-Ghata	*Marina Tsvétaïéva, mourir à Elabouga*
6834. Élisa Shua Dusapin	*Les billes du Pachinko*
6835. Yannick Haenel	*La solitude Caravage*
6836. Alexis Jenni	*Féroces infirmes*

6837. Isabelle Mayault	*Une longue nuit mexicaine*
6838. Scholastique Mukasonga	*Un si beau diplôme !*
6839. Jean d'Ormesson	*Et moi, je vis toujours*
6840. Orhan Pamuk	*La femme aux cheveux roux*
6841. Joseph Ponthus	*À la ligne. Feuillets d'usine*
6842. Ron Rash	*Un silence brutal*
6843. Ron Rash	*Serena*
6844. Bénédicte Belpois	*Suiza*
6845. Erri De Luca	*Le tour de l'oie*
6846. Arthur H	*Fugues*
6847. Francesca Melandri	*Tous, sauf moi*
6848. Eshkol Nevo	*Trois étages*
6849. Daniel Pennac	*Mon frère*
6850. Maria Pourchet	*Les impatients*
6851. Atiq Rahimi	*Les porteurs d'eau*
6852. Jean Rolin	*Crac*
6853. Dai Sijie	*L'Évangile selon Yong Sheng*
6854. Sawako Ariyoshi	*Le crépuscule de Shigezo*
6855. Alexandre Dumas	*Les Compagnons de Jéhu*
6856. Bertrand Belin	*Grands carnivores*
6857. Christian Bobin	*La nuit du cœur*
6858. Dave Eggers	*Les héros de la Frontière*
6859. Dave Eggers	*Le Capitaine et la Gloire*
6860. Emmanuelle Lambert	*Giono, furioso*
6861. Danièle Sallenave	*L'églantine et le muguet*
6862. Martin Winckler	*L'École des soignantes*
6863. Zéno Bianu	*Petit éloge du bleu*
6864. Collectif	*Anthologie de la littérature grecque. De Troie à Byzance*
6865. Italo Calvino	*Monsieur Palomar*
6866. Auguste de Villiers de l'Isle-Adam	*Histoires insolites*
6867. Tahar Ben Jelloun	*L'insomniaque*
6868. Dominique Bona	*Mes vies secrètes*
6869. Arnaud Cathrine	*J'entends des regards que vous croyez muets*
6870. Élisabeth Filhol	*Doggerland*

6871.	Lisa Halliday	*Asymétrie*
6872.	Bruno Le Maire	*Paul. Une amitié*
6873.	Nathalie Léger	*La robe blanche*
6874.	Gilles Leroy	*Le diable emporte le fils rebelle*
6875.	Jacques Ferrandez / Jean Giono	*Le chant du monde*
6876.	Kazuo Ishiguro	*2 nouvelles musicales*
6877.	Collectif	*Fioretti. Légendes de saint François d'Assise*
6878.	Herta Müller	*La convocation*
6879.	Giosuè Calaciura	*Borgo Vecchio*
6880.	Marc Dugain	*Intérieur jour*
6881.	Marc Dugain	*Transparence*
6882.	Elena Ferrante	*Frantumaglia. L'écriture et ma vie*
6883.	Lilia Hassaine	*L'œil du paon*
6884.	Jon McGregor	*Réservoir 13*
6885.	Caroline Lamarche	*Nous sommes à la lisière*
6886.	Isabelle Sorente	*Le complexe de la sorcière*
6887.	Karine Tuil	*Les choses humaines*
6888.	Ovide	*Pénélope à Ulysse* et autres lettres d'amour de grandes héroïnes antiques
6889.	Louis Pergaud	*La tragique aventure de Goupil* et autres contes animaliers
6890.	Rainer Maria Rilke	*Notes sur la mélodie des choses* et autres textes
6891.	George Orwell	*Mil neuf cent quatre-vingt-quatre*
6892.	Jacques Casanova	*Histoire de ma vie*
6893.	Santiago H. Amigorena	*Le ghetto intérieur*
6894.	Dominique Barbéris	*Un dimanche à Ville-d'Avray*
6895.	Alessandro Baricco	*The Game*
6896.	Joffrine Donnadieu	*Une histoire de France*
6897.	Marie Nimier	*Les confidences*
6898.	Sylvain Ouillon	*Les jours*
6899.	Ludmila Oulitskaïa	*Médée et ses enfants*
6900.	Antoine Wauters	*Pense aux pierres sous tes pas*

6901. Franz-Olivier Giesbert	*Le schmock*
6902. Élisée Reclus	*La source* et autres histoires d'un ruisseau
6903. Simone Weil	*Étude pour une déclaration des obligations envers l'être humain* et autres textes
6904. Aurélien Bellanger	*Le continent de la douceur*
6905. Jean-Philippe Blondel	*La grande escapade*
6906. Astrid Éliard	*La dernière fois que j'ai vu Adèle*
6907. Lian Hearn	*Shikanoko, livres I et II*
6908. Lian Hearn	*Shikanoko, livres III et IV*
6909. Roy Jacobsen	*Mer blanche*
6910. Luc Lang	*La tentation*
6911. Jean-Baptiste Naudet	*La blessure*
6912. Erik Orsenna	*Briser en nous la mer gelée*
6913. Sylvain Prudhomme	*Par les routes*
6914. Vincent Raynaud	*Au tournant de la nuit*
6915. Kazuki Sakuraba	*La légende des filles rouges*
6916. Philippe Sollers	*Désir*
6917. Charles Baudelaire	*De l'essence du rire* et autres textes
6918. Marguerite Duras	*Madame Dodin*
6919. Madame de Genlis	*Mademoiselle de Clermont*
6920. Collectif	*La Commune des écrivains. Paris, 1871 : vivre et écrire l'insurrection*
6921. Jonathan Coe	*Le cœur de l'Angleterre*
6922. Yoann Barbereau	*Dans les geôles de Sibérie*
6923. Raphaël Confiant	*Grand café Martinique*
6924. Jérôme Garcin	*Le dernier hiver du Cid*
6925. Arnaud de La Grange	*Le huitième soir*
6926. Javier Marías	*Berta Isla*
6927. Fiona Mozley	*Elmet*
6928. Philip Pullman	*La Belle Sauvage. La trilogie de la Poussière, I*
6929. Jean-Christophe Rufin	*Les trois femmes du Consul. Les énigmes d'Aurel le Consul*

6930. Collectif — *Haikus de printemps et d'été*
6931. Épicure — *Lettre à Ménécée* et autres textes
6932. Marcel Proust — *Le Mystérieux Correspondant* et autres nouvelles retrouvées
6933. Nelly Alard — *La vie que tu t'étais imaginée*
6934. Sophie Chauveau — *La fabrique des pervers*
6935. Cecil Scott Forester — *L'heureux retour*
6936. Cecil Scott Forester — *Un vaisseau de ligne*
6937. Cecil Scott Forester — *Pavillon haut*
6938. Pam Jenoff — *La parade des enfants perdus*
6939. Maylis de Kerangal — *Ni fleurs ni couronnes* suivi de *Sous la cendre*
6940. Michèle Lesbre — *Rendez-vous à Parme*
6941. Akira Mizubayashi — *Âme brisée*
6942. Arto Paasilinna — *Adam & Eve*
6943. Leïla Slimani — *Le pays des autres*
6944. Zadie Smith — *Indices*
6945. Cesare Pavese — *La plage*
6946. Rabindranath Tagore — *À quatre voix*
6947. Jean de La Fontaine — *Les Amours de Psyché et de Cupidon* précédé d'*Adonis* et du *Songe de Vaux*
6948. Bartabas — *D'un cheval l'autre*
6949. Tonino Benacquista — *Toutes les histoires d'amour ont été racontées, sauf une*
6950. François Cavanna — *Crève, Ducon !*
6951. René Frégni — *Dernier arrêt avant l'automne*
6952. Violaine Huisman — *Rose désert*
6953. Alexandre Labruffe — *Chroniques d'une station-service*
6954. Franck Maubert — *Avec Bacon*
6955. Claire Messud — *Avant le bouleversement du monde*
6956. Olivier Rolin — *Extérieur monde*
6957. Karina Sainz Borgo — *La fille de l'Espagnole*
6958. Julie Wolkenstein — *Et toujours en été*
6959. James Fenimore Cooper — *Le Corsaire Rouge*

*Tous les papiers utilisés pour les ouvrages
des collections Folio sont certifiés
et proviennent de forêts gérées durablement.*

*Impression Maury Imprimeur
45330 Malesherbes
le 24 janvier 2022
Dépôt légal : février 2022
1er dépôt légal dans la collection : novembre 2008
Numéro d'imprimeur : 260517*

ISBN 978-2-07-035947-9 / Imprimé en France.

446722